Alexander Köhl

Victors Schützling

Alexander Köhl

Victors Schützling

Kriminalroman

Prolibris Verlag

Handlung und Figuren entspringen der Phantasie. Darum sind eventuelle Übereinstimmungen mit lebenden oder verstorbenen Personen zufällig und nicht beabsichtigt.

Originalausgabe 1. Auflage 2004

Tel.: 0561/602 70 71, Fax: 0561/666 45
www.prolibris-verlag.de

Titelfoto: Liane Voigt
Lektorat: Anette Kleszcz-Wagner
Druck: Thiele & Schwarz, Kassel
ISBN: 3-935263-28-7

Für Marga Leininger

Ich danke für wertvolle Hilfe ganz besonders

Nadja Bergknecht, Friedericke Brümmer,
Sylvia Englert, Dr. Gerrit Himmelsbach,
Dr. Anette Kleszcz-Wagner, Rolf Wagner
und natürlich meiner lieben Frau.

Prolog

Die Veränderungen der letzten Jahre hatten ihre Spuren hinterlassen, in seinem Haus, natürlich, aber auch in ihm. Viele waren schon beim ersten Hinsehen für jedermann ersichtlich, etwa der Behindertenaufzug, dem große Teile des alten holzgetäfelten Treppenhauses hatten weichen müssen. Der gläsern-stählerne Kasten, der tagtäglich seine Tochter in die Galerie des ersten Stockes gehoben hatte, drängte sich unnachgiebig in den Mittelpunkt und begrüßte den Besucher beinahe schon, bevor es der Hausherr tun konnte. Auch er selbst hatte sich verändert. Eine Lethargie hatte von ihm Besitz ergriffen, langsam schleichend und wie Metastasen jeden Winkel erkundend, hatte sie sich in ihm ausgebreitet, unaufgefordert jede Etage seines Bewusstseins bezogen.

Anfangs, als seine Tochter nach all den langen Jahren wieder zu ihm gezogen war, hatte es ihm Freude bereitet, die Villa aus der Zeit der Jahrhundertwende freundlich zu gestalten. Er war mit ihr zu Jacques gefahren, hatte meterweise beigen Vorhangstoff aus Rohseide gekauft, den schnöseligen Kauz von Innenarchitekten mit seinem albernen gewichsten Bart bestellt. Bärte hatte er noch nie ausstehen können. Aber er wollte alles tun, damit sich seine bereits angeschlagene Tochter bei ihm wohl fühlte. Diese wieselflinke Witzfigur hatte die schwarze Hornbrille auf ihrem Nasenrücken zurechtgerückt und eifrig begonnen, an allen Ecken und Enden des Hauses Maß zu nehmen. Am liebsten hätte er ihn gleich sanft zur Tür hinausbugsiert, doch ihm war nicht der begeisterte Glanz in ihren Augen entgangen. Sie waren zum Greifen nah – all die Dinge, die sie ihr ganzes Leben nur aus Erzählungen gekannt hatte.

Damals hatte sie zwar schon einen Stock zu Hilfe nehmen müssen, doch an einen Rollstuhl war lange noch nicht zu denken. Er erinnerte sich gerne an die glückliche Anfangszeit. Sie hatten viele Ausflüge unternommen, waren manchmal stundenlang am Rhein entlanggefahren. Und in die Oper nach Köln waren sie gegangen. Sie hatten sogar die Opernfestspiele in Verona besucht, mit einer Flasche Chianti classico auf den Steinstufen der Arena gesessen, aus blinden abgegriffenen Gläsern getrunken und Verdis Aida gelauscht. Alles war neu und aufregend für sie gewesen, das hatte geholfen, ihr körperliches Leid so gut es ging zu verdrängen. Doch dann waren ihre Beschwerden immer stärker geworden, die Knochen immer poröser. Wie lange noch würden sie ihr Körpergewicht tragen können? Und dann waren auch noch die Nieren erkrankt, lebensbedrohlich.

Es war an einem Montagmorgen, als sie schließlich bei der Orthopädie Neubert einen elektrischen Rollstuhl für sie besorgt hatten. Zu Hause, in der Diele hatte bereits der gläserne Kasten gewartet, bedrohlich wie ein Fremdkörper. Er vergaß nie ihren feuchten Blick, als sie zum ersten Mal mit einem synthetischen Summen auf den Aufzug zugerollt und in ihm verschwunden war.

Er hatte häufig versucht, ihr kleine Freuden zu bereiten. Frische Schnittblumen vom Wochenmarkt, Pralinen von Leysieffer und Dekostoffe aus Indien. Man könne doch auch noch mit einem Rollstuhl die Oper besuchen. Doch all diese Dinge hatten sie nicht mehr erreicht. Sie hatte seine Aufmerksamkeiten mit einem artigen Lächeln quittiert und sich sofort wieder in ihren Kokon zurückgezogen. Immer, wenn er mit einem Geschenk vor ihr gestanden hatte, war er sich plötzlich lächerlich vorgekommen. Als ob ein Geschenk ihre Probleme hätte beseitigen oder auch nur lindern können. All die schönen Dinge, die sie mit viel Freude zusammengetragen hatten, standen nur noch unbeachtet herum.

Allmählich hatte er die Lust verloren, sich um den Garten zu kümmern oder die Frühstückstafel mit dem feinen Christofle Silber zu decken. Selbst die Sonnenstrahlen, die durch die Fenster fielen, störten ihn. Seit Pauline sie im Stich gelassen hatte und nicht mehr zweimal wöchentlich kam, stapelte sich das Geschirr tagelang in der Spüle. Der Zigarettenqualm hinterließ einen graugelblichen Schatten auf der Rohseide. Und manchmal stolperte er bis in den späten Nachmittag unrasiert und immer noch in seinem karierten Bademantel durch das Haus. Es waren die Tage, an denen sie sich überhaupt nicht blicken ließ. Sie hatten ein Zeichen verabredet. Es war ein rotes Halstuch. Wenn dieses morgens außen an ihrem Türknauf hing, sollte er sie in Ruhe lassen, bis sie es wieder entfernt hatte.

Wie an den anderen Abenden auch saß er noch spät in dem alten Arbeitszimmer seines Vaters und versuchte, sich auf Passagen des Neuen Testaments zu konzentrieren. Er las einige Absätze an und merkte nach fünf oder sechs Sätzen, dass er deren Sinn nicht verstanden hatte, begann die Passage von neuem, immer wieder und wieder. Er saß in dem alten ledernen Ohrensessel und hatte, wie auch sein Vater früher, nur die Schreibtischlampe mit dem grünen Porzellanschirm an. Im Halbdunkel des Raumes konnte er rundherum die verglasten Bücherschränke aus rötlichem Kirschholz sehen. In den Glasscheiben spiegelten sich mehrere tausend Bücher. Jedes Mal, wenn er eine Tür öffnete, schlug ihm dieser unverwechselbare dumpfe Geruch alten Papiers entgegen. Die meisten der Bücher waren gebunden und nur selten fanden sich Paperbacks darunter. Enzyklopädien und ganze Bände waren meist in teures Leder gefasst. Lange Zeit hatte dieser Raum für ihn etwas Geheimnisvolles gehabt.

Sein Vater hatte damals hier, an seinem Schreibtisch gesessen, als er ihm als gerade Zwanzigjähriger feierlich verkündet hatte, dass Hedwig schwanger sei und er mit ihr fortgehen würde. Ob er sich über die Tragweite seiner Entscheidung bewusst sei, hatte ihn sein Vater bedacht gefragt. Die Tragweite seiner Entscheidung, mehr nicht. Kein Versuch ihn umzustimmen oder aufzuhalten. So hatte er sein Elternhaus verlassen, voller Elan und unschuldig gespannt auf sein neues Leben. Zwei Monate später, er hatte kurz vorher als Elektriker angefangen, hatte die Trauung stattgefunden. Nur im kleinen Kreis, ein paar Freunde, die Schwester und Hedwigs Eltern. Und ihre ungeborene Tochter! In ihren fantasiereichsten Träumen hatten sie sich nicht ausgemalt, dass sie einmal solch eine Karriere machen würde.

Als er aufstehen wollte, um sich einen Highland Malt einzuschenken, bemerkte er, dass seine Finger eingeschlafen waren. Er griff in die Höhe und spürte das ameisenartige Kribbeln in den Fingerspitzen. Während er zur Wiederbelebung einige leere Greifbewegungen in der Luft vollführte, blieb sein Blick auf der Schweinslederablage des Schreibtisches haften. Diese lästigen Hautschuppen, wahrscheinlich waren sie wie winzige Schneeflocken von seinen trockenen Unterarmen gerieselt.

Seit neun Tagen lebte er nun schon allein zu Hause und wusste, dass es auch so bleiben würde. Sie würde nicht mehr hierher zurückkehren. Er saß Abend für Abend an seinem Schreibtisch, versuchte sich auf die Offenbarung des Johannes zu konzentrieren und wartete auf den Anruf. Irgendwann würde er kommen. Der Arzt hatte ihn zur Seite genommen. Er hätte nichts sagen brauchen, er wusste es schon, als er seinen stillen Blick sah. Er musste in dieser Nacht damit rechnen. Dann war er an ihr Bett zurückgekehrt, war bis 4.00 Uhr morgens geblieben und nichts war geschehen. Es war schon wie ein kleines Wunder, dass sie auch die zweite Nacht überlebt hatte. Er hatte fast den ganzen Tag an ihrem Bett gesessen. Um ihr unnötige Schmerzen zu ersparen, hatte man ihr anfangs Morphium gespritzt und sie, als die Schmerzen immer heftiger wurden, an eine automatische Pumpe angeschlossen.

Mittlerweile war der Blutkreislauf in seinen Fingern wieder in vollem Gange und er erhob sich aus dem Ledersessel, um sich den Whisky aus der Glaskaraffe zu holen. Wenn er nicht bei ihr im Krankenhaus war, dann blieb er zu Hause. Er wollte erreichbar sein, wenn sie ihn anriefen und nicht irgendwo an der Kasse eines Supermarktes oder am Schalter seiner Hausbank. Bei jedem Klingeln erstarrte er und es dauerte immer einige Sekunden, bis er stark genug war, den Hörer abzunehmen und sich zu melden. Aber es waren stets andere Anrufer. Menschen, die von seinen Sorgen nichts wussten: der Schornsteinfeger, der einen Termin vereinbaren wollte, oder der Optiker, um ihm mitzuteilen, dass die bestellten Kontaktlinsen abholbereit waren. Je länger der Anruf ausblieb, desto unwirklicher wurde es, dass er einmal kommen würde. Sein Erstaunen, dass sie nicht starb, wich von Tag zu Tag einem befremdenden Gefühl des Stolzes. Sie war eben eine Kämpfernatur. Von ihm konnte sie ihn nicht haben, diesen eisernen Willen, der Krankheit zu trotzen.

Erst wenn alle Kraft sie verlassen hätte, würde sie aufgeben. Krampfhaft versuchte er, sich auf diesen Moment vorzubereiten. Er wusste, dann war es an der Zeit, das Bestattungsinstitut anzurufen und das Begräbnis zu arrangieren. Sarg, Leichenhemd und Blumen auszuwählen. Er erinnerte sich sogar, dass es so üblich war, die Verwandtschaft zu Kaffee und Kuchen einzuladen. Sah Cremetorten und Gebäckstücke auf dunklen, nüchternen Tischen. Und trotzdem beschäftigten ihn noch andere Bilder. Quicklebendige und aufwühlende Fantasien, die mit der Zeit immer mehr an Gestalt annahmen.

Er trank den letzten Schluck, der sehr erdig schmeckte, und verzog angewidert das Gesicht. Dann blieb er noch einen Augenblick sitzen und starrte in den grünen Schein, bevor er endlich das Licht löschte und in sein Schlafzimmer schlurfte. Es war 2.11 Uhr auf der roten Digitalanzeige und das Telefon läutete immer noch nicht.

1.

Die Katze streifte schon wieder einsam im Hausflur herum. Carola Weinberg war die sandfarbene Siamkatze, die auf den Namen Nelly hörte, bereits am Vorabend aufgefallen. Als die junge Studentin vom Zigarettenholen zurückgekommen war, hatte sie einsam vor der geschlossenen Tür ihres Nachbarn gesessen.

Heute brütete Carola bereits seit dem frühen Morgen über Kleists „Zerbrochenem Krug“ und fragte sich, was an diesem Lustspiel denn so lustig sei. Aber wenn sie ihr Referat bis Montag fertig haben wollte, musste sie konzentrierter arbeiten. Vor allen Dingen durfte sie nicht dauernd horchen, ob wieder das leise jämmerliche Miauen durch die Tür drang. Vor einer Stunde hatte sie der armen Katzenseele ein Schälchen gebracht und wieder bei ihrem

Nachbarn geschellt. Das flache Rasseln der Klingel hatte noch einige Augenblicke nachgehallt und einen winzigen Moment lang hatte sie geglaubt, aus der Wohnung Motorengeräusche der Formel 1-Übertragung zu hören. Doch als sie ihr Ohr auf den glatten Lack gepresst hatte, hatte sie sofort ihren Irrtum bemerkt. Das Geräusch kam von nebenan, aus der Wohnung des unheimlichen Nachtschaffners mit dem Silberblick.

Sie plante schon seit längerem, nach einer anderen Wohnung Ausschau zu halten. Der Wohnblock war damals nur eine Notlösung gewesen: schmuddelig aber günstig. Es musste ja nicht gleich der Godelsberg oder das Pompejanumviertel sein. Aber allmählich war es ihr peinlich, wenn Kommilitonen sie besuchten und anderen Bewohnern auf dem Flur begegneten: Uschi, der Pächterin von *Uschis Pilsbrünnchen*, der jungen Punkerin oder den vielen anderen namenlosen Gesichtern, die im ewigen Halbdunkel durch die Gänge schlichen. Sie hatte schon immer gerätselt, welche Umstände den stillen Arzt und auch Frau Lamprecht, die ältere Dame von gegenüber, an diesen düsteren Ort verschlagen hatten.

Am frühen Nachmittag saß Nelly immer noch am selben Fleck und miaute. Carola läutete erneut und diesmal heftiger. Sie hoffte inständig, aber vergeblich, dass die Tür endlich geöffnet wurde. Es würde ihr nicht erspart bleiben, den Hausmeister um Mithilfe zu bitten.

Minuten später zögerte sie noch einen Augenblick vor der Tür von Rudi Fischler, bevor sie klingelte. Sein kraftvolles „Wer da?" hörte sich durch das Holz wie *Verdun* an. Er glotzte überrascht durch seine dicken geschliffenen Brillengläser und wischte sich langsam die Hände an seiner Trainingsjacke ab.

„Das gibt 's doch nicht! Die Frau Studentin. Das nenn ich aber 'ne tolle Überraschung! Hereinspaziert, nur keine falsche Scheu!"

„Ich möchte wirklich nicht stören ..."

„Stören?" Fischler strahlte, als hätte sie mit den fünf kleinen Wörtchen den Witz des Jahrhunderts gerissen.

„Es ist nur wegen des Arztes aus dem ersten Stock." Es war nicht leicht, dem angetrunkenen Hausmeister die Dringlichkeit ihrer

Bitte zu vermitteln. Mit gespielter Naivität überhörte sie doppeldeutige Einladungen und übersah anzügliche Blicke. Schließlich gelang es ihr doch, den Hausmeister in einem anstrengenden Balanceakt ohne eigene Zugeständnisse in ihr Schlepptau zu bekommen.

Die Wohnung war größer als Carolas, hatte aber einen ähnlichen Schnitt. Von der Wohnungstür führte ein schlauchartiger Flur nach rechts. Die Tür des Wohnzimmers stand sperrangelweit auf. Sogleich bemerkte sie die stickige Luft. Es roch, als wäre lange Zeit nicht gelüftet worden. Und die wenigen Sonnenstrahlen fielen durch die schmutzigen Scheiben der kleinen Balkontür. Draußen auf dem Balkon konnte man noch einen kleinen vertrockneten Tannenbaum vom letzten Winter sehen.

Carola war überrascht. Die Wohnungseinrichtung entsprach überhaupt nicht dem Eindruck, den der Arzt auf sie gemacht hatte. Im Wohnzimmer stand in einer gemusterten Sitzgruppe aus den Siebzigern ein gekachelter Tisch mit hellblauen Windmühlenmotiven. An der Wand zur Balkontür hingen einige Zierteller aus dem Harz. Sie zeigten die historischen Gebäude Wernigerodes. Ihr Blick wanderte nach rechts in den engen und dunklen Gang. Ein Anrufbeantworter auf dem kleinen Tisch blinkte in einem hektischen Takt und zeigte eine Eins an. Sie standen noch unsicher im Flur, als Nelly auf sie zutrabte und vor ihnen stehen blieb. Während Fischler irgendetwas in den Flur hineinrief, an das sie sich später nicht mehr erinnern konnte, hob sie behutsam das unruhige Tier auf ihren Arm.

„Wahrscheinlich ist er tatsächlich nicht zu Hause und noch im Krankenhaus“, bemerkte sie nervös.

Fischler erwiderte nichts und schaltete die trübe Deckenbeleuchtung ein. Er tastete sich vorsichtig Schritt für Schritt durch den Flur und stieß mit der Spitze seines Pantoffels die Küchentür auf. Dort blieb er noch einige Sekunden stehen, bis er sie bat, einen Notarzt zu rufen.

2.

Kriminalhauptkommissar Hans Adelmeier kämpfte mit einer Grillzange in seiner Rechten gegen die verführerisch duftenden Bratwürste, die er tags zuvor bei der Metzgerei Brand besorgt hatte. Heißes Fett tropfte in regelmäßigen Abständen auf die glühende Kohle. Dabei gab es jedes Mal ein scharfes Zischen und die emporzüngelnden Flammen drohten, die Würste zu verbrennen. In einigen Metern Entfernung saßen seine Kollegen an seinem Gartentisch und prosteten ihm fröhlich zu.

Als er die Würste von der zentralen Gefahrenzone aus an den Rand geschoben hatte, fiel sein Blick auf den maroden Holzzaun. Er musste dringend renoviert werden, wie so einiges andere auch. Seine Mutter hatte ihm das Haus, in dem er bereits seine Kindheit verbracht hatte, kurz nach dem Tod ihres Mannes überschrieben. Er blickte prüfend auf die Sandsteinfassade und dann - als läge eine Parallele zwischen dem Haus und ihm - wanderte sein Blick an seinem Körper herunter. Er lachte leise in sich hinein. Sein Äußeres war in bedenklicherem Zustand. Einige Pfunde weniger und etwas mehr Bräune könnten ihm nicht schaden. Ihm war nicht entgangen, dass Regina, seine Dezernatskollegin, vorhin schmunzelnd seine schneeweißen Beine betrachtet hatte.

Nach dem erneuten Wenden der Würste wanderte sein Blick zur Straße hin. Wo blieb nur seine Tochter Sandra? Er streckte seinen Kopf in Richtung des Gartentors und lauschte vergeblich auf den Klang des altersschwachen Mazdamotors. Sie hatte ihm sogar fest versprochen, schon bei den Vorbereitungen behilflich zu sein. Doch Adelmeier hatte an diesem Morgen alleine in der Küche gesessen. Drei Pfund hart kochende Salatkartoffeln, einige nicht einmal so groß wie Tischtennisbälle. Anfangs hatte er akribisch jede noch so kleine Kartoffel geschält. Dann hatte er die kleineren einfach in die braune Biotonne geworfen.

Sandra war den ganzen Morgen nicht aufgetaucht. Schließlich hatte er an ihre Zimmertür geklopft. Als keine Antwort gekommen war, war er eingetreten. Das Bett hatte verlassen vor ihm gelegen.

Erst nach einer halben Minute hatte er sich zögernd hinuntergebückt und wie ein Polizeihund am Laken geschnüffelt. Er hatte keinerlei Vorstellung, wie das Bett seiner Tochter riechen müsste, wenn sie darin geschlafen hätte, aber wie auf einen geheimen Befehl hin hatte er es trotzdem getan. Dann hatte ihn ein Gefühl der Scham überfallen. Kaum auszudenken, wäre Sandra gerade dann zur Tür hereingekommen, als er sich über ihr Bett gebeugt hatte. Den Kopf vornübergebeugt und den Hintern wie eine Ente in die Höhe. Andererseits hatte er als Vater nur das getan, was seiner Meinung nach notwendig war. Schließlich wohnte Sandra erst seit knapp fünf Monaten wieder bei ihm.

Adelmeier wollte die Würste gerade ein letztes Mal wenden, da winkte sein italienischer Kollege mit einer ausschweifenden Geste und rief ihm etwas zu, das er nicht verstand. Alle lachten. Auch die beiden Kollegen vom Rauschgift, die er noch zu seiner kleinen Party eingeladen hatte. Und dann wiederholte Marcello es noch einmal etwas lauter.

„Hans, sind die Würste noch so weiß wie deine Beine? Wir sterben vor Hunger!“

Adelmeier stolperte über die Bemerkung seines neuen Kollegen. Trotz aller Sympathie, die er für den Italiener hegte, empfand er sie eine Spur zu keck. Schließlich war Marcello neu im Dezernat und Adelmeier war immer noch sein Vorgesetzter.

„Ich kann dir auch den Fernseher anschalten, wenn es dir zu lange dauert!“, rief er zurück.

„Oh, Formel 1!“, Marcello erhob sich aus seinem Gartenstuhl und bewegte sich auf ihn zu. „Jetzt müssten sie gerade beim Warm-up sein!“, lachte er, ohne das Bissige an Adelmeiers Unterton zu bemerken. „Das Rennen habe ich schon fast vergessen. Aber wo bleibt denn deine hübsche Tochter?“, zwinkerte er ihm scherzhaft zu.

Adelmeier entging der Scherz in seinen Worten, mit seiner Frage hatte er durchaus Recht. Verdammt, wo blieb sie nur? Und woher wusste er, dass sie hübsch war? Sandra war tatsächlich eine attraktive junge Frau. Er bemerkte jedes Mal die verstohlenen Blicke der jungen Männer, wenn er mit ihr durch die Stadt ging. Marcello musste das Foto in seinem Büro gesehen haben. Adelmeier hatte es aufgenommen, als sie im April zu Hause mit einem Lippenpiercing aufgetaucht war. Sofort hatte er an seine geschiedene Frau denken müssen. Sie wäre bestimmt entsetzt über den Körperschmuck und würde ihm Vorwürfe machen, dass er seine Vaterpflichten verletze. Vera pflegte einen Hang zur Dramatik. Das Piercing ihrer Tochter hätte für sie eindeutigen Signalcharakter und dementsprechend würde sie reagieren. Hysterisch wie eine Hyäne, die Brandgeruch wahrnahm. Und alleine die Vorstellung von Veras Reaktion freute Hans Adelmeier, als er an jenem Montag den Fotoapparat aus der Schublade der Kommode gefischt und ein Erinnerungsfoto aufgenommen hatte, um es ihr später als Kopie nach Dänemark zu schicken.

„Wann kommt sie denn?", wurde er aus seinen Gedanken gerissen. „Die Würste verbrennen. Eine ist dir schon in die Glut gefallen." Marcello nahm einen Teller vom Stapel und reichte ihn zum Grill.

„Sie müsste jeden Moment eintreffen, wenn der Flohmarkt zu Ende ist", antwortete er mechanisch.

Als hätte seine Tochter die Antwort ihres Vaters gehört, ertönte aus der Ferne das unstete Brummen des Mazdamotors. Sekunden später trat Sandra in einem knappen Blümchenkleid durch das Gartentor. Ihre blonden Haare waren frech zu einem Pferdeschwanz gebunden und einige dünne Strähnen hingen ihr wild in die Stirn. Ihre Sonnenbrille steckte leger am rechten Träger ihres Kleides und die offenen Latschen klatschten bei jedem Schritt applaudierend auf ihre nackten Fußsohlen. Mit zusammengekniffenen Augen starrte Adelmeier durch den Grilldunst auf seine sich schnell nähernde Tochter. Und als sie ganz nah, ganz dicht vor ihm stand, erkannte er auch den Sinn der drei Buchstaben auf ihrem Batik-T-Shirt, das sie unter dem Blümchenkleid mit dem tiefen Ausschnitt trug. L, S und D - in schreiendem Gelb. Die Buchstaben leuchteten wie eine Neonreklame auf ihrer Brust und er befürchtete, dass sie die Blicke seiner Kollegen an sich zogen wie ein Elektromagnet einen Sack voller Nägel. Regungslos hielt Adelmeier eine Wurst in der Grillzange und schaute seine Tochter hilflos an. Am liebsten hätte er ihr seine Grillschürze übergeworfen.

„Meine Tochter Sandra", rief er laut und gekünstelt. Doch dann sagte er nichts mehr. Es war still und einige Sekunden hörte man nur das Knistern der Kohle und das Zischen des Fettes. Es war, als hätte er eine Bühne betreten, um einen Künstler vorzustellen, und als wäre ihm außer der Begrüßungsformel nichts mehr eingefallen.

Es war seine Tochter, die das Schweigen brach: „Hallo Papa, alles okay mit der Wurst?"

Adelmeier legte die krosse Wurst auf dem Teller ab, den Marcello immer noch hielt.

„Na, was Nettes auf dem Flohmarkt gefunden?"

„Flohmarkt?", erwiderte sie auf Marcellos Frage. „Flohmarkt ist doch samstags nicht sonntags."

Adelmeier insistierte. „Aber sagtest du nicht, dass du zum Flohmarkt wolltest?" Er hoffte, dass sie nochmals in ihr Zimmer ging und das blöde T-Shirt wechselte, bevor sie sich unter seine Gäste mischte.

„Auf den Flohmarkt? Ich sagte überhaupt nichts. Oma hat angerufen, während du noch schliefst. Sie klang ein wenig enttäuscht, dass du dieses Wochenende keine Zeit hast. Und da bin ich eben hingefahren. Wir haben bis jetzt auf ihrem Balkon gesessen und ein bisschen geklönt."

Minuten später saßen sie alle an dem großen Tisch. Regina unterhielt sich mit den Kollegen über die unsinnigen Diensteinsatzpläne der letzten Wochen und Marcello versuchte, Sandra die Faszination der Italiener für Ferrari zu erklären. Adelmeier öffnete ein Glas Senf und blickte auf die Wiese. Es rührte ihn und machte ihn auch ein wenig stolz, dass seine Tochter zu ihrer Oma gegangen war. Normalerweise besuchte er seine Mutter immer sonntags. Wie schön, dass seine Tochter diese Aufgabe heute stillschweigend für ihn übernommen hatte. Auch das T-Shirt, für das er sich anfangs geschämt hatte, störte ihn nicht mehr. Das waren Nebensächlichkeiten. Sollten seine Kollegen doch denken, was sie wollten.

Seine Mutter bewohnte bereits seit dem Tod ihres Mannes ein Zweizimmer-Appartement am Dalberg. Er versuchte schon lange, sie dazu zu bewegen, ihre Wohnung aufzugeben und in ein Seniorenstift zu ziehen. Seit zwei Jahren überkam seine Mutter ab und an eine Art Altersschwindel. Sie war schon beim Erledigen ihrer Besorgungen mitten in der Fußgängerzone zusammengebrochen. Glücklicherweise war bis zum heutigen Tag außer ein paar Abschürfungen, Blutergüssen und einer zerbrochenen Brille nichts Nennenswertes passiert. Er wusste aber, dass das nicht so bleiben musste.

Adelmeier dachte mit Entsetzen an die steile Treppe des restaurierten Fachwerkhauses. Nicht auszudenken, wenn sie dort einmal stürzte. Aber jedes Mal, wenn er sie darauf ansprach, erntete er nur Missmut und Unverständnis. Was sie in einem Seniorenheim solle, unter all den alten Leuten, die ihre Suppe verschütteten und schrecklich wirres Zeug redeten? Er versuchte vergeblich, dagegen zu argumentieren. Er schwärmte ihr von den netten Ausflügen vor, von dem Komfort, nicht mehr kochen zu müssen, und reihte wie ein Staubsaugervertreter einen Vorteil an den anderen. *Zieh du doch dort ein, wenn es dir so gut gefällt,* hatte sie ihm pikiert vorgeschlagen. Es sei ihr Altersstarrsinn, hielt er ihr entgegen.

Tief in seinem Inneren wusste er, was sie von ihm erwartete. Doch er konnte nicht. Und es machte auch wenig Sinn, schließlich wäre sie in seinem Haus auch den ganzen Tag über allein und oft genug sogar abends und nachts, wenn er Dienst hatte. Aber es gab noch ein anderes Argument, das eher auf sein eigenes Wohl zielte, als auf das seiner Mutter. Zugegebenermaßen lag sein Liebesleben seit einigen Jahren brach, aber das konnte sich doch auch schnell ändern. Er wusste aber nur zu genau, dass es schwieriger werden würde, wenn sie bei ihm wohnte. Welche Frau wollte das schon? Einen Mann, Kriminalhauptkommissar mit 73-jähriger Mutter, eine Küche, ein Bad?

Seine Gäste bedienten sich gerade ein zweites Mal, als er wie durch Watte Marcellos Stimme vernahm.

„Hans, – im Haus – das Telefon klingelt?"

Minuten später war Adelmeier wieder im Garten. „Das Präsidium. Eine Leiche im Stadtteil Strietwald. Sieht wohl eher nach einem Suizid aus. Aber wir schauen uns das trotzdem einmal an."

3.

Adelmeier hatte beschlossen, Regina mitzunehmen. Er warf einen schnellen Blick auf die Adresse, die er auf einer Papiertüte der Metzgerei Brand notiert hatte: „Es ist einer der Blocks in Strietwald. Da vorne, nach der Ampel müssen wir links rüber."

Als das Kegelzentrum hinter ihnen lag, näherten sie sich zügig dem nordwestlichen Stadtteil Aschaffenburgs. Kleine Mehr- und Einfamilienhäuser flogen wie weiße Kleckse am Seitenfenster des Volvos vorbei. Nach einigen Minuten sahen sie die Wohnblocks vor sich, symmetrisch angeordnet wie ein Fischgrätenmuster.

Den Wagen stellten sie auf einem nahezu verlassenen Parkplatz direkt vor dem Block 4a ab. Ein leichter Wind kam auf. Eine Brise, die eventuell einen befreienden Sommerregen ankündigte. Beim Aussteigen empfing sie aus der Ferne das Geschrei herumtollender Kinder. Adelmeier machte Regina auf eine Gruppe Jugendlicher in grünen Bomberjacken aufmerksam. Sie lungerten rauchend am Spielplatz herum. Ein Mädchen – ungefähr in Sandras Alter – hielt einen wuchtigen Mastino an der Leine. Der Hund zog mit seinem bulligen Körper in Richtung eines Baums und Adelmeier beobachtete, wie sich die nietenbesetzte Lederleine bedrohlich straffte. Ein anderer gescheckter Kampfhund, Adelmeier glaubte in ihm einen Pitbullterrier zu erkennen, umkreiste schnüffelnd eine Schaukel. „Wenn das nur auf die Dauer gut geht", brummte er mürrisch in sich hinein.

Sie passierten eine graue Hausfront. Adelmeier deutete auf die Reihe von Fünf-Quadratmeter-Balkonen. „Sieht so aus, als gehöre eine Satellitenschüssel hier zur Grundausstattung."

Aus offenen Balkontüren drang das hohe insektenartige Gesurre von Motoren. Regina und Adelmeier gingen auf den Hauseingang zu, an dem sie bereits ein Mann mit einer schäbigen Trainingsjacke erwartete. Das einfallende Sonnenlicht spielte mit seinen Brillengläsern und warf allerlei Reflexionen in die Luft. Als sie direkt vor ihm standen, stellte er sich ihnen als Hausmeister Fischler vor.

Sie betraten das graue Betongebäude aus den frühen Siebzigern durch eine gläserne Verbundtür. Ein Verbrechen an der Menschheit, philosophierte Adelmeier still in sich hinein. Er erwartete im Inneren eine ähnliche Tristesse, doch als sie die Eingangstür passierten, ähnelte der Flur eher dem eines Pop-Art-Museums. Die Graffiti waren von hervorragender Qualität. Das sah man sofort. Sie trugen alle denselben Schriftzug. *Zacks*, oder so ähnlich. Er erkannte zwei nachgesprayte Roy Lichtenstein Motive, die er früher schon einmal in einem Kunstband gesehen hatte. Die gesprühten Bilder ließen kaum einen freien Fleck auf der kalten Betonwand und flossen wie wilde Ströme ineinander über.

Während sie dem Hausmeister weiter in den ersten Stock folgten, konnte Adelmeier deutlich die Fahne riechen, die er Stufe für Stufe hinter sich herzog.

„Hier herein", schnaufte Fischler kurzatmig, als sie die Wohnung des Toten erreicht hatten.

Adelmeier konzentrierte sich, um sich einen ersten, ungefilterten Eindruck zu verschaffen. Das tat er immer, wenn er einen vermeintlichen Tatort betrat. Aus unzähligen Ermittlungen wusste er nur zu genau, wie wichtig es war, möglichst viele Einzelheiten aufzunehmen. Am liebsten würde er alles konservieren. Gerüche, Geräusche, die gesamte Stimmung wie mit einem trockenen Schwamm aufsaugen und in ein Gefäß hineinpressen. Nichts ärgerte ihn mehr, als wenn er sich zu einem späteren Ermittlungszeitpunkt nicht mehr an wichtige Einzelheiten erinnern konnte. Und verzweifelt nach einer Kleinigkeit kramte, von der er wusste, dass er sie wahrgenommen hatte und spürte, dass dieses Wissen aber nur noch diffus in seinem Unterbewusstsein vorhanden war.

Adelmeier blieb an der Türschwelle stehen. Die Luft roch abgestanden, nach getragener Wäsche und leicht süßlich, als würden sich verderbliche Essensreste in der Wohnung befinden. Es schien lange nicht mehr gelüftet worden zu sein. Von der Tür aus wirkte die Wohnung ungepflegt. Er folgte einem leichten Geruch von abgestandenem Kaffee und erreichte den Eingang zur Küche. Ein Notarzt kniete vor seinem schwarzen Arztkoffer und verstaute darin routiniert einige Utensilien.

„Dr. Kern“, stellte er sich vor. „Ich wurde vor einer knappen Stunde von der Rettungsleitstelle hierher beordert.“ Er deutete auf den Toten, der ungelenk, wie eine schlecht platzierte Schaufensterpuppe auf einem einfachen Küchenstuhl saß. “Alles deutet auf Medikamentenvergiftung durch eine größere Menge Schlaftabletten hin“, erklärte er ohne Aufforderung. „Schauen Sie! Die leeren Tablettenröhrchen liegen allesamt noch auf und unter dem Tisch. Der übliche Kram, den man so ohne Rezept in Apotheken bekommt.“

Regina und Adelmeier standen einen Moment vor dem Toten und betrachteten ihn. Der rechte Arm hing steif an dem Leichnam herunter, als ob er nicht zum Rest des Körpers gehörte und der Kopf mit dem vollen Haar ruhte friedlich in der linken Armbeuge. Adelmeier beugte sich zu dem Oberkörper herunter, der nur von der Tischplatte am Abrutschen gehindert wurde. Der offen stehende Mund war eigenartig zu einem schrumpeligen Oval geformt. Und es schien, als ob der Tote mit seinen ausgetrockneten Lippen noch sprechen wollte. Mit etwas Mühe konnte Adelmeier in den Mundwinkeln das glasige Weiß der getrockneten Speichelreste erkennen. Die Augen waren friedlich wie im Schlaf geschlossen. Das pergamentartige Aussehen der Haut berührte Adelmeier immer wieder aufs Neue, wenn er eine Leiche sah. Ohne ihn anzufassen, spürte er regelrecht die Kälte, die der leblose Körper ausstrahlte.

Von dem Hausmeister wussten sie, dass der Tote im Städtischen Klinikum gearbeitet hatte. Er trug offensichtlich noch seine Arbeitskleidung: Weiße Hose, weiße Schuhe, weißes Hemd. An seiner rechten Brusttasche haftete ein silberfarbenes Namensschild mit schwarzen Druckbuchstaben: Dr. Weißenberger. Hatte er keine Lust gehabt, seine Kleidung zu wechseln, oder hatte er keine Gelegenheit mehr dazu?

Adelmeier lenkte seine Aufmerksamkeit wieder auf die Küche. Links neben dem Fenster entdeckte er eine Kaffeemaschine, mit einer noch bis zur Hälfte gefüllten Glaskanne. Davor stand mitten auf dem Küchentisch direkt in Greifnähe des Toten ein Radiorecorder. Adelmeier erkannte das Modell. Ein alter ITT Schaub Lorenz mit einem eingebauten Mikrophon. Das gleiche Gerät, das auch Sandra besessen hatte, um ihre Kinderkassetten zu hören. Da der Recorder an dieser Stelle deplatziert wirkte und kein Brief und nichts Geschriebenes auf dem Tisch lag, tippte Adelmeier auf eine Abschiedsbotschaft auf Band.

„Wie weit sind Sie mit Ihren Untersuchungen?"

„Im Grunde habe ich nur den Tod festgestellt und den Schein ausgefüllt. *Todesursache ungeklärt.*" Er machte eine kleine Pause, bevor er erklärend hinzufügte: „Verstehen Sie, um die Körpertemperatur messen zu können, hätte ich ihn umdrehen und entkleiden müssen." Dr. Kern wedelte nachdenklich mit dem Totenschein. „Das Gleiche gilt auch für die Totenflecken. An den Auflagestellen, an denen sie auftreten, ist er bekleidet. Ich wollte die Leiche unbedingt für Sie in unveränderter Position lassen. Die Totenstarre ist noch in allen Gelenken feststellbar. Das bedeutet, wie Sie wahrscheinlich wissen, dass er mindestens acht Stunden, aber noch nicht länger als zwei Tage tot sein muss." Als Dr. Kern Adelmeiers skeptischen Blick aufschnappte, fügte er hinzu: „Okay, aber bitte nageln Sie mich später nicht darauf fest: Aufgrund des allgemeinen Eindrucks der Leiche würde ich so auf um die achtzehn Stunden tippen."

„Sonstige äußere Verletzungen?"

„Keine, wenn man von den Hämatomen an beiden Handgelenken absieht", entgegnete der Notarzt und machte einen Schritt auf den Toten zu.

„Hämatome?" Adelmeier folgte ihm neugierig.

„Hier." Dr. Kern deutete unter den Tisch auf die Innenseite des Handgelenkes. „Als hätte man ihn festgehalten oder festgebunden. Das Gleiche hat er auch am linken Gelenk."

Adelmeier betrachtete den Toten von hinten. „Eigentümliche Sitzhaltung. Beinahe unnatürlich."

„In der Tat passt die Körperhaltung des Leichnams nicht zu einer Selbsttötung. Der Oberkörper scheint durch die Erschlaffung der Muskulatur entweder relativ kurz nach dem Eintritt der Bewusstlosigkeit oder des Todes nach links gerutscht zu sein. Hätte der Körper - was ich für wahrscheinlich halte - die Bewegung fortgesetzt, müsste die Leiche jetzt auf dem Boden liegen. Die Tischplatte ist glatt und bietet kaum Reibungswiderstand." Er schaute Adelmeier prüfend an, um zu sehen, ob er verstand. „Das erklärt auch die seltsame Stellung von Ober- zu Unterkörper. Ich denke, da hat jemand nachgeholfen."

„Und das bedeutet? Reden Sie ruhig weiter."

„Also, die Sitzhaltung des Mannes muss kurz nach Eintritt des Todes noch einmal korrigiert worden sein. Darauf würde ich mein nächstes freies Wochenende setzen."

Adelmeier ließ sich die Ausführungen des Notarztes durch den Kopf gehen. Er freute sich, einen dermaßen aufmerksamen und gewissenhaften Arzt in Aschaffenburg zu wissen. Viele Kollegen seiner Zunft hätten, aus Bequemlichkeit oder einfach nur aus Nachlässigkeit einen klaren Suizid festgestellt.

„Regina, fordere bitte mal die Technik an!"

„Wenn Sie keine Fragen mehr haben ...", sagte der Notarzt und griff nach seinem Koffer. Adelmeier schüttelte den Kopf und begleitete Dr. Kern zum Ausgang.

Im Vorbeigehen entdeckte er im Wohnzimmer den Hausmeister, der dort seine eigene Inspektion vornahm. Fischler lehnte an einem Sideboard, als befände er sich bei einem guten Bekannten, und studierte mit großem Interesse einen Fotorahmen. Adelmeier fluchte innerlich. Er hatte es versäumt, den neugierigen Trunkenbold an der Eingangstür fortzuschicken. Seine Konzentration auf den *ersten ungefilterten Eindruck* hatte ihn das Simpelste vergessen lassen. Er ärgerte sich über den Anfängerfehler. Nachdem er den Hausmeister wütend aus der Tür bugsiert hatte, streifte er sich ein Paar Einweghandschuhe über und setzte fort, was Fischler bereits begonnen hatte.

Dass Weißenberger hier mit einer weiteren Person gewohnt hatte, hielt Adelmeier für unwahrscheinlich. Die Wohnung wirkte völlig wahllos möbliert. Es schien, als seien die Möbel einzig nach Kostenaspekten ausgesucht und nach den Gesetzen des Zufalls in der Wohnung verteilt worden. Im Wohnzimmer präsentierte sich neben einem Kurbeltisch eine Truhe aus Rattan, in der Dr. Weißenberger offenbar seine schmutzige Wäsche lagerte. Der Ärmel eines weißen Hemdes hing nachlässig aus der Klappe. Adelmeiers Blick fiel auf die Ablage eines angerosteten Heizkörpers. Dort wartete die Stereoanlage, dass sie mit ihrem Umfeld unter einer dicken Staubschicht verschmolz. Zwischen den russischen Matrjoschka-Puppen, mit denen der Plexiglasdeckel des Plattenspielers zugestellt war, entdeckte Adelmeier eine alte Platte der Rockband *Karat*. Adelmeier nahm die Puppen in die Hand und wusste nicht, was er darin zu finden hoffte. Trotzdem war er ein wenig enttäuscht, dass die Hohlräume mit Ausnahme einiger Krümel Salzstangen allesamt leer waren.

Das einzige Möbelstück, das sich von dem Rest der Einrichtung abhob, befand sich neben dem Sideboard. Es war ein antiker englischer Sekretär. Gespannt zog er eine der Schubladen in der Hoffnung auf, darin Briefe oder andere persönliche Unterlagen zu finden. Doch er fand nur das örtliche Telefonbuch, darunter die gelben Seiten. Die dritte Lade brachte dann einen Gegenstand zum Vorschein, der zumindest Anlass zu einem Fünkchen Hoffnung erlaubte. Adelmeier packte vorsichtig die schweinslederne Brieftasche an den Rändern und klappte sie auf. In den vorderen Kreditkartenfächern steckten einige Plastikkarten: eine EC-Karte der Dresdner Bank, der purpurne Clubausweis des Videolands, die Mitgliedskarte eines Fitnessstudios in der Hanauer Straße und der gelbe Ausweis des ADAC. Adelmeier drehte die Brieftasche auf den Kopf und schüttelte sie, bis aus dem hinteren Fach eine portugiesische Briefmarke, der Fahrzeugschein und der Personalausweis segelten. Er war gerade damit beschäftigt, die Daten des Ausweises zu überfliegen, als er Reginas Stimme aus dem Flur hörte.

„Auf dem Anrufbeantworter blinkt eine Eins und das Band im Radiorecorder haben wir auch noch nicht abgehört. Willst du damit warten, bis die Techniker kommen?“

„Nein! Um Himmels willen nicht in dem dann herrschenden Getöse! Er fährt übrigens einen Alfa", rief er ihr zu und legte die Papiere wieder auf den Tisch.

Im Flur wartete bereits Regina mit einem Bleistift in der Hand vor dem blinkenden Anrufbeantworter. Und erst als Adelmeier in dem finsteren Gang dicht neben ihr stand, drückte sie die Spitze fest auf den Startknopf. Eine monotone Computerstimme bröckelte aus dem Kunststoffgehäuse und meldete, dass jemand einen Text aufgesprochen hatte. *19.32 Uhr. Erste neue Nachricht.* Ein kurzes Knacken leitete dann über zu einer Frauenstimme. „Wahrscheinlich bist du unterwegs. Ich habe heute Nachtdienst. Falls du deinen Blouson vermisst, er hängt noch bei uns im Schrank."

Eine Kollegin, die ihren Namen nicht nannte, schickte eine Botschaft ins Jenseits, dass Weißenberger seine Jacke vergessen hatte. Jenseits? War das Leben für Dr. Weißenberger um 19.32 Uhr wirklich bereits beendet, oder hatte er einfach keine Zeit oder Lust gehabt, das Band abzuhören?

„Gut, zumindest haben wir durch die Uhrzeit einen zeitlichen Anhaltspunkt. Setz dich doch bitte später mit dem Krankenhaus in Verbindung und bring in Erfahrung, wann er die Klinik verlassen hat. Weiter brauchen wir die Namen von Weißenbergers Angehörigen, ich hätte auch gern den der Anruferin."

Adelmeier winkte Regina, ihm in die Küche zu folgen. „Auf dem Küchentisch lag ein Schlüsselbund. Wir müssen herausfinden, wie viele Schlüssel es zu der Wohnung gibt. Dabei kann uns die Hausverwaltung behilflich sein. Wenn später nicht alle Schlüssel auftauchen, wissen wir vielleicht, wie ein eventueller Täter in die Wohnung gekommen sein könnte. Wir dürfen dabei aber nicht übersehen, dass auch einer noch in der Jacke im Krankenhaus stecken könnte."

Er griff nach ihrem Bleistift und schob ihn durch den Ring des Schlüsselbundes. An dem Metallring hing ein roter Kunstlederanhänger von Alfa Romeo. „Kellerschlüssel, Autoschlüssel ...", begann Adelmeier, dann drehte er zwei Winkhausschlüssel bis sie aneinander lagen und hielt sie gegen das Küchenfenster. „Die Bärte sind unterschiedlich. Ich glaube, dass zumindest einer zur

Wohnung passt. Also, zu welchem Schloss gehört der andere? Dass er einen Schlüssel vom Krankenhaus hatte, halte ich eher für unwahrscheinlich."

Er ließ die Schlüssel wieder vom Bleistift gleiten und schaute in das Kassettenfach des ITT. Das Chromdioxidband der Leerkassette war an den linken Rand gespult. Adelmeier drückte den Wiedergabeknopf, bis er mit einem mechanischen Klacken einrastete. „Es ist kein Verlust, denn es ist nicht so, dass ich etwas aufgebe, sondern ich werde etwas los, durch das ich Leid erfahre. Dementsprechend sollte es auch kein Verlust und kein Grund der Trauer für euch sein, dass ich gehe."

„Melodramatisch, beinahe schon unheimlich", flüsterte Adelmeier und für einen Augenblick dachte er, die Stimme zu kennen. Adelmeier und Regina schauten sich stumm und betreten an. War die Verwahrlosung der Küche vielleicht nur ein Ausdruck seiner Einsamkeit? Für wen sollte er sich noch Mühe geben? Nicht einmal mehr für sich selbst?

Ganz aus der Ferne vernahm Adelmeier, wie in einer unruhigen Aufwachphase, in der sich Traum und Realität vermischen, Gesprächsfetzen aus dem Treppenhaus. Eine der beiden Stimmen, die er nun immer deutlicher hörte, haftete ihm wie eine Klette im Gedächtnis. Klebte unauslöschlich und hartnäckig an der Stelle seines Gehirns, an der so eine Art Zentralspeicher aller peinlichen Lebenssituationen existieren musste. Und leider war es nicht die Stimme des Polizeifotografen Schreibers. Es war eine tiefe Frauenstimme, die die Treppe hinaufrollte.

Seitdem er damals bei der Weihnachtstombola ihr Päckchen gezogen hatte, kam er zu seiner Erleichterung nur selten in die Verlegenheit, sie zu hören. Die weihnachtlich verpackte Aufmerksamkeit bestand aus einem Fotobildband, der das Aschaffenburg früherer Jahre zeigte. Lange bevor in der Fußgängerzone die Anonymität wie eine Krankheit um sich gegriffen hatte. Mittlerweile hatten viele Einzelhändler den Filialen großer Ketten der Bekleidungsindustrie weichen müssen oder hatten ihre Geschäfte aus anderen Gründen aufgegeben. Den Spielzeugladen, den Schuhhändler, das Wäschegeschäft neben dem Juwelier – sie alle gab es nicht mehr. Die Straßen rund um die Herstallstraße hatten durch diese Verdrängung immer mehr von ihrem ursprünglichen Charme verloren, lamentierte Adelmeier häufig im Stillen. Doch seine Erinnerungen beim Klang der Stimme beschränkten sich nicht nur auf das Aschaffenburger Stadtbild und auf die Schönheit der Fotografien. Der Verlauf des Abends war es, der ihm zu schaffen machte.

Die vorletzte Weihnachtsfeier: Nach dem Hauptgang war der Geräuschpegel in dem kleinen italienischen Restaurant mit jedem niedergelegten Besteck merklich angeschwollen. Adelmeier hatte wie so häufig nur wenig Lust verspürt, an den Unterhaltungen seiner Kollegen teilzunehmen. Nachdem er eine Weile beobachtet hatte, wie Balling auf einer kleinen Bühne Zettelchen aus der Tombola gefischt hatte, war sein Blick durch das mit künstlichen Eisrosen dekorierte Fenster gewandert. Während seine Gedanken eine Weile durch die Schneeverwehungen getrieben waren und der Alkohol - zu diesem Zeitpunkt immerhin bereits vier Gläser Chianti - selbst die entferntesten Kapillargefäße erreicht hatte, hatte er aus der Ferne Sprechchöre seinen Namen rufen hören. Es war das Los mit der Nummer 43 gewesen. Adelmeier hatte sich erstmalig aufrichtig über den Inhalt eines Tombolapäckchens gefreut. Umso mehr, wenn er daran dachte, was er selbst an diesem Morgen in aller Schnelle in dem alten Wohnzimmerschrank gefunden und verpackt hatte. Er hatte sich kurz suchend umgesehen und gehofft, dass sich der Schenker durch ein Zeichen outete. Und tatsächlich hatte er an einem der hinteren Tische deutlich eine winkende Hand entdeckt.

Auf einmal war er neben Frau Anna Gosztony, der neuen Kollegin aus der Kriminaltechnik gesessen. Adelmeier hatte sich erkundigt, ob es ihr an ihrer neuen Arbeitsstätte gefalle, und außerdem hatte ihn interessiert, wie sie auf den Einfall mit dem Bildband gekommen war. Liebe auf den ersten Blick, hatte sie lächelnd geantwortet. Jedes Mal spürte Adelmeier bei seinen Rückblicken, dass er genau an diesem Punkt hätte aufstehen und an seinen Platz zurückkehren sollen. Doch er war sitzen geblieben und die Moussevariation mit Feigen hatte vergeblich auf seine Rückkehr gewartet. Nach dem fünften Glas Rotwein hatte er ihre Stimme nur noch dumpf und wie aus der Ferne vernommen. Unzusammenhängende Wortfetzen mit unzähligen in die Länge gezogenen *is* und *nes* waren an sein Ohr gedrungen. Er hatte fast nur noch Laute vernommen und nur gelegentlich ganze Worte verstanden. Doch die Verknüpfung zu vollständigen und sinnvollen Satzgebilden hatte sein Verstand nicht mehr geschafft. Immer, wenn ihre Stimme lauter geworden war oder er gedacht hatte, sie hätte eine Frage an ihn gerichtet, hatte er ruckartig den Kopf gehoben – bemüht, sich seine Konzentrationsprobleme nicht anmerken zu lassen. Den Versuch, Erfrischung bei einem Glas Wasser zu finden, hatte sie mit einem *Hans, das ist doch nichts für diesen schönen Abend* quittiert. Hans. Mittlerweile waren sie wohl bei der vertrauten Form der Anrede angekommen. Das musste bei einer dieser Gelegenheiten passiert sein, als er nur genickt hatte. Auch dem kleinen Wort *Taxi* hatte er nur nickend zugestimmt – und dann hatte der Teil des Abends begonnen, der ihm am unangenehmsten in Erinnerung war. –

Als Erstes betrat Schreiber die Wohnung. Nach einer kurzen Begrüßung stellte er seinen Fotokoffer und das Metallstativ mit den Scheinwerfern in den Flur. Dann verschwand er nochmals, um den Rest seiner Ausrüstung zu holen. Schließlich durchschritt auch Anna den Türbogen und begrüßte Adelmeier mit einem flüchtigen Lächeln.

„Lange nicht mehr gesehen, Hans." Ihr Körper steckte bis zum Kopf in einem schneeweißen Spurensicherungsanzug. Sie blickte sich fragend um, während ihre rechte Hand immer noch den unförmigen Koffer hielt.

„Er ist in der Küche. Komm, ich nehme dir erst einmal den Koffer ab", bot er ihr an.

„Es geht schon. Ich habe ihn schließlich auch alleine nach oben getragen", wehrte sie ab, lächelte wieder und betrat die Küche.

Adelmeier und Regina lehnten mittlerweile im Türrahmen, während die beiden Techniker ihre Arbeitsmaterialien ausbreiteten.

„Regina, kannst du dich mal um den Alfa kümmern? Vielleicht steht er vor dem Haus."

Nach einigen Minuten kehrte sie zurück. „Nichts. Weder auf dem Parkplatz, noch auf der Straße. Merkwürdig, an Parkmöglichkeiten mangelt es wirklich nicht."

Adelmeier beobachtete geistesabwesend, wie Schreiber im Scheinwerferlicht den Toten fotografierte. Er benutzte nicht mehr die alte Leica Spiegelreflex, die beim Auslösen immer ein leises Klicken in die Stille warf. Adelmeier vermisste in diesem Moment das vertraute Geräusch. Schreiber arbeitete mit einer modernen Digitalkamera, die lautlos alle Einzelheiten festhielt. Er wechselte dabei flink die Seiten und fotografierte die Leiche aus verschiedenen Positionen.

„Was ist denn daran so merkwürdig?", fragte Adelmeier mechanisch.

„Das liegt doch auf der Hand: Warum soll er mit seinem Auto ins Krankenhaus fahren und es dort stehen lassen?"

„Muss es denn unbedingt beim Krankenhaus stehen?"

„Das ist doch wahrscheinlich. Oder fällt dir etwas anderes ein?"

„Eine Möglichkeit von Tausenden", sagte er. „Vielleicht hat er es verliehen? Oder es ist in der Werkstatt? Oder er ist morgens in die Klinik gefahren und dann ist es nicht mehr angesprungen."

Schreiber hatte sein Foto-Shooting beendet und übermittelte bereits das Bildmaterial an seinen Laptop. Nachdem ein Pfeifen das Ende der Datenübertragung meldete, kontrollierte er die Qualität der Aufnahmen auf dem Bildschirm. Sein Gesichtsausdruck strahlte Zufriedenheit aus. Anna hatte sich mittlerweile tief über die Leiche gebeugt und tastete den behaarten Teil des Kopfes ab. Dann schob sie vorsichtig die Augenlieder nach oben und leuchtete mit der Taschenlampe in die Augäpfel.

„Angenommen, das Auto steht am Krankenhaus – er hatte eine Panne, oder etwas anderes hat ihn bewogen, ausgerechnet an *diesem* Tag das Auto stehen zu lassen – Aber ... wie ist er dann nach Hause gekommen?", murmelte Adelmeier vor sich hin. „Wir müssen in Erfahrung bringen, was mit dem Auto los ist."

Mit einem flüchtigen Seitenblick registrierte Adelmeier, dass Anna als Nächstes nach Fingerabdrücken suchen wollte. Sie hielt gerade das braune Fläschchen Magna-Bush-Pulver prüfend gegen das Licht, als ihm plötzlich wieder Fischler einfiel. Er wandte sich sofort von Regina ab und trat zu der Technikerin an den Küchentisch. „Anna, es ist mir ziemlich unangenehm, aber du brauchst auch Vergleichsabdrücke von dem Hausmeister."

Sie schaute ihn an und fragte erstaunt: „Hatte der Hausmeister etwa hier Zugang?"

„Nein", antwortete Adelmeier verlegen. „Er war nur vorhin kurz in der Wohnung."

„Innerhalb dieser Wohnung? Er musste sie doch nur aufschließen und euch reinlassen."

Adelmeier erwog einen Moment eine Notlüge, aber er verwarf den Gedanken sofort, da er wusste, dass Anna die Fingerabdrücke auch so im Wohnzimmer finden würde. Und noch dazu war sie erfahren genug, um zu merken oder zumindest zu erahnen, dass diese nicht schon Tage alt waren.

„Ich habe ihn vorhin kurzzeitig aus den Augen gelassen und da muss er irgendwie ins Wohnzimmer ... Na ja, er hatte auf jeden Fall den Fotorahmen in der Hand. Was er sonst noch angetatscht hat, kann ich dir nicht sagen."

Anna blickte ihn an und zog ihre linke Augenbraue in die Höhe. „Den Hausmeister mal kurzfristig aus den Augen gelassen? Das sind ja beinahe ungarische Verhältnisse wie vor dreißig Jahren. Ich dachte ihr seid hier so *gründlich*."

„Gründlich. Gründlich. Wollen wir wirklich so unsere erste Zusammenarbeit beginnen? Der Hausmeister hat nun mal herumgeschnüffelt. Ich kann es auch nicht mehr ändern."

„Weil du ihn herumschnüffeln lassen hast!"

„Anna, lass uns zumindest versuchen, den Fall hier professionell anzugehen. Ungeachtet unserer alten ...", und dann verstummte er.

Die Bemerkung über die Professionalität belustigte sie, aber er hatte Recht. „Schon gut, ich achte auf die Abdrücke."

Adelmeier blieb weiter bei der Kriminaltechnikerin stehen. Neben ihrem Koffer lagen bereits einige Transportbehälter aus Kunststoff und er konnte zwei Tablettenröhrchen in ihnen ausmachen. Anna strich mittlerweile behutsam einige weiße Krümel, die wie Salzkörner aussahen, in eine Bakteriette.

„Salz? Oder andere Essensreste?" Er deutete auf die Krümel.

„Nein. Sieht eher wie Hautpartikel aus."

Adelmeier betrachtete nachdenklich den Toten. Irgendetwas irritierte ihn und es war nicht nur die unnatürliche Körperhaltung, über die er bereits mit Dr. Kern gesprochen hatte. Etwas stimmte nicht mit dem Gesicht.

„Fällt dir etwas bei dem Gesicht des Toten auf? Irgendeine Kleinigkeit, die dir unnatürlich vorkommt?"

„Die Gesichter von Toten sehen immer unnatürlich aus. Oft aschfahl, kalt und wie aus einem Wachsfigurenkabinett."

Sie richtete sich wieder auf und stand nun eng neben Adelmeier. Gemeinsam betrachteten sie das Gesicht und schwiegen eine Weile. Der Tote sah tatsächlich aus, als hätte man ihn aus einem Wachsfigurenkabinett entwendet und als schlechten Scherz hier an diesen Tisch gesetzt. Scharen von Schulklassen und Touristen waren in der Vergangenheit an ihm vorübergegangen, hatten ihn betrachtet und bestaunt. Jetzt fehlte er irgendwo in London oder in einer anderen Metropole. Ein Messingschild hatte ihn dort als berühmten Mikrobiologen, Neurochirurgen oder Radiologen so und so ausgewiesen, der die Welt durch seine Entdeckung oder Forschung verändert hatte. *Bitte nicht berühren und den Sicherheitsabstand einhalten!* Jeder Besucher hatte ihn betrachtet und bestaunt. Und dann war es Adelmeier auf einmal klar: Und einige dieser Besucher hätten sich wahrscheinlich das Gleiche gefragt: Was denn in seinem Mund stecke, dass dieser so eigentümlich offen stehe.

„Der Mund!", schoss es aus ihm heraus. „Was hat er im Mund?"

„Nichts. Ich habe hineingeschaut", entgegnete Anna überrascht.

„Schau nochmals hinein!", drängelte Adelmeier.

Irritiert nahm Anna die Taschenlampe und leuchtete in die dunkle Mundhöhle. Adelmeier beugte sich tief zu dem Toten herunter. Er starrte direkt auf das rot angeleuchtete knorpelige Netz des Gaumens. Das Zäpfchen hing überflüssig hinter der seitlich heruntergefallenen Zunge. Adelmeier befand sich mittlerweile so nahe an dem Gesicht des Toten, dass seine Haare die Stirn der Leiche streiften. Die Mundhöhle war ausgetrocknet und aus dieser kurzen Entfernung roch Adelmeier nun doch einen leichten Geruch, den er aus den entlegensten Winkeln der Pathologie kannte.

„Dort! Ich glaube hinter der Zunge befindet sich etwas im Rachenraum."

Anna nahm ihre Beleuchtungslupe zur Hand und schob Adelmeier sanft zur Seite. Sie leuchtete nur einige Sekunden in den Mundraum und Adelmeier kam es wie eine Ewigkeit vor.

„Den kleinen Stab und die Pinzette", forderte sie ihn auf.

Vorsichtig schob sie die Zunge mit dem Stab von der unteren Zahnreihe weg und fuhr mit der Pinzette tief hinter den letzten Backenzahn, die sie mit geübter Hand führte. Dennoch rutschten ihr die Metallspitzen erst einige Male ab, bevor sie Sekunden später ein speichelverklebtes Plastikteil mit einer Metallkette aus dem Mund fischte.

4.

Nachdem die Spurensicherung abgezogen war, machten sie ihre Runde bei den Nachbarn. Adelmeier hatte sich sofort bereit erklärt, den Part bei Fischler zu übernehmen. Doch als ihm vom Hausmeister die Wohnungstür geöffnet wurde, erkannte er, dass es keinen Sinn machte, jetzt mit dem Mann zu reden. Fischler glotzte nur mit verwässertem Blick an Adelmeier vorbei, als er ihm seine Karte in die Hand drückte und ihn am folgenden Tag um 10.00 Uhr ins Präsidium einbestellte.

Während Regina die Mieter im ersten Stock befragte, läutete er bei Frau Rosa Lamprecht, die die Wohnung direkt gegenüber der des Arztes bewohnte. Zu seiner Überraschung öffnete eine ältere Dame in einem eleganten altrosafarbenen Kostüm. Adelmeiers Blick fiel sofort auf ihre kunstvoll drapierte Dauerwelle. Sie saß akkurat wie eine Barockperücke auf ihrem kleinen faltigen Puppengesicht.

„Kriminalhauptkommissar Adelmeier", stellte er sich vor und zeigte der alten Dame seinen Polizeiausweis. „Darf ich Sie einige Minuten stören? Ich möchte gerne mit Ihnen über einen Ihrer Nachbarn sprechen."

„Treten Sie ein, Herr Inspektor. Mich stören Sie keineswegs. Für ein Tässchen Tee werden wir beide doch Zeit finden." Sie strahlte ihn freundlich an und tiefe Lachfalten gruben sich in ihre Schläfen. „Ich nehme an, Sie möchten von mir erfahren, welchen Eindruck der arme Dr. Weißenberger bei mir hinterlassen hatte? Und ob ich seine Lebensgewohnheiten oder dergleichen kannte? – Aber da muss ich Sie enttäuschen."

Frau Lamprecht trat einen Schritt zur Seite und bedeutete Adelmeier mit einer einladenden Geste einzutreten.

„Hat es sich hier im Haus schon herumgesprochen, dass Dr. Weißenberger verstorben ist?", fragte Adelmeier und folgte ihr ins Wohnzimmer. Sein Blick fiel dabei auf ihre blank polierten Schuhe. Trotz der filigranen, hohen Absätze zeigte sie keinerlei Unsicherheit in ihrem Gang. Man merkte gleich, dass sie ein Leben lang gewohnt war, sich in eleganten Schuhen zu bewegen. Durch die feinen Maschen der cremefarbenen Strumpfhose, sah er einige bläuliche Adern hervorschimmern. Wie alt Frau Lamprecht wohl sein mochte? Adelmeier tippte, dass sie ungefähr im Alter seiner Mutter war und empfand es auf einmal als unflätig, ihr so ungeniert auf die Beine geschaut zu haben.

„Verstorben? Das hört sich so harmlos und natürlich an. Wenn man es genau bedenkt, gibt es eigentlich nur zwei Gründe, weshalb Polizeibeamte urplötzlich auftauchen: Entweder hat jemand etwas verbrochen, oder es ist ihm etwas Schreckliches zugestoßen. – Und verbrochen hat der nette Arzt bestimmt nichts. Doch um ehrlich zu sein: Ich habe vorhin auch etwas an der Tür gelauscht und natürlich durch den Spion gesehen."

Bevor die alte Dame in die Küche ging, bat sie Adelmeier, im Wohnzimmer auf dem Chintz-Sofa Platz zu nehmen. Ihre Abwesenheit nutzte Adelmeier; um sich ein wenig umzusehen. Auf dem Bildschirm des leise gestellten Fernsehers hüpfte der Papageno aus Mozarts Zauberflöte über die Bühne. Die Armlehnen des Fernsehsessels waren zum Schutz mit monogrammbestickten Stoffservietten abgedeckt. Adelmeier ließ sich auf das dreisitzige Sofa fallen und war verwundert, wie tief er darin einsank. Die Polster schmiegten sich eng an seine Oberschenkel und er fühlte sich beinahe wie in einem Sitzbad aus Stoff.

Nach einigen Minuten kehrte Frau Lamprecht mit einem Tablett zurück. Als sie sich ihm gegenüber in den Fernsehsessel setzte, bemerkte er, dass sich außer dem Tee noch einige Scheiben Nusskuchen darauf befanden.

„Orange Pekoe. Drei Minuten gezogen." Sie griff zu seiner Tasse und goss aus der silbernen Kanne ein. Nicht einmal ein winziges Tremolo hörte man dabei auf der Untertasse.

„Schön, dass sie zeitgleich zu der Sportübertragung die Zauberflöte zeigen. Eine gute Alternative, für diejenigen, die sich nicht am Motorenlärm erfreuen." Adelmeier war froh, die Inszenierung erkannt zu haben.

„Weit gefehlt, Herr Inspektor."

„Weshalb? Doch nicht die Zauberflöte?"

„Doch, natürlich ist sie das. Aber es ist eine Video-Aufzeichnung, die ich mir hin und wieder ansehe. Ich habe den Recorder von meinem Enkel geschenkt bekommen." Sie betonte bei *Video* deutlich jede Silbe des Wortes.

„Ihr Enkel?"

Adelmeier blickte auf die gerahmte Fotografie, die über dem Vertiko hing. Sie zeigte einen ungefähr zwanzigjährigen Mann. Die Jeans, die er trug, waren ihm deutlich zu groß und es schien, dass er sie bei dem nächsten Schritt unweigerlich verlieren müsse. Er lächelte mit dem Lächeln seiner Großmutter in die Kamera und hielt beidhändig einen überfüllten Picknickkorb. Seine langen Dreadlocks waren mithilfe eines gerollten Haarbandes streng nach hinten gebunden.

„Ja. Das ist Siegfried, mein einziger Enkel und meine größte Stütze. Ein richtiger Goldschatz. Er besucht mich regelmäßig. Ich sage mir stets: lieber so einen Enkel, als fünf andere. Er müsste nur einmal zum Frisör. Dreihundert Euro habe ich ihm versprochen, wenn er es macht", erklärte sie mit einem verschmitzten Lächeln.

„Das Foto wurde aufgenommen, als er mich zum Picknick abgeholt hatte. Er schenkte mir diesen Ausflug zu meinem Siebzigsten. Es war schon etwas abenteuerlich, mit seinem alten Renault über die Landstraßen zu fegen. Und sogar an Orangenlikör hatte er gedacht."

Da Adelmeier die alte Dame nicht in ihrer Laudatio unterbrechen wollte, nahm er erst einmal ein Stück Nusskuchen und lehnte sich bequem in die Sitzkissen.

„Siegfried arbeitet in einem Baumarkt, drüben in der Stadt. Ein schreckliches Zeug, das sie da verkaufen. Bohrmaschinen, Schrauben, Kleister, ja sogar ganze Fußböden zum selbst Verlegen. Ich konnte das nie verstehen. Der Junge hatte doch andere Voraussetzungen und Qualitäten. Er ist künstlerisch ein Ass. Ins Städel hätte er gemusst – Kunst studieren. Zweimal wöchentlich, wenn er mit seiner Arbeit fertig ist, besucht er mich und versorgt mich mit Lebensmitteln. Ich kann in meinem Alter nicht mehr schwer tragen. Rheuma und Arthrose."

Frau Lamprecht lehnte sich in ihrem Sessel zurück und faltete ihre manikürten Hände in ihrem Schoß.

„Verband Sie etwas Persönliches mit Dr. Weißenberger?" Adelmeier fügte erklärend hinzu: „Sie hatten Recht. Er ist tot."

„Wie ist es passiert?"

„Es ist noch zu früh, Genaueres darüber zu sagen. Pflegten Sie Kontakt zu dem Verstorbenen?"

„In meinem Alter hat man keine großartigen Kontakte. Er hat mir ab und an etwas aus der Stadt mitgebracht. Manchmal kam es sogar zu einem kleinen Plausch im Flur – mehr nicht. Niemals hat er von sich aus geläutet."

„Besuch von Verwandten oder Freunden?"

„Er war ein Schwan."

Adelmeier stutzte bei dem Vergleich. „Was meinen Sie mit Schwan?"

„Er hatte keinen Siegfried und schon gar keine Frau. Ich hatte gleich das Gefühl, dass er irgendwann seine Liebe verloren und sich dann zurückgezogen hatte. Er war eben ein Schwan, der alleine seine Kreise zog."

Adelmeier rührte mit dem Silberlöffel nachdenklich in seinem Tee. „Hat er einmal bei einem ihrer kleinen Plausche irgendwelche Verwandten erwähnt?"

„Er sagte, er habe keine Verwandten mehr außer einer älteren Schwester, die irgendwo in den Vereinigten Staaten lebt."

Die alte Dame führte ihre Tasse Tee zu ihren glänzenden Lippen und schlürfte lautlos einen kleinen Schluck.

„Eine Kleinigkeit fällt mir dazu noch ein. Ich habe gestern Abend, es muss so kurz vor den Sieben-Uhr-Nachrichten gewesen sein, draußen zwei Männerstimmen gehört. Und ich könnte schwören, dass eine davon die des Doktors war. Aber als ich dann durch den Spion gesehen habe, war niemand mehr im Flur."

Adelmeier kam spät nach Hause, denn die Zeugenbefragung hatte sich länger hingezogen, als er gedacht hatte. Da es mittlerweile in Strömen regnete, klebten seine Haare wirr wie Spaghetti an seiner Stirn. Alle seine Gäste waren gegangen. Ihn überkam ein schlechtes Gewissen, da er nicht wenigstens einmal angerufen hatte. Er schlug sich die Regentropfen von der Jacke und stapfte in die Küche. Berge von Geschirr türmten sich im Spülbecken und er beschloss, sich nun doch einmal nach einer Spülmaschine zu erkundigen. In der Beilage des Main-Echos hatte der Media Markt inseriert. Adelmeier kramte gerade auf seinem Küchentisch nach der Zeitung, als sein Blick auf die Kühlschranktür fiel. An ihr haftete eine Nachricht von Sandra: *Bin mit Marcello auf ein Bier in die Jazzküche. Komme nicht spät zurück.*

„Als ob es hier nicht genug Bier gäbe. Draußen steht ein halb volles Fass und die fahren in die Stadt", brummelte er in sich hinein.

Auf einmal verspürte er Appetit auf etwas Herzhaftes. Der Nusskuchen der alten Dame war vorzüglich gewesen, doch jetzt gelüstete es ihn nach echter Hausmannskost. Zum Glück hatten die beiden Vergnügungssüchtigen den Grillteller ins Trockene gerettet. Er riss gierig an dem Zellophan und schob sich eine halbe Wurst auf einmal in den Mund. Nach der Dritten war sein erster Heißhunger gestillt und der salzige Geschmack auf seiner Zunge ließ ihn an das Bier im Garten denken. Er patschte durch das klatschnasse Gras und zapfte sich eins aus dem glitschigen Aluminiumfass. Es war noch nicht abgestanden und bestens temperiert.

Als er wieder in der Küche saß, ertappte er sich dabei, dass Vera schon das zweite Mal an diesem Tag durch seine Gedanken geisterte. Die Erinnerungen waren plötzlich wieder ganz lebendig an den kleinen, heftig blutenden Messerstich, den ihm der GI auf dem Volksfest beigebracht hatte. Bilder tauchten vor ihm auf: die nächtliche Fahrt in die Apotheke, sein verbundener Arm, der pochende Schmerz.

Adelmeier warf noch einen letzten Blick in die Küche und mit einem Mal fühlte er sich nicht mehr wohl in der Unordnung. Außerdem war die verdammte Zeitung einfach nirgends zu finden. Er stellte sein Glas auf die Anrichte und beschloss, sich nach oben in sein Arbeitszimmer zurückzuziehen.

Er dämmte ein wenig das Deckenlicht und knipste seine Schreibtischlampe an. Vor ihm lag der halbfertige Holzschnitt *Die vier Reiter* von Albrecht Dürer. Adelmeier musste nur noch den unteren Teil des Puzzles zusammensetzen. Er hatte bereits die oberen drei Reiter fertig, die symbolisch die messianischen Wehen darstellten. Nun fehlten ihm noch die Körper der Pferde und der komplette vierte Reiter. Auf dem Bücherregal stand die halb volle Flasche, die er am Tag zuvor angebrochen hatte. Nach kurzem Zögern goss er sich ein Glas ein. Rotwein entspannte ihn. Er redete sich ein, dass ihm der Wein auch bei seiner Denkarbeit half.

Es hingen bereits einige Werke Dürers an den Wänden seines Arbeitszimmers und doch fehlte ihm noch die Hälfte aus der apokalyptischen Folge. Den *Sternenfall* und die *Sieben Engel mit Posaunen* hatte er bei einem Kunstverlag in Dresden bezogen. Drei weitere Werke hatte er vor zwei Jahren bei einem florentinischen Versandhaus bestellt, das sich auf derartige Produkte spezialisiert hatte.

Adelmeier griff nach einem Randstück. Es musste an den linken Bildrand gehören und war Teil der Waage, die der Reiter auf dem schwarzen Pferd schwang. Nach kurzer Prüfung drückte er es sanft mit dem Daumen in das dazugehörige Passstück. Wieder war er ein kleines Stückchen weiter. Das Licht der Schreibtischlampe reflektierte auf den beschichteten Puzzlestücken, sodass er sie nur auseinander halten konnte, wenn er sie sich dicht unter die Augen hielt.

Das Puzzle umfasste achthundert Teile. Und damit er nicht zu schnell fertig wurde, prägte er sich stets nur einmal die Vorlage ein und legte sie dann wieder beiseite in eine Schreibtischschublade. Er hoffte, mit dieser Methode, sein bildhaftes Gedächtnis besonders gut zu trainieren. Mittlerweile war er froh, dass seine Gäste nicht mehr in seinem Garten saßen. Er hatte jetzt das erste Mal an diesem Tag die Ruhe, die er brauchte, und konnte ungestört seinem Hobby nachgehen.

Es war die richtige Entscheidung gewesen, Regina mitzunehmen. Sie hatte ihren Job gut gemacht. Aber seine Entscheidung hatte auch mit der Organisation seines Privatlebens zu tun. Sein Plan schien aufgegangen zu sein: Sandra und Marcello hatten sich in der Zwischenzeit ein wenig angefreundet. Es würde nicht schaden, wenn sie ab und an einmal ins Kino oder auf ein Bierchen in diese *Jazzküche* gingen. In dieser Phase, in der sie relativ neu in Aschaffenburg war, war es besonders wichtig, vernünftige Bekanntschaften zu schließen. Und Marcello war wahrlich nicht der schlechteste Umgang für sie. Und er? ... und er hätte über seinen Kollegen größeren Einblick, was seine Tochter so in ihrer Freizeit trieb.

Adelmeier hatte nun vier Teile eines weißen Vorderlaufes vor sich. Sie mussten zu dem Reiter mit dem Bogen gehören. Vielleicht sollte er seine Taktik ändern und erst mal alle Teile sammeln, die zu den verschiedenfarbigen Rössern gehörten. Doch dann befürchtete er, wieder zu schnell fertig zu werden. Außerdem hatte er kein Puzzle mehr in Reserve. Er nahm sich vor, das Internet weiter nach den restlichen apokalyptischen Dürerpuzzles zu durchstöbern. Er hatte bereits damit angefangen; und er verbuchte es als kleinen persönlichen Erfolg, überhaupt in die Suchmaschinen gekommen zu sein. Aber entweder waren seine Suchbegriffe zu allgemein gehalten und es wurden einige tausend Einträge gefunden oder sie waren zu spezifisch und es kam nichts oder nur Unsinn. Sandra hatte versprochen, ihm bald einmal eine kleine Nachhilfestunde zu geben.

Auf einmal fiel ihm wieder die adrette alte Dame mit ihrem Nusskuchen ein. Nachdenklich breitete er einige Puzzlestücke auf der Tischplatte aus, um Teile des feuerroten Pferdes zu suchen. Welchen Vergleich hatte sie noch einmal gewählt? Er sei ein Schwan gewesen. Adelmeier überlegte, an wen Weißenberger seine Abschiedsbotschaft gerichtet hatte. An seine Schwester in den Vereinigten Staaten? Oder vielleicht doch an eine geheime Liebe? Weshalb wurde auf dem Band niemand mit Namen angesprochen? Aber diese Überlegungen schienen im Moment überflüssig, da sie wegen des Plastikteils in seinem Mund und der unnatürlichen Körperhaltung, stark von der Beteiligung einer dritten Person ausgehen mussten. Dazu passte auch die Beobachtung der alten Dame, dass Weißenberger an seinem Todestag Besuch hatte. Sie machte nicht den Eindruck, als fantasiere sie oder als wolle sie nur auf sich aufmerksam machen.

Wie ein Schwan, sinnierte er nochmals. Die Stimme auf dem Band hatte nichts Zartes, sie klang eher robust und tief. Adelmeier stellte sich den Toten lebend vor. Stellte sich vor, wie er sprach, und er glaubte, die Stimme könne gut zu dem Arzt passen. Es hatte geklungen, als hätte er den Text zuerst niedergeschrieben. Mittlerweile hatte er einen Teil des roten Pferdes gefunden und drehte das Puzzlestück langsam zwischen seinen Fingern. Angenommen, es war Mord: Wie bringt man dann einen Menschen dazu, ein Band zu besprechen, ohne dass er völlig in Panik gerät? Man konnte nicht einmal ein kleines Zittern oder eine Spur von Angst in der Stimme vernehmen. Also doch ein Selbstmord? Aber woher stammten die Hämatome? Adelmeier merkte, dass ihm seine Mutmaßungen nicht weiter halfen. Sie benötigten zunächst weitere Informationen. Die Staatsanwaltschaft würde am Montag eine Obduktion anordnen und die Ergebnisse würden ihnen tieferen Einblick in das gewähren, was passiert war.

Vor ihm lagen nun nicht die gesuchten Teile des roten Pferdes, sondern die des letzten Reiters. Er stand als Sinnbild für den Tod, die Pest und das Massensterben. Die beschichteten Teilchen zeigten Ausschnitte des fahlen Pferdes. Adelmeier begann, sie zusammenzusetzen, obwohl ihm die Zwischenstücke zum restlichen Bild fehlten. Mit jedem Teil, mit dem sich das Motiv entfaltete, wuchs auch sein Unbehagen gegenüber der dargestellten Figur. Dann lag sie nahezu komplett vor ihm. Reiter und Pferd wirkten ärmlich und abgemagert. Die Konturen ihrer Knochen zeichneten sich durch die dünne Haut ab wie ein Gebirge. Adelmeier assoziierte Bilder von Hungersnot und Magersucht. Der besessene und irre Blick des Reiters verriet seine kompromisslose Mission. Ross und Reiter trieben angstvoll blickende und teilweise stürzende Menschen wie eine Herde Vieh vor sich her. Adelmeier musste seinen Blick von dem Motiv abwenden.

Seine Gedanken wanderten zu der Fotografie, die in Weißenbergers Wohnung auf dem Sideboard stand. Er sah sie, als würde sie direkt vor ihm liegen. Sie zeigte drei Personen. Alle drei waren feierlich um einen Stehtisch gruppiert und tranken Sekt oder Champagner. Der Linke von ihnen war zweifellos Dr. Weißenberger. Er unterhielt sich mit einer jungen Frau von sportlicher Statur. Eine Schale mit Südfrüchten stand auf dem Stehtisch, aber sie wirkte noch unberührt. Die dritte Person war ein gedrungener Mann, dessen kariertes Jackett wie fremd an ihm herunterhing. Seinen kugeligen Bauch zierte eine schmale und altmodische Lederkrawatte. Adelmeier hatte nicht den Eindruck, dass der Mann an der Unterhaltung teilnahm. Er blickte eher teilnahmslos zur Seite, als ginge ihn das Ganze nichts an. Es sah nicht nach einem gestellten Foto aus. Sicherlich hatten die Drei gar nicht bemerkt, dass sie fotografiert worden waren. Das Bild erweckte den Eindruck, als befänden sie sich auf einem Empfang oder einer Betriebsfeier.

Seltsamerweise war es das einzige Foto, das er in der Wohnung bislang gefunden hatte. In welcher Beziehung standen die drei Personen zueinander? Durch den formellen Kontext, in dem das Bild aufgenommen war, schien es, als ob sie nicht unbedingt als Freunde, sondern eher durch ein gemeinsames Interesse miteinander verbunden waren. Aber warum stand das Bild dann als einzige fotografische Erinnerung in Weißenbergers Wohnung? Kein

Bild von seiner Schwester oder seinen Eltern? Er spürte, dass das Foto für die weiteren Ermittlungen von Bedeutung war. Sie mussten herausfinden, wer die anderen beiden auf dem Bild waren. Ob sie bis zum Schluss mit Weißenberger in Verbindung gestanden hatten? Und welcher Art die Beziehung zwischen ihnen wohl gewesen war? Er beschloss, am nächsten Tag mit Regina ins Krankenhaus zu fahren und das Foto Weißenbergers Kollegen zu zeigen.

Adelmeier fühlte, wie die Müdigkeit in seine Glieder kroch. Gähnend rieb er seine Augen, bis sie ganz rot waren. Seine Schreibtischuhr zeigte 23.22 Uhr. Sandra war immer noch nicht zu Hause und er beschloss, ins Bett zu gehen. Bevor er die Tür hinter sich zuzog, schaute er nochmals auf die *vier Reiter* und nahm sich vor, seine Tochter gleich am nächsten Abend wegen einer Internet-Nachhilfe anzusprechen.

5.

Adelmeier stand unausgeschlafen im Badezimmer und drückte Zahnpasta auf den kleinen Bürstenkopf. Sandra, das hatte er durch einen schmalen Türspalt gesehen, lag friedlich in ihrem Bett und nur der blonde Schopf war unter dem dünnen Laken zu erkennen. Fast die ganze Nacht über hatte er sich von einer Seite auf die andere gewälzt und jede volle Stunde die Schläge der nahen Kirchturmglocke gezählt. Bing bong. Und zwischendurch immer das stete Rauschen des nächtlichen Verkehrs. Er hatte sich über die hohe Zahl der Fahrzeuge gewundert, die so spät auf der nahen Bundesstraße unterwegs waren. Doch keines hatte auf seiner Höhe die Geschwindigkeit reduziert. Und keines war in den kleinen Weg eingebogen, an dessen Ende sein Haus stand. Während er seine Zähne von Rot nach Weiß putzte – er hatte gelesen, dass ein Druck von ungefähr 200 Gramm auf die Bürste zu einem schonenden und optimalen Reinigungsergebnis führe – beschloss er, sich vor dem anstehenden, wahrscheinlich langen Präsidiumstag noch an seinem neuen PC zu versuchen.

Er ließ den Kaffee in die Kanne gurgeln, ging in seinen kleinen Wintergarten und startete seine Neuanschaffung. Mit müden Augen beobachtete er die Maschine beim booten. Vor kurzem noch war die modernste Gerätschaft seines Haushaltes ein Nasenhaarrasierer gewesen, mit dem irgendein Witzbold die Weihnachtstombola vor drei Jahren bestückt hatte. Aber seit er öfter an seinem PC saß, konnte er wenigstens ein bisschen mitreden und verkniff sich blödsinnige Fragen, wie beispielsweise Schreiber die Fotos in den Laptop bekam, ohne den Film hineinzustecken.

Adelmeier holte den Kaffee und startete eine Internetsuchmaschine. Er tippte die Begriffe Dürer, Puzzle und Apokalypse in das Feld des Suchbalkens. Nach einigen Sekunden kam das enttäuschende Ergebnis.

Blitzschnell hatte das System für ihn *1 Kategorie, 23 Sites und 7 Nachrichten* parat. Nachdem er einmal herunter- und hinaufgescrollt hatte, lehnte er sich in seinem Stuhl zurück. Es gab zwar Einträge zu Dürer, die bezogen sich aber einzig auf sein Lebenswerk und seine Biographie. Die Seiten, die auf den Suchbegriff Apokalypse reagiert hatten, enthielten entweder Beiträge im Zusammenhang mit dem Vietnamkrieg oder es waren Webseiten von irgendwelchen Endzeitspinnern. Wie er es drehte und wendete, keine der angezeigten Seiten hatte auch nur die geringste Relevanz für ihn. Er schlürfte von seinem Kaffee und beendete die Computersitzung.

Kriminalistik war eine der Fachzeitschriften, die monatlich auf seinem Schreibtisch landeten. Er konnte sich nur dazu durchringen, sie in die Hand zu nehmen, wenn der Stapel ungelesener Ausgaben zu einem kleinen Mount Everest angeschwollen war. Er überflog gerade in der Ausgabe Nr. 6 den Artikel über Pädophilie in Datennetzen, als es an seiner Tür klopfte. Marcello schob seinen dunklen Lockenkopf in den offenen Spalt.

„Buon giorno, Hans", der Name Hans klang bei ihm immer wie Ans, also ohne H. „Hast du einen Moment Zeit für mich?"

Adelmeier winkte, ließ die Zeitschrift auf den kleinen Turm segeln und unterrichte ihn über die Tatortbesichtigung vom Vortag. „Das weitere Vorgehen beschließen wir, wenn Regina im Präsidium ist. Wir drei treffen uns um 9.00 Uhr zu einer kleinen Besprechung."

Eine Stunde später saßen sie in seinem Büro. Adelmeier fasste nochmals den Tatbestand zusammen und verteilte die neuen Aufgaben. „Marcello, du kümmerst dich um den Abzug des Fotos. Dann füttere bitte den Computer mit Weißenbergers Daten. Ob er erkennungsdienstlich erfasst war. Weiter, ob es noch lebende Verwandtschaft gibt. Von einer Schwester in den USA wissen wir bereits. Regina und ich übernehmen währenddessen das Krankenhaus. Ich habe heute Morgen schon mit Weißenbergers Chef telefoniert. Ich schlage vor, wir treffen uns hier wieder so gegen 14.00 Uhr."

Um Punkt 10.45 Uhr rollte Adelmeiers Volvo vom Parkplatz des Präsidiums. Das Gespräch mit Fischler hatte keine neuen Erkenntnisse gebracht. Er hatte den Arzt nur flüchtig gekannt und konnte außer einigen Vorurteilen gegenüber Ärzten nichts beitragen, was ihnen weitergeholfen hätte.

Da sie erst um 12.30 Uhr den Termin mit Professor Schneider hatten, war noch ausreichend Zeit, um sich vorab ein wenig bei den Krankenschwestern und Kollegen zu informieren. Doch das Dringlichste schien beiden, den Verbleib des Alfas zu klären.

Nach zwanzig Minuten bogen sie von der Haibacher Straße links in das Gelände am Hasenkopf ein.

„Der Personalparkplatz müsste dort hinten sein." Adelmeier schaute auf das gelbe Post-it, auf dem er das Kennzeichen und den genauen Fahrzeugtyp notiert hatte. „Ein Alfa Romeo T-Spark, AB-J-366." Er parkte den Wagen vor der Schranke. Der Parkplatz war zu dieser Tageszeit beinahe voll belegt und nur selten fand sich eine Lücke in der blechernen Front.

„Du die untere und ich die obere Reihe?"

Auf ihr Nicken hin zwängte er sich zwischen zwei parkende Golfs in die obere Parkreihe. Schon nach wenigen Minuten sah er, dass Regina ihren Arm hob und ihm ein Zeichen gab. Der Wagen stand als zehntes oder elftes Fahrzeug in der Reihe neben dem Personaleingang. Die Farbe des Alfas war weiß. Äußerlich schien der Wagen noch gut in Schuss. Ein Blick in den Fahrzeuginnenraum verriet, dass Dr. Weißenberger Raucher war. Ein halb volles Päckchen West Light lag auf der Konsole neben dem überfüllten Aschenbecher. Adelmeier griff in seiner Tasche nach Einweghandschuhen, dann nach Weißenbergers Schlüsselbund. Schließlich drückte er auf den Knopf der Funkfernbedienung. Mit einem satten Klacken öffnete sich die Zentralverrieglung. Im Inneren schlug ihnen der Geruch abgestandenen Rauchs entgegen. Regina beugte sich durch die Beifahrertür und durchstöberte das Handschuhfach.

„Nur ein Garantieheft, eine Gebrauchsanweisung, angebrochene Fishermans und ein Etui mit einer Sonnenbrille."

Er steckte den Schlüssel in das Zündschloss und schon beim ersten Versuch sprang der Motor an. Er blickte zu Regina und wusste sofort, was sie dachte.

„Nach Autopanne sieht mir das nicht gerade aus."

Adelmeier nickte und warf einen Blick nach hinten über den Fahrersitz. „Nichts. Hier vorne haben wir noch eine Tankquittung über 40 Liter Super und die Zigaretten. – Wir lassen den Wagen gleich abholen."

Professor Dr. Schneider verkörperte all das, was man unter einem attraktiven, graumelierten Mittfünfziger verstand. Im Vorbeigehen entschuldigte er sich knapp für die viertelstündige Verspätung. Dabei beschrieb er einen dynamischen Bogen um seinen Schreibtisch und nahm ihnen gegenüber in einem knarzenden Ledersessel Platz. Eine Leberoperation habe ihn aufgehalten. Dann lehnte er sich in seinem Sessel zurück und faltete seine Hände über der Brust. Aus dem auffordernden Blick durch die schwarze Hornbrille schloss Adelmeier, dass er nun beginnen konnte.

„Dr. Weißenberger ist gestern ..."

„... tot in seiner Wohnung aufgefunden worden. Ich weiß." Der Professor wippte nach vorne und drückte die Taste der Gegensprechanlage.

„Christine, haben wir schon Dr. Weißenbergers Personalakte?“

Als er sie Sekunden später in seiner Hand hielt, drückte er immer wieder seinen rechten Daumen über die Ecken der schmalen Mappe. Das Papier gab dabei einen lauten, flatternden Ton von sich. Nach einigen weiteren Sekunden, brach er dann unvermittelt das Schweigen: „Dr. Weißenberger war ... unauffällig. Er arbeitete seit drei Jahren auf unserer Station, ohne dass irgendwann einmal etwas Nennenswertes vorgefallen war. Eine männliche graue Maus.“

Die Kurzcharakteristik des Stationschefs deckte sich mit den Aussagen der Kollegen und der beiden Schwestern, mit denen sie zuvor auf der Station gesprochen hatten.

„Haben Sie schon einen Überblick, ob es Unregelmäßigkeiten bei Ihren Medikamenten gibt?“

Schneider schnitt eine Grimasse.

„Ein Krankenhaus ist kein Eisenwarenladen, in dem es auf 100 Schrauben mehr oder weniger nicht ankommt. Als Sie heute Morgen von einer Medikamentenvergiftung sprachen, veranlasste ich umgehend eine außerordentliche Überprüfung des Bestands. In einem Eisenwarenladen nennt man so etwas wohl Inventur.“ Nach einer kleinen Pause, in der sich seine Züge wieder etwas glätteten, fuhr er fort: „Und? – Nicht eine einzige Tablette fehlt in unseren Schränken.“

„So war das nicht gemeint. Als Kriminalisten müssen wir solche Fragen stellen.“

Der Professor nickte und spielte wieder etwas Daumenkino.

„Ihr privates Verhältnis zu Dr. Weißenberger?“

Der Professor beugte sich zurück und stieß ein kurzes Lachen aus.

„Privat? Na, Sie machen mir Spaß. Wir sind hier in einem Krankenhaus. Und außerdem: Warum sollte ich privaten Kontakt zu Menschen pflegen, mit denen ich den ganzen über Tag arbeite?“ Als keine Antwort kam, fuhr er fort: „Und wenn ich es gewollt hätte – es ist wahrscheinlich eher möglich, zu diesem Schreibtisch eine persönliche Beziehung aufzubauen, als zu Dr. Weißenberger.“ Während er noch amüsiert auf den Schreibtisch deutete, zwinkerten seine graublauen Augen hinter den Brillengläsern.

„Ein Lebenslauf befindet sich in der Personalakte?"

„Das ist korrekt."

„Informationen über mögliche Verwandte, Ansprechpartner?"

„Üblicherweise ja. Wenn Sie nicht auf den gesamten Stammbaum aus sind", antwortete Schneider und warf zum ersten Mal einen Blick in die Akte.

Adelmeier betrachtete währenddessen das Bücherregal, das dem Professor einen perfekten Hintergrund für seine Inszenierungen bot. Mehrere hundert Bücher standen dicht an dicht in den Fächern. Nach einigen Sekunden schloss Schneider die Mappe mit einem hellen Klatschen.

„Eine Schwester in Florida. Sie ist die Person, die wir in einem Ernstfall benachrichtigen sollten. Mit Adresse und einer Telefonnummer in Fort Lauderdale."

Adelmeier notierte die Daten auf einem Kollegblock, der auf seinem Schoß lag.

„Sparen Sie sich die Notizen. Ich fertige Ihnen später eine Kopie an." Dann fing Schneider wieder an zu blättern. „Nach seinem Studium war er zuerst in Halle. Der Osten bot wohl damals keine großen Wahlmöglichkeiten. Dort blieb er bis zur Wende. Unmittelbar nach dem Mauerfall wechselte er dann nach Dortmund. Und von dort aus ging es 1997 direkt zu uns. Wenn die Angaben in seinem Lebenslauf stimmen, war er immer nur in der inneren Medizin tätig. – Alles in allem keine atemberaubende Karriere", referierte er und schloss die Akte wieder mit einem kleinen Knall.

Adelmeier blickte ihn nachdenklich an.

„Wenn die Angaben in seinem Lebenslauf stimmen?"

„Drücken wir es mal vorsichtig so aus: Arbeitszeugnisse gab es nur im Westen. Und falls er auch aus dem Osten welche hatte, haben wir sie nie zu Gesicht bekommen. Außer den Universitätszeugnissen gibt es nichts Schriftliches über Dr. Weißenberger. Das ist bei den Leuten aus den neuen Bundesländern nicht ungewöhnlich."

„Sie vertrauen völlig den Angaben der Bewerber?"

„Es gibt natürlich noch die Möglichkeit, bei den Kliniken nachzufragen. Das tun wir aber nur in begründeten Fällen." Professor

Schneider schob den linken Ärmel seines Hemdes nach oben und warf einen Blick auf seine Breitling. „Wenn Sie nichts dagegen haben, würde ich Sie jetzt gerne ..."

Adelmeier nickte und erhob sich von seinem Besucherstuhl.

„Die Kopie bekommen wir in Ihrem Vorzimmer?"

„Das erledige ich gleich selbst. Christine ist bereits gegangen."

Während sie vor dem Canon standen und zusahen, wie die Kopien in den Schacht flogen, ergriff Regina zum ersten Mal das Wort. „Gestatten Sie noch eine abschließende Frage?"

Auf sein Nicken hin zog sie den Abzug der Fotografie aus ihrer Tasche. Adelmeier hatte das Foto vergessen. Als er es sah, spürte er, wie es in seinen Wangen auf einmal warm wurde.

„Außer Dr. Weißenberger noch jemand Bekanntes darauf?"

Professor Schneider hielt das Foto dicht unter seine entspiegelten Brillengläser. Nach einigen Sekunden antwortete er mit einem Stirnrunzeln.

„Nein. Aber in diesem Zusammenhang erinnere ich mich an einen Gesprächsfetzen, den ich vor ungefähr acht Wochen in der Kantine aufgeschnappt habe. Dr. Weißenberger und Christine saßen einige Stühle von mir entfernt. Ich kann Ihnen nur sinngemäß wiedergeben, worum es dabei ging. Christine berichtete Dr. Weißenberger von einem Mann, der tags zuvor im Krankenhaus war. Er hatte sich nach ihm erkundigt. Und dieser Fremde muss Christine ein Foto von Dr. Weißenberger gezeigt haben."

Adelmeier fühlte plötzlich eine andere Wärme. Eine Hitze, die in alle Körperrichtungen floss und überall ein heißes Kribbeln hinterließ.

„Wo finden wir Frau Christine jetzt?"

Schneiders Schultern vollführten ein bedauerndes Achselzucken. „Sie wollte mit ihrem Freund eine Wohnung besichtigen. Ich hinterlasse ihr aber gerne eine Nachricht, dass sie sich umgehend bei Ihnen melden soll", schlug er vor und entschuldigte sich.

Um 14.00 Uhr traf sich die Ermittlungsgruppe wieder in Adelmeiers Büro. Marcello spielte mit seinem Schlüsselbund und ließ sich von Regina mit Kaffee bedienen.

„Fangen wir mit dem an, was unser Computer über unseren Arzt ausgespuckt hat?", fragte Marcello.

Adelmeier nickte und nippte am Becherrand.

„Dr. Weißenberger war bisher noch nicht auffällig. Seine größte Straftat war wohl das Überfahren einer roten Ampel."

Marcello ließ den Ring seines Schlüsselbundes um seinen Zeigefinger rotieren und die Schüssel klatschten dabei immer wieder scheppernd in seine Handfläche.

„Sein Vater wurde 1944 durch eine englische Fliegerbombe getötet. Weißenberger war noch ein Kind und zu dieser Zeit gerade mal vier Jahre alt. Der Rest der Familie, seine acht Jahre ältere Schwester, seine Mutter und er lebten nach dem Krieg in Berlin. Die Schwester brannte dann im Alter von 19 Jahren mit einem GI durch. Sie lebt jetzt in Florida und hat den Namen ihres Mannes - eines Major Fitzsimons - angenommen."

„Und die Mutter?", fragte Adelmeier.

„Starb 1973 an Brustkrebs in einem Berliner Krankenhaus."

Marcello fuhr mit dem fort, was er über den vierten Schlüssel in Erfahrung gebracht hatte. Die Registriernummer gehörte zu einem alten Türschloss. Nach Aussagen der Hausverwaltung hatte Dr. Weißenberger vor einem Jahr seinen Schlüssel abgebrochen. Nachdem ein neues Schloss eingebaut worden war, trug er seinen alten Ersatzschlüssel wahrscheinlich nur noch aus Nachlässigkeit an seinem Schlüsselbund.

Als Marcello geendet hatte, berichtete Adelmeier von ihrem Besuch im Krankenhaus. Dann bat er Regina, in Fort Lauderdale anzurufen. Er wollte, dass eine Frau Weißenbergers Schwester die Nachricht überbrachte. Außerdem war er sich sicher, dass sie in diesem Moment die richtigen Worte finden würde.

Um seinen Körper wieder in die Liga zurückzuführen, in der man nicht mehr von Dicken spricht, hatte er sich fest vorgenommen, abends eine Stunde im Park Schönbusch zu joggen. Zusätzlich stand sein Entschluss fest, strikte Trennkost zu halten. Doch ein Blick auf die Uhr und auf das Außenthermometer genügte ihm zu der Einsicht, dass es für sein Vorhaben noch etwas zu früh war.

Trotzdem hatte er das Gefühl, dass es ihm in seinem Büro zu eng wurde. Er klopfte an Marcellos Tür und gab Bescheid, dass er die nächsten Stunden nur auf seinem Handy erreichbar war.

Adelmeier kaufte sich an einem Kiosk die Montagsausgabe der FAZ. Er klemmte sich die Papierrolle unter den Arm und nahm in der Weißenburgerstraße unter der Marquise des Café Fischer Platz. Über die nahe Fußgängerampel hetzte mit seiner Robe in der Linken ein Jurist. Das Café erfreute sich bei Anwälten großer Beliebtheit, nicht zuletzt, da es nur einen Steinwurf vom Amtsgericht entfernt lag.

Fast eine Stunde lang arbeitete er sich durch den Politik- und Feuilletonteil, dann zog er einen Block aus der Tasche und notierte den Namen Weißenberger auf ein freies Blatt. Er zeichnete noch zwei leere Kreise für die beiden Unbekannten auf dem Foto. Dann schrieb er *Besucher im Krankenhaus* in den Kreis des Mannes und fügte ein Fragezeichen hinzu.

Die Befragungen der Nachbarn und Kollegen Weißenbergers hatten keine weiterführenden Hinweise erbracht. Keinen Anhaltspunkt für ein Motiv. Und niemand hatte etwas oder jemanden bemerkt. Trotzdem hatten all die Aussagen einen gemeinsamen Tenor: Dr. Weißenberger führte scheinbar ein eremitenhaftes Leben. Und umso erstaunlicher war es, dass sich kurz vor seinem Tod eine, beziehungsweise sogar zwei Personen für ihn interessiert hatten. Die Person, die im Krankenhaus nach ihm gefragt hatte, und die Person, die Frau Lamprecht kurz vor seinem Tod auf dem Flur gehört hatte. Er nahm seinen Stift zur Hand und fügte zusätzlich *Besucher zu Hause* in den Kreis des unbekannten Mannes.

Ein Vibrieren in der Brusttasche unterbrach seine Gedanken. Im Display seines Handys erkannte er Reginas Durchwahl.

„Sie ist taub“, sagte sie, ohne sich zu melden.

Adelmeier verstand nicht sofort, wen sie damit meinte.

„Amelie Fitzsimons, die Schwester von Dr. Weißenberger ist taub“, wiederholte sie. „Ich habe nur mit ihrem Mann, dem Major gesprochen. Soweit ich ihn verstanden habe, kann sie bereits seit einem Autounfall, als sie siebzehn war, nichts mehr hören.“

„Was ist daran so außergewöhnlich?“ Im selben Moment, als er sie das fragte, verstand er, worauf sie hinauswollte. „Du meinst, wenn sie taub ist und er sonst keine Verwandten hatte, für wen hat er dann eine Abschiedsbotschaft auf Kassette hinterlassen?“

„Genau das meine ich“, entgegnete sie.

„Okay, ich fahre gleich in seine Wohnung und schaue mich dort nochmals genau um. Vielleicht haben wir etwas übersehen.“

Adelmeier bemerkte erst kurz vor der Haustür, dass die Schlüssel noch bei Marcello im Präsidium lagen. Er wollte gerade wieder fluchend umdrehen, als er am Spielplatz das Mädchen vom Vortag sah. Diesmal war sie mit ihrem Hund alleine. Als er näher kam, konnte er deutlich ein Aufgesprühtes *out of order* auf dem Rücken ihrer Bomberjacke lesen. Der Spruch irritierte ihn. Aufgrund ihres Äußeren hätte er eher eine rechte Parole vermutet, als das, was er als einen Anarchospruch deutete. Sie trug ihre blonden Haare auf Teppichlänge zurückgeschoren. Doch als sie sich umdrehte, sah er, dass einige längere, pink gefärbte Strähnen in ihr rundliches Kindergesicht hingen. Ihre Augenbrauen waren dicht mit Ringen übersät, sodass man nur mit Mühe etwas von der Haut darunter erkannte. Er entdeckte einen schillernden blauen Fleck an ihrem linken Wangenknochen, der sich von ihrem blassen Gesicht abhob wie ausgelaufene Tinte. Adelmeier überlegte, ob die Blessur die einzige an ihrem Körper war.

Der Hund knurrte bedrohlich und glotzte ausdruckslos an ihm vorbei. Doch gerade dieser kalte, schwer einzuschätzende Blick beunruhigte Adelmeier. In dem halb offenen Maul standen kräftige Reißzähne. Und obwohl er wusste, dass Hunde die Angst bei Menschen rochen, wich er instinktiv einen Schritt zurück.

„Dein Hund beißt doch nicht?“, fragte er und versuchte, seine wachsende Unruhe zu verbergen. Seitdem er einmal als Kind auf einem Bauernhof von einem Schäferhund gebissen worden war, hatte er panische Angst vor Hunden. Von diesem Erlebnis zeugte noch eine helle, verwachsene Narbe an seinem Unterarm.

„Warum nicht? Du siehst doch, dass es ein Kampfhund ist“, entgegnete sie ihm und lächelte überheblich.

„Aber doch nur auf dein Kommando hin? Können wir ihn denn nicht irgendwo festbinden?“

„*Wir* können ihn nirgends festbinden! Warum verpisst du dich nicht, wenn du Schiss vor Tyson hast?“ Sie setzte einen kampflustigen Blick auf.

„Origineller Name für einen Hund. Passt aber besser auf einen Boxer. Das ist doch ein Mas ...“

„Schieb mir keine Kassette ins Ohr! Du willst doch nicht über Hundenamen diskutieren?“

Der Mastino machte eine unruhige Bewegung auf Adelmeier zu. Doch zu seiner Erleichterung stemmte sich das Mädchen gegen die Zugrichtung.

„Vielleicht hast du etwas gesehen, das wichtig für mich ist?“, fragte Adelmeier unbeholfen, ohne den Hund aus den Augen zu lassen.

„Etwas Wichtiges gesehen“, äffte sie ihn nach und fuchtelte mit ihrer freien Hand in der Luft herum. „Ich hol gleich meine Kristallkugel.“

Die Unverschämtheit des Mädchens ging Adelmeier auf einmal gehörig auf die Nerven. Er machte noch einen weiteren Schritt zurück und holte seinen Polizeiausweis aus der Tasche. Dann hielt er ihn wie eine rote Karte in die Luft.

„Ich habe auch keine Lust, mit dir über Hundenamen zu diskutieren. Du bindest jetzt sofort mal deinen Tyson an die Bank und kommst zu mir rüber.“

Das Mädchen zog verächtlich ihre Mundwinkel nach oben.

„Ich kann den Lappen aus der Entfernung nicht lesen. Also, wenn du etwas von mir willst, komm einen Schritt näher und zeig mir, was auf dem Wisch steht.“

„Du bindest deinen Hund fest oder wir fahren aufs Präsidium.“ Im selben Moment, als Adelmeier seine eigenen Worte hörte, bereute er sie.

Das Mädchen lachte schrill. „So einen Spruch kannst du dir für den Mars aufheben. Du siehst nicht so aus, als würdest du den Helden spielen, wenn ich aus Versehen auf das kleine Knöpfchen drücke.“ Ihre Hand glitt am Halsband entlang bis dorthin, wo der

Karabinerhaken der Leine befestigt war. „Ich würde einen Fünfziger wetten, dass du dir deine Cordhosen noch brauner scheißen würdest, als sie jetzt schon sind."

Adelmeier sah ein, dass er auf diese Art nicht weiterkam. Sie standen sich noch einige Sekunden gegenüber, bis Adelmeier seinen Ausweis langsam in seine Hosentasche gleiten ließ. „Okay, damit hättest du eindeutig das Zeug zum Wettkönig."

Es war das erste Mal, dass er so etwas wie ein Lächeln auf den Lippen des Mädchens ausmachte. „Schon mal Probleme mit ihm gehabt? Ich meine, hat er schon jemals gebissen?"

Das Mädchen schüttelte stumm den Kopf. Dann zog sie leicht an der Leine und strich dem Mastino über den bulligen Kopf. „Das mit den Genen ist doch so eine Erfindung der Fernsehleute."

Adelmeier war sich dessen nicht so sicher. In der letzten Zeit hörte man nahezu jede Woche von einer Kampfhundeattacke aus den Medien. Doch er wollte mit dem Mädchen nicht debattieren. „Kanntest du den Arzt aus dem Block 4a?"

Zu seiner Erleichterung band das Mädchen den Mastino an eine junge Buche. Dann ließ es sich auf die Bank neben der Rutsche fallen.

„War das der in der Metallkiste gestern?"

„Ja", antwortete er knapp.

„Wurde er umgelegt?" Ihr Blick verriet unverhohlene Sensationslust.

„Können wir noch nicht mit Sicherheit sagen."

„Komm schon. Nimm mich nicht hoch. So was sieht man doch. Es muss ja nicht gleich 'ne Schweigen-der-Lämmer-Nummer sein." Nach einem kurzen Moment, in dem sie offenbar über Adelmeiers Zurückhaltung grübelte, rätselte sie: „Etwa noch schlimmer? Du hältst bestimmt aus deinen ermittlungstechnischen Gründen die Klappe?"

Adelmeier war über ihre rohe Art und Weise, wie sie über einen Toten sprach, eigenartig berührt. „Nein, er hatte keine äußeren Verletzungen, wenn du das meinst. Außerdem kann ich dir wirklich nichts Näheres darüber sagen." Nach einer kleinen Pause fuhr er fort. „Aber vielleicht kannst *du* mir weiterhelfen?"

Das Mädchen schüttelte langsam den Kopf. „Ich kannte ihn ja nicht einmal. Ab und an mal 'ne Kippe geschnorrt. - Er war bei uns nur Dr. West. - Weil er *West Light* rauchte."

„Und was war am Samstag? Hast du ihn da auch gesehen?"

Das Mädchen machte eine Pause und Adelmeier hatte tatsächlich das Gefühl, dass es nachdachte.

„Samstag waren wir hier. Marco, Daisy, Tyson und ich. Wie immer am Spielplatz." Sie griff in ihre Jackentasche und warf dem Hund etwas zu. Der Mastino wackelte daraufhin aufgeregt mit seinem Schwanz und schnüffelte im Gras. „Erst kam wie jede Woche der Hausmeister mit 'ner neuen Palette Büchsenbier. Und dann so gegen sieben ist der Arzt eingetrudelt." Das Mädchen runzelte die Stirn und blickte Adelmeier mit ernster Miene an. „Komisch, der hatte 'nen Kumpel dabei."

„War das so ungewöhnlich?"

Das Mädchen nickte.

„Könnte es ein Bewohner aus den Wohnblocks hier gewesen sein?"

„Nee, der passte hier nicht hin. Viel zu schick. Sie schienen sich aber gut zu kennen."

„Gut zu kennen?"

Der ernste Ausdruck wich aus dem Gesicht des Mädchens. „Na die sind rumgelaufen, Arm in Arm wie zwei Tunten."

„Und wie sah der andere aus?"

„Wie eine gut gekleidete Tunte." Das Mädchen lachte. „Mittelgroß, braune Stoffhose, dämliche gelbe Sonnenbrille. Der würde auch in die Wallstreet passen. Aber mehr kann ich nicht sagen. Er war einfach zu weit weg."

Adelmeier suchte nach dem Foto, das er sich im Präsidium noch schnell eingesteckt hatte.

Nach einigen Sekunden fragte das Mädchen mit großen Augen: „Sag bloß, der Typ hat ihn auf dem Gewissen?"

„Sag du mir lieber mal, ob das die Begleitung Dr. Weißenbergers war." Er hielt ihr die Fotografie entgegen.

Das Mädchen schaute sie lange und aufmerksam an. „Der Dicke auf dem Foto? 'ne Wallstreettype ist das wirklich nicht. Aber schwer zu sagen. Vielleicht hat er ja abgenommen und trägt mittlerweile bessere Klamotten."

„Danke, das war's schon." Adelmeier stemmte sich von der Bank hoch. „Vielleicht komme ich nochmal auf dich zu." Er hatte sich schon abgewandt, als er sich doch noch einmal zu dem Mädchen umdrehte. „Verrätst du mir vielleicht noch deinen Namen."

„Yanouck", antworte sie sofort, zu Adelmeiers kleiner Überraschung.

„Ya ...?"

„Yanouck."

„Gut, Yanouck, dann machs mal gut."

Adelmeier schaute sie noch einen Moment lang an. Er wusste, dass sich hinter ihrer harten Schale doch noch etwas anderes verbarg. Andererseits war ihm klar, dass sie gerade diese harte Schale benötigte, um in diesem Umfeld zu bestehen. Er dachte an Sandra. Nur wenige Kilometer trennten ihre Welt von dieser. Er hatte den Eindruck, dass die sozialen Unterschiede von Jahr zu Jahr immer größer und unüberwindbarer wurden. Die räumlichen Grenzen zwischen Armut und Wohlstand waren klar gezogen und die Gettoisierung nahm auch hier, mitten in Deutschland, unaufhaltsam zu. Alle politischen Programme und steuerlichen Maßnahmen waren nur Tropfen, die in einem riesigen Moloch versickerten.

Wortlos griff er in seine Tasche und reichte ihr seine Karte. Sein Blick fiel dabei auf den blauen Fleck an ihrer Wange. Aber er glaubte nicht, dass sie den Weg zu ihm finden würde.

6.

Der senffarbene Dolce & Gabana Anzug hing wie eine leere Vogelscheuche auf seinem stummen Diener. Er hatte ihn einige Minuten zuvor gegen einen rostfarbenen Overall eingetauscht. Er nuckelte zufrieden wie ein kleiner Junge mit seinen fettigen Labellolippen an einer Flasche Cola Light. Die Einkäufe in Meiers Heimwerkerzentrale waren erledigt, die Handschellen aus dem Erotikkontor in der Seibstraße besorgt. Wie sollte er nun vorgehen? Die Dinger am Gitter des Zwingers festschweißen oder einfach nur durch die Gitterstäbe führen? Das Anschweißen hätte den Nachteil, dass später die Lage und Haltung des Körpers von vornherein festgelegt wäre. Es gäbe keinerlei Variationsmöglichkeiten und dies könnte zu Komplikationen führen. Wenn er den Körper nicht in die richtige Lage bekäme, müsste er improvisieren. Und es gab kaum etwas, das er mehr ablehnte als Improvisationen. Zumindest wenn sie sich als Folge mangelnder Professionalität und fehlender Voraussicht ergaben. In manchen Disziplinen hingegen, wie beispielsweise in der Kunst oder in der Musik liebte er sie als Möglichkeit, sich zu entfalten und seiner Kreativität freien Lauf zu lassen. Aber hier - und das wusste er bestens - war kein Platz dafür. Jeder Schritt, der nicht geplant war und ihn zu spontanem Handeln zwang, stellte ein Risiko dar. Und könnte sogar sein sorgfältig geplantes Projekt zum Scheitern bringen.

Eine John Coltrane-CD nudelte im Hintergrund *Violets Far Yours Furs* und er nahm nur beiläufig ein Solo des Jazztrompeters wahr. Immer, wenn er mit der schwarzen Atemschutzmaske und der Schutzbrille den Spiegel zur Kellertreppe passierte, blieb er einen Augenblick stehen, um sich zu betrachten. Er sah aus wie Darth Vader aus *Die Rückkehr der Jedi-Ritter*. Und irgendwie fand er Gefallen an diesem Anblick. In eine andere Rolle zu schlüpfen, von der niemand etwas ahnte. Keiner seiner Kunden, mit denen er in seiner Businesswelt zu tun hatte, keiner seiner smarten Kollegen, die tagein, tagaus ihre ledernen Aktenkoffer durch die Foyers der Großkonzerne schleppten, und am allerwenigsten diejenigen, die es betraf.

Es waren zwei Personen und er hatte sich ausgiebig mit ihnen beschäftigt. Bei der einen war es erstaunlich einfach gewesen. Fast wie in einem Spiel. Er hatte ihn angesprochen, ganz freundlich, aber der Mann hatte sich nicht gleich an ihn erinnern können. *Helfen Sie mir doch bitte auf die Sprünge.* Und er hatte ihm auf die Sprünge geholfen, hatte seine behäbigen Gedächtnisräder angestoßen. *Aber natürlich! Die Nina – ein riesiges Talent.* Wie es ihr denn gehe? – *Könnte nicht besser sein! Perfekt! Das blühende Leben.*

Er wollte noch einige Ausbesserungen an der Frontseite des Transits vornehmen. Eigentlich war diese Arbeit überflüssig, denn er würde sich in zwei Tagen sowieso von dem Fahrzeug trennen. Aber während der ganzen Umbauten hatte er Spaß an der Bastelei gefunden und so hatte er sich doch entschlossen, die kleinen Patzer noch auszubessern. Als Elektriker hatte er nur selten mit rein mechanischen Arbeiten zu tun gehabt. Es gefiel ihm, in seinem fleckigen Overall zu schweißen, Löcher zu bohren, mit der Flex Eisenstäbe zu durchschneiden und zuzusehen, wie die feine Düse der Spritzpistole den mattschwarzen Lack auftrug. Vor sechs Monaten hatte er den Transit auf einem Automarkt in Essen von einem türkischen Lebensmittelhändler gekauft. Er war damals weiß lackiert gewesen und hatte einige Roststellen an den Radkästen gehabt. Aber sonst war alles in Ordnung und er hatte sofort gewusst, dass er das richtige Gefährt für sein Vorhaben gefunden hatte.

Während er mit geschickten Griffen den Schlauch an den Kompressor schloss, stieß Coltrane einen weiteren Trompetensatz in sein Instrument. Man konnte unter der Frontscheibe noch die Teile des alten Schriftzuges lesen, die beim ersten Lackiergang nicht vollständig überdeckt worden waren. *Yilmaz feine Lebensmittel.* Er wusste, dass er für den Transit zu viel bezahlt hatte. Aber er hatte mit Herrn Yilmaz, einem ostanatolischen Gemüsehändler, der wie ein Gartenzwerg in seiner zu großen Schlabberhose gesteckt hatte, nicht zu lange verhandeln wollen. Vielleicht würde er ihn auch so bei einer Gegenüberstellung erkennen, aber er glaubte es nicht. Es hatte nur zwei kurze Kontakte gegeben: den auf dem Automarkt und den beim Abholen des Wagens am folgenden Tag. Zudem war er sich sicher, dass die Ermittler niemals eine Verbindung zwischen ihm und dem Wagen herstellen könnten. Er plante, das Fahrzeug in zwei Tagen irgendwo in der Nähe einer Metrostation in einem Pariser Außenbezirk abzustellen. Es war nicht einen einzigen Tag auf seinem Namen angemeldet und an der Stelle, an der sich vorher die Fahrgestellnummer befunden hatte, blinkte nur ein Streifen blankes Metall.

Der Lack verbreitete sich gleichmäßig wie feiner Sprühregen auf dem Frontblech und der Schriftzug verschwand wie durch einen Zaubertrick von der Oberfläche. Obwohl er ein Dubletten-Kennzeichen am Wagen angebracht hatte, bestand das größte Risiko immer noch darin, dass er auf der Fahrt in einen Unfall verwickelt oder angehalten wurde. Beides war natürlich niemals völlig auszuschließen, aber immerhin hatte er für seine Fahrt eine Tageszeit gewählt, in der Routinekontrollen unwahrscheinlich waren.

Coltrane erinnerte ihn stets an seine Frau Hedwig und an ihre ungestüme und unbeschwerte Anfangszeit. Sie hatten immer von einer Reise nach New York geträumt. Einmal John Coltrane, Hank Mobley, Horace Silver oder Miles Davis live auf der Bühne des Blue Notes Clubs sehen. Aber das waren nur Träume und Erinnerungen. Erinnerungen und Träume, die mittlerweile weder weh taten, noch besonders angenehm waren. Doch wenn seine Tochter wieder in ihm lebendig wurde, war es anders. Als sie im Krankenhaus lag, hatte er am stärksten gelitten. Nicht enden wollende Tage, in einem dämmrigen Zustand zwischen Hoffnung und Abschied.

Bei ihrer Beerdigung hatte er sich schon völlig leer und ausgebrannt gefühlt. So ausgebrannt und leer, wie ein Motor, der ohne jeglichen Brennstoff war. Er hatte nur noch funktioniert. Hatte alles mit der Emotionslosigkeit eines Roboters organisiert. Die Worte des Pfarrers waren nicht mehr zu ihm durchgedrungen, als ob er sie auf einer anderen Frequenz gesprochen hätte. Die Beerdigung war ihm eher wie eine schlecht gespielte Szene im Theater oder einer Klamotte erschienen. Er hatte beinahe über Tante Agnes lachen müssen, wie sie am Grab ihrer Großnichte gestanden und schluchzend ihr Taschentuch an Nase und Mund gepresst hatte. Ihr Gesicht hatte wie eine überreife Tomate ausgesehen und sie hatte den Eindruck erweckt, als könnte sie nur mit allergrößter Mühe ihr Gewicht auf ihren krummen Altomabeinen halten. Bei jedem Schluchzer, der ihrem dürren Körper entwichen war, hatte die Feder auf ihrem schwarzen Hut gewackelt.

Mit einem kräftigen Zug öffnete er die hintere Flügeltür. Seine Gelenke schmerzten wieder, als er in das Heck des Wagens kletterte. In der letzten Zeit hatte er nur wenig auf seine Ernährung geachtet und häufiger einmal gesündigt. Schnell nach etwas zu essen gegriffen, ohne sich zu fragen, ob es ihm gut tat oder nicht. Der Innenraum des Lieferwagens war nahezu leer. Er leuchtete mit seiner Stablampe in den vorderen Teil. Der Hundezwinger war auf den Zentimeter genau eingepasst. Das Gitter begann direkt hinter der abgetrennten Fahrerkabine. Er knipste kurz die Stablampe aus und bemerkte mit Zufriedenheit, dass kein einziger Lichtstrahl der Garagenbeleuchtung in das Fahrzeuginnere fiel.

7.

Adelmeier warf sich von einer Seite auf die andere. In seinem Traum flüchtete er in Lumpen vor einem Reiter auf einem schweißnassen Pferd. Gehetzt krabbelte er auf allen Vieren auf das winzige Loch zu. Er musste sich vor der Telefonbuchse verdammt schmal machen. Beim Hineinklettern rutschte ihm sogar das Brot aus dem Wams. Feuchte Websites klatschten ihm hart ins Gesicht. Doch je weiter er im Netz vorankam, desto deutlicher konnte er auch Gesänge hören, hell und glorreich. Als er endlich aus dieser absurden Welt hochfuhr, dauerte es noch einen weiteren Moment, bis er merkte, dass die Geräusche aus seinem Traum real waren. Der Gesang war jetzt noch lauter und es klang, als ob der Sänger einen epileptischen Anfall erlitt. Zwischendurch hämmerte dumpf ein Bass. Sein Blick klebte noch starr am Stuck seiner Schlafzimmerdecke, während sein inneres Echolot schon ortete, aus welcher Richtung der Lärm kam. Die Musik, wenn man sie überhaupt als solche bezeichnen konnte, schallte durch die Wände von Sandras Zimmer. Er schälte sich matt aus seinem Bett und schlüpfte in seinen Bademantel.

Er fand seine Tochter bäuchlings auf ihrem Bett liegend und wild ihren blonden Schopf schüttelnd. Als sie ihn plötzlich vor sich sah, fuhr sie erschrocken auf. „Kannst du nicht anklopfen, bevor du zu mir ins Zimmer kommst?"

„Habe ich doch! Nur hast du es durch den Lärm nicht gehört", schrie er durch die gewaltige Geräuschkulisse.

Sandra setzte sich auf und drosselte die Lautstärke.

„Lenny Cobain?", fragte Adelmeier.

„Lenny Kravitz oder Kurt Cobain. Das sind zwei verschiedene Musiker", antwortete sie immer noch etwas verlegen. „Tut mir Leid, dass ich dich geweckt habe. Aber ich war noch so aufgekratzt."

Adelmeier wehrte mit einer Hand ab.

„Halb so wild. Ich habe sowieso schlecht geträumt. Warst du nicht bei Chris Cobain in Roskilde auf dem Konzert?"

„KURT COBAIN!" Sie schaute ihn von der Seite an, bis er endlich leicht nickte. „Grunge. Die meisten Bands kommen aus Seattle. Pearl Jam, Soundgarden, Nirvana", klärte sie ihn auf. „Ist bei den Kids aber auch schon nicht mehr hip."

„Was ist denn mittlerweile *hip*?", fragte er unbeholfen nach.

„Mensch, Papa, damit kannst du doch sowieso nichts anfangen. Lenny Cobain? Erzähl mir lieber von deinem Traum."

Adelmeiers Blick fiel auf ihre Jeans, die verkrumpelt vor dem Bett lag. An einem Hosenbein klebte etwas, das wie farbiger Schmutz aussah. Mit seiner Fußspitze schob er die Hose beiseite und setzte sich zu ihr aufs Bett. Doch anstatt zu antworten, stellte er ihr eine Gegenfrage: „Und dein Tag? Was hast du heute so getrieben?"

„Doch kein Traum?", lächelte sie. „Also gut, bis 16.00 Uhr hatten wir Vorlesung. Ein Gastdozent aus Berlin. Vom Foto her sah der ganz peppig aus. Aber dann nur bla, bla, bla. *Die volkswirtschaftliche Bedeutung der Kommunikationswissenschaften im 21. Jahrhundert.* Kurz vor Ende haben wir es nicht mehr ausgehalten und sind auf einen Schluck in den Biergarten."

„Lenny Kravitz und du?", versuchte er zu scherzen.

Sandra schnitt ihm eine Grimasse.

„Na ja, dann halt ein Kommilitone und du?"

„Papa! Ist das ein Verhör? Wenn du wissen willst, mit wem ich meine Abende verbringe, dann frag mich doch einfach."

„Ich will ja gar nicht wissen ...“

„Dann ist ja gut. Ich bin auch nicht mehr sechzehn.“

Adelmeiers Blick blieb auf dem Muster seines Bademantels haften. Immerhin hatte sie sechzehn und nicht zwölf gesagt. „Ich dachte, im Freien wäre in Aschaffenburg um zehn Uhr wegen der Anwohner Schluss.“

„Du lässt wohl nicht locker, Papa? Ganz der Bulle.“

„Schon gut, schon gut. Ich habe verstanden.“ Adelmeier erhob sich und fuhr mit seinen Füßen wieder in seine Hausschuhe. „Kommst du mit? Mir ist noch nach einem Gläschen Wein. Ich kann jetzt sowieso nicht schlafen.“

Minuten später saßen sie in dem verwitterten Strandkorb auf der Terrasse. Eine ganze Weile betrachtete Adelmeier seine Tochter schweigend in dem fahlen Mondlicht. Sie hielt mit einem Arm ihre nackten, drahtigen Beine umfasst. In der anderen hielt sie das Weinglas, in dem die Flüssigkeit gemächlich hin und her schwappte. Plötzlich stellte sie das Glas ab und kramte nach einem Päckchen Zigaretten.

„Seit wann rauchst du?“

„Schon einige Jahre. Ich wollte es aber vor dir vermeiden.“

„Warum?“, fragte Adelmeier verwundert.

„Ich dachte, es stört dich?“

„Hier draußen nicht.“

„Und ich dachte, du würdest es generell nicht gerne sehen?“

Adelmeier überlegte, was er antworten könnte, doch dann ließ er es bleiben. So saßen sie eine Weile nebeneinander und blickte in die Nacht.

„Komisch, Mama sagte immer, dass sie deine phlegmatische Art nicht mehr ertragen konnte. Alles war ihr so zum Kotzen eng.“

Adelmeier spürte einen kleinen Nadelstich. *So zum Kotzen eng.* Er sprach nicht gerne über ihre Trennung. Schon gar nicht, wenn er sie so unvermittelt mit einem kalten Waschlappen ins Gesicht geschleudert bekam. Lange Zeit hatten es nicht einmal seine engsten Freunde und Kollegen gewusst. Dann war es aber nicht mehr zu verheimlichen gewesen, denn mit der Zeit musste er morgens ein immer jämmerlicheres Bild abgegeben haben. Irgendwann hatte nicht einmal mehr das Deodorant und die akkurate Rasur geholfen. Man hatte ihm die Zeichen deutlich angesehen. Auch wenn er sich stets die größte Mühe gegeben und die leeren Weinflaschen in seiner geschlossenen Sporttasche selbst zum Altglascontainer gefahren hatte.

„Meine phlegmatische Art, der Grund unserer Trennung? Trennung? - Sieht deine Mutter es allen Ernstes als Trennung? Womöglich noch in einvernehmlicher Art?"

„Fängst du jetzt wieder mit deiner Wortklauberei an? Ist doch egal, wie sie es nennt."

„Okay, lassen wir das! Aber dass dein Stiefvater Lars damals mit Kopfschmerzen in die Apotheke kam und sie drei Wochen später auszog, hatte wohl weniger mit meiner Art, als mit seinem Charme zu tun."

Obwohl es schon zig Jahre her war, empfand er es immer noch als die erste große Niederlage seines Lebens. Er ärgerte sich über seine eigenen Emotionen, die damals in ihm gerungen hatten. Fühlte immer noch die kleinen Gaskügelchen, die wie an Nylonschnüren in ihm emporstiegen. Den urplötzlich aufkommenden Überdruck, der ihn befürchten ließ, bei der nächsten kleinen Erschütterung wie eine reife Frucht zu zerplatzen. Und etwas davon war ihm noch geblieben. In ihm dominierte immer noch das Gefühl, in einem Kampf verloren zu haben. Als hätte er und nicht Ali 1971 gegen Joe Frazier den Kürzeren gezogen. Ein, zwei Gespräche und drei Wochen später hatte er dem Möbelwagen hinterhergeschaut. Gut - zweifelsfrei kein angenehmes Erlebnis. Und ab diesem Moment hätte ihn nur eines weitergebracht: Scherben zusammenkehren und den Blick nach vorne richten.

Jetzt war schon lange Zukunft, oder bei genauerer Betrachtung war die damalige Zukunft heute schon lange wieder Vergangenheit. Und warum zum Teufel verfolgte ihn dann immer noch diese quälende Rivalität? Diese bildhafte Vorstellung ihrer überschwänglichen Verliebtheit. Ihr vor Glück zurückgeworfener Kopf und ihr strahlendes Lachen. Seine jämmerliche Parade darauf: Das zwanghafte Einreden, dass Veras neues Sexualleben doch wohl kaum dem entsprach, was er mit ihr auf der Apothekercouch erlebt hatte. Lernte es wie ein Gedicht auswendig, dass Vera und ihr neuer Liebhaber ganz bestimmt eher sachlich miteinander umgingen. Fünf Minuten Missionarsstellung vor dem Einschlafen, am besten ohne den Verlust eines einzigen Tropfens Schweiß.

Zu dieser Zeit hatte er sich in Arbeit stürzen wollen, es hatte gar nicht genug davon für ihn geben können. Aber wenn doch, hatte er sich schnell nicht mehr darauf konzentrieren können. Schon damals hatte er vor seinen Puzzles gesessen. Nur war es ihm stumpfsinnig vorgekommen: Seine Frau war weg und er saß da und versuchte ein beschichtetes Pappteil zu finden, das zu einem anderen passte.

„Du würdest Lars mögen, wenn ihr euch auf einem anderen Weg kennen gelernt hättet. Er ist zwar irgendwie ein Trottel, der alles macht, was Mama will. Aber er ist doch liebenswert und verschmitzt."

Ein liebenswerter Trottel. Anfangs, nach Überwindung des ersten Schocks, hatte er sich eingeredet, Lars täte ihm Leid. Er hatte ihnen nicht einmal ein Jahr gegeben. Die Vorstellung hatte ihn sogar belustigt, dass der Däne jetzt die Launen seiner Frau ertragen musste. Ihre Eingeschnapptheit, wenn ihr etwas gegen den Strich ging.

Und so war das erste Jahr vergangen und dann die weiteren. Ab und an mussten sie wegen Sandras Ausbildung telefonieren und Adelmeier bekam den Eindruck, dass Vera von Jahr zu Jahr ruhiger und gelöster wurde. Mittlerweile war der Däne schon länger mit ihr verheiratet, als er es damals gewesen war.

„Ja, vielleicht ist er ein lieber Trottel, aber ich kann mit Leuten, die so wenig Rückgrat haben, nichts anfangen."

„Er ist eben diplomatisch und weiß, wie er Mama anzufassen hat."

„Das nennst du also Diplomatie?"

„Ist dir vielleicht einmal der Gedanke gekommen, dass die beiden glücklich miteinander sind?"

Adelmeier spürte trotz der Dunkelheit den durchdringenden und forschenden Blick seiner Tochter. Er war erstaunt und hätte niemals mit dieser Offenheit gerechnet. „Vielleicht kannst du verstehen, dass es nicht gerade einfach ist, plötzlich alleine dazusitzen. Ehe ich begriffen hatte, was passiert war, wart ihr schon weg. Natürlich habe ich gespürt, dass deine Mutter nicht zufrieden war. Doch ich musste mich im Beruf erst etablieren und viel Zeit in meine Arbeit investieren." Er ließ einen Moment seine Worte an sich vorbeiziehen und sogar für ihn selbst klangen sie wie eine banale und faule Ausrede. *Viel Zeit in die Arbeit investieren* – beinahe schon stereotyp!

Es wunderte ihn, wie resolut Sandra ihren Stiefvater verteidigte. Sie tat es, ohne sich jedoch gleichzeitig gegen ihn zu wenden. Er hatte immer gemeint, dass man sich für ein Lager entscheiden müsse: Entweder hielt man zu den Gelben oder zu den Roten, zu Ali oder zu Frazier. Sie wohnte jetzt nicht mehr in Dänemark, sondern wieder bei ihm in Aschaffenburg - und das interpretiere er als ein deutliches Zeichen.

„Wie soll ich dem Menschen Sympathie entgegenbringen, der mein Leben so stark verändert hat?"

Plötzlich spürte er ihre warme Hand auf seinem Unterarm. Er war überrascht über die unerwartete Berührung und über die starke Wärme, die von ihrer Handfläche ausging.

„Gerechtigkeit? Ist es das? Wie mit deinen Mördern? Du hast durch Lars gelitten, also kann er kein guter Kerl sein?"

„71: Ali gegen Frazier."

„Was?"

„Nichts, war nur so ein Gedanke."

Auf einmal landeten einige Regentropfen auf seinem Handrücken. Erst nur wenige, dann wurden es immer mehr. Er beobachtete, wie eine wachsende Anzahl dunkler, kleiner Flecke das Tischholz bedeckten. Und als bedeutete dieser Vorgang eine natürliche Grenze zwischen den verschiedenen Bewusstseinsstufen, spürte er plötzlich auf seiner Wange das Metallene des kleinen Lippenrings, bevor seine Tochter mit einem gehauchten *Gute Nacht* im Haus verschwand.

8.

Die Mittagssonne stand hoch am azurblauen Himmel. Adelmeier blickte aus dem geöffneten Fenster und beschloss, für eine Stunde den Schlosspark zu besuchen. Er hatte das Gefühl, dass die Enge seines Büros auch seine Gedanken einschnürte. Außerdem war an diesem Morgen sein kleiner Tischventilator ausgefallen und die Sonne brannte bereits gegen 11.00 Uhr erbarmungslos auf seinen breiten Rücken.

Eine halbe Stunde später parkte er den Volvo unterhalb des Schlosses im Schatten einer riesigen Weide. Als er ausstieg, wirbelte ihm noch vom Fahren aufgewühlter Staub um die Beine. Adelmeier setzte seine Sonnenbrille auf und legte seinen Kopf in den Nacken. Keine einzige Wolke war zu sehen. Der strahlend blaue Himmel lag wie ein riesiger Farbfilter über der Stadt und wirkte so unecht, wie in einem nachcolorierten Film. Nur eine Maschine der Lufthansa drängte sich seitlich in dieses makellose Bild.

Minuten später hatte Adelmeier das Pompejanum erreicht. Durch die offene Tür konnte er ein Stück des Museumsbereichs einsehen. Obwohl er den größten Teil seines Lebens in Aschaffenburg verbracht hatte, war er noch nie in dem berühmten Bauwerk gewesen. Für einen Augenblick überlegte er, ob er sich eine Karte lösen sollte. Doch dann verwarf er den Gedanken. Er war schließlich hier, um sich im Freien aufzuhalten. Demonstrativ sog er die süßlich nach Oleander riechende Sommerluft in sich hinein. Das in Zedern und Feigenbäumen eingebettete Pompejanum erweckte in ihm immer das Gefühl, sich nicht in Aschaffenburg zu befinden. Wenn er vor ihm stand, träumte er sich das Gebäude stets auf einen Hügel in der Toskana oder an die südfranzösische Küste.

Auf der Saint-Germain-Terrasse oberhalb der Weinberge legte er eine kleine Pause ein und lehnte sich an das schmiedeeiserne Geländer. Die meisten Bänke waren besetzt und zu seiner Überraschung waren sie zum großen Teil von jüngeren Menschen belegt. In der Mitte des Platzes entdeckte er eine Gruppe Boulespieler. Sie standen im Kreis und diskutierten heftig. Adelmeier wunderte sich, woher all die Besucher die freie Zeit nahmen. Doch vor einer Stunde hatte er selbst noch über dem Tatortbericht für die Staatsanwaltschaft gesessen. Regina hatte unterdessen mit Christine Beyer gesprochen. Es hatte sich tatsächlich vor einigen Wochen jemand nach Dr. Weißenberger erkundigt. Aber auch sie konnte sich leider nicht mehr an das Aussehen der Person erinnern und sie war sich nicht sicher, ob es sich bei dem Besucher um den Mann auf dem Foto handelte.

Mittlerweile hatte Adelmeier das Mainufer erreicht und der Fluss lag wie ein glitzerndes Band vor ihm. Ein kleiner Windzug ließ das Wasser kräuseln. Adelmeier nahm auf einer freien Bank Platz. Er legte seine Zeitung neben sich auf das grün lackierte Holz und beobachte eine vorbeiziehende Entenfamilie. Nach einigen Minuten blickte er auf seine Uhr. Er wollte pünktlich wieder im Büro sein, wenn die ersten Ergebnisse aus der Kriminaltechnik und der Gerichtsmedizin eintrafen. Dann kam ihm auf einmal der weiße Alfa in den Sinn. Er war gestern problemlos vor dem Krankenhaus angesprungen. Sie mussten ermitteln, wie Weißenberger nach Hause gekommen war. Von einem seiner Kollegen war er nicht mitgenommen worden. Das hatten bereits die Befragungen am Vortag ergeben. Und dass Weißenberger ein öffentliches Verkehrsmittel benutzt hatte, schien eher unwahrscheinlich. Warum sollte er auch? Möglicherweise war er mit dem Mann gefahren, mit dem Yanouck ihn abends gesehen hatte. Aber war das dieselbe Person, die im Krankenhaus nach ihm gefragt hatte? – Und wenn ja, war es der Unbekannte auf dem Foto?

Zurzeit schien es so, als sei dieser Mann der einzige Kontakt Weißenbergers außerhalb des Klinikalltags gewesen. Adelmeier überlegte, ob sie vielleicht auch miteinander verabredet gewesen sein konnten. Ein gewolltes Treffen? Innerlich sträubte er sich dagegen, von dem Mörder zu reden. In seinen Gedanken gab es einen Unbekannten oder einen Mann mit der gelben Sonnenbrille. Sie hatten schließlich keinen klaren Beweis, dass es sich tatsächlich um einen Mord handelte. Wenn es aber doch Mord war, wie kam die Abschiedsbotschaft dann so klar und ungezwungen auf das Band?

Adelmeier zog einen Boskoop aus seiner Tasche und rieb ihn an seinem Hemd. Als er hineinbiss, rannen ihm einige Tröpfchen Obstsaft in die Handfläche. Unwillkürlich beugte er sich nach vorne, um sich nicht zu bekleckern. Er kaute einige Bissen des Fruchtfleisches, bis ihm plötzlich die mögliche Lösung einfiel. Obwohl die Stimme auf dem Band war, musste es nicht zwangsläufig Weißenbergers Stimme sein! Sie mussten das Band jemandem vorspielen, der seine Stimme kannte. Seine Schwester schied aus. Die Kollegen, Professor Schneider, Frau Lamprecht!

Er fischte sein Handy aus der Hosentasche und drückte Reginas Durchwahl. Er ließ es sechsmal klingeln, aber niemand hob ab. Dann versuchte er es auch nochmals auf Marcellos Nebenstelle. Wahrscheinlich waren beide zum Mittagessen. – Er aß weiter an seinem Apfel und ärgerte sich, dass er nicht an eine Serviette gedacht hatte.

Er wollte gerade auf die Taste für die Wahlwiederholung drücken, als er einen Anruf bekam. Es war seine Mutter.

„Wo bist du gerade Junge? Du hörst dich an, als wärst du im Freien."

„Bin ich auch. Ich habe heute auch schon an dich gedacht."

„Hast du dir bei dem schönen Wetter einen Tag Urlaub genommen?"

Urlaub, dachte Adelmeier. „Nein ich musste nur mal raus und eine Pause machen. Bei uns im Präsidium war es so stickig." Er hatte auf einmal ein schlechtes Gewissen. Er hatte sie am Wochenende nicht besucht und nun war er kaum zweihundert Meter Luftlinie von ihr entfernt. – Und ihm war nicht einmal der Gedanke gekommen, fünf Minuten bei ihr vorbeizuschauen.

„Wo bist du? Mit diesen neumodischen Dingern weiß man nicht mehr, wo sich jemand befindet."

„Hinter Nilkheim, auf den Feldern, raus in Richtung Schönbusch", log er und merkte, dass er seiner Aussage nach fast bei sich zu Hause war.

„Wie war dein Fest? Soweit ich mich erinnere, hatte es noch angefangen zu regnen. Ich habe an euch gedacht und die Daumen gedrückt. Aber es hat nicht geholfen. Petrus nimmt eben keine Rücksicht auf die Daumen einer alten Frau."

„Wir mussten vor dem Regen aufhören. Es ist etwas dazwischen gekommen. Wir arbeiten an einem neuen Fall."

„Ein neuer Fall? Ich habe dir ja immer schon gesagt, Architekt oder Arzt wäre besser gewesen!"

Adelmeier dachte an Dr. Weißenberger. „Dann müsste ich sonntags eben Änderungen an Bauplänen oder aber Operationen durchführen."

„Nun gut. Nun ist es einmal so, wie es ist. Wie hat denn der Kartoffelsalat geschmeckt? Hat Sandra ihn gut hinbekommen? Mein Reze ..."

Eine Schiffshupe übertönte die letzten Worte seiner Mutter.

Adelmeier stutzte einen Moment. „Ich habe ihn gut hinbekommen. Sie hatte ja schließlich keine Zeit."

„Zeit! Zeit!", nörgelte seine Mutter. „Hast du wenigstens am Sonntag Zeit? Es gibt Krustenbraten mit Bayrischkraut."

Adelmeier konnte den Braten geradezu schmecken. „Die übliche Uhrzeit?"

„Wie immer."

„Soll ich dir einen Kasten Wasser oder sonst etwas mitbringen?"

„Ich kann selbst für mich sorgen."

Adelmeier dachte an die Schürfwunden, die sie sich bei ihrem letzten Sturz zugezogen hatte. „Wie geht es übrigens mit deinem Schwindel?"

„Er schwindelt so vor sich hin. Apropos schwindeln: Mir war eben, als hätte ich eine Schiffssirene gehört? – Aber, wenn du mir einen Kasten Wasser mitbringen könntest, wäre es schön."

Das Telefon klingelte. Es war Dr. Heinz Schmalle aus der Gerichtsmedizin. Adelmeier befand sich erst seit vierzig Minuten wieder in seinem Büro und sein Hemd klebte bereits wie ein nasses Handtuch an seinem Rücken.

„Hallo Hans, wie erträgst du die Hitze?"

„Na ja. Ich schwimme in meinen Klamotten. Du hast es da schon besser in deinem kühlen Keller. Erste Ergebnisse?"

„Natürlich. Ich dachte, ich melde mich schon mal vorab, oder willst du auf den schriftlichen Bericht warten?"

„Schieß los!", forderte er seinen Freund auf.

Adelmeier hatte den Gerichtsmediziner vor einigen Jahren bei einem Lehrgang in Würzburg kennen und schätzen gelernt. Seit dieser Zeit verband sie eine lose Freundschaft. Sie trafen sich in längeren, aber regelmäßigen Abständen, unternahmen gemeinsame Wandertouren oder spielten mit zwei von Schmalles Kollegen Schafkopf im *Schlappeseppel*, der urigen Brauereigaststätte.

„Du hast nichts dagegen, wenn ich die üblichen Formalitäten zur Person überspringe? Die kannst du später in meinem Bericht nachlesen. Fangen wir mit dem Todeszeitpunkt an: zwischen 22.00 Uhr und 23.00 Uhr. Bei Vergiftungen schwer, exakter zu bestimmen."

Adelmeier klemmte den Hörer an seine Schulter und spielte mit dem Telefonkabel.

„Okay und weiter."

„Nichts weiter. Mehr gibt es zum Todeszeitpunkt nicht zu sagen."

„Du hast mich doch nicht nur angerufen, um mir zu sagen, dass er zwischen zehn und elf gestorben ist."

„Adelmeier, lass mich doch erst einmal ausreden. Kommen wir zu den Hämatomen an den Handgelenken. Die sind relativ frisch. Wahrscheinlich wurde er mit etwas Breitem, wie Gürteln an die Armlehnen gebunden. Sie saßen recht stramm und haben ihm das Blut in den Händen abgedrückt. Aber ich glaube kaum, dass er diesen Schmerz noch richtig mitbekommen hat."

„Alkohol?"

„Nein, konnten wir nicht nachweisen", fuhr Schmalle fort. „Ich erzähle dir erst einmal etwas zur Todesursache und den verabreichten Medikamenten. Es handelt sich hierbei hauptsächlich um zwei Präparate. Norolan und Diphaxzepam. In der hohen Dosis wirken sie absolut tödlich. Du kannst sie in jeder Apotheke kaufen. Ohne Rezept. Aber neben diesen beiden Medikamenten hatte er auch Spuren von Benzodiazepinen im Blut."

„Benzo..?"

„Der wichtigste Vertreter dieser Gruppe ist Diazepam, also Valium."

„Valium zur Beruhigung und dann die Schlafmittel mit Hilfe des Plastikteils, das wohl als so eine Art Maulsperre diente", folgerte Adelmeier.

„So ähnlich. Die Verabreichung der Mittel erfolgte aber mit größerer Gewaltanwendung, als wir anfangs gedacht hatten. Das erfährst du aber erst, wenn du einen Körper offen vor dir liegen hast. Die Medikamente wurden dem Opfer in aufgelöster Form zugeführt. Zuerst zermörst oder zermalen und dann mit circa 800 ml Wasser aufgelöst. In den ausgetrockneten Mundschleimhäuten fanden sich noch Spuren des Medikamentenstaubs."

„Wie kam dann das Gemisch in den Körper? Mit Hilfe eines Trichters oder eines Schlauchs?"

„Die Wände der Speiseröhre waren stark verletzt. Sie wiesen längliche Kratzspuren und kleine Einschnitte auf. Dem Opfer wurde ein scharfer Gegenstand in die Speiseröhre eingeführt. Und durch den hat er mit aller größter Wahrscheinlichkeit seinen Medikamentencocktail bekommen."

Adelmeier hatte das Telefonkabel mittlerweile so weit um seinen Finger gewickelt, dass nur noch die Fingerspitze herausschaute. „Muss man sich da nicht unweigerlich übergeben?"

„Bei vollem Bewusstsein kotzt du wahrscheinlich alles wieder heraus. Aber wie bereits angedeutet, hatte er zu diesem Zeitpunk bereits eine größere Menge Beruhigungsmittel getankt."

„Eine Idee, welcher Gegenstand es gewesen sein könnte?"

„Darauf wollte ich gerade kommen. Wir haben im Magen auch Reste von flüssigem Pflanzendünger gefunden. Hau deine Kollegen von der Spurensuche an, dass sie nach einer Gießkanne suchen."

Adelmeier saß schweigend da und überlegte, was das alles zu bedeuten hatte, als ihn der Gerichtsmediziner in seinen Gedanken unterbrach.

„Eines liegt mir noch am Herzen. Es muss ihm Spaß gemacht haben und es war nicht einfach. Der Täter musste lange bei seinem Opfer bleiben, um sicher zu sein, dass er sich nicht doch noch übergab und die Aktion überlebte."

„Und was folgerst du daraus?“

„Ich glaube nicht an eine einfache Rachetat, bei der es dem Täter nur darauf ankommt, sein Opfer zu töten.“

„Sondern?“

„Lass es mich einmal so ausdrücken. Er hätte sein Opfer auch strangulieren oder auf eine andere Art zu Tode quälen können. Auch einen Strangulationstod kann man leicht als Suizid kaschieren. Das wäre einfacher und sicherer gewesen. Ich bin kein Psychologe, aber ich glaube, er wollte damit eine Art Zeichen setzen. Es war für ihn wichtig, dass er durch Medikamente starb. Vielleicht ist darin die Verbindung zwischen Opfer und Täter zu suchen.“

Adelmeier dachte über das nach, was sein Freund aus der Gerichtsmedizin soeben gesagt hatte. Bestand tatsächlich eine Verbindung zwischen Täter und Opfer, die mit Arzneimitteln zu tun hatte? Ein Racheakt, bei dem es dem Täter gerade wichtig war, dass das Opfer durch Medikamenteneinfluss starb? Vielleicht ein Kunstfehler in der Vergangenheit des Arztes, bei dem falsch verschriebene oder verabreichte Präparate eine wichtige Rolle gespielt hatten? Der Täter, der sich als früheres Opfer des Arztes sah? Aber warum hatte sich Weißenberger dann auf ihn eingelassen und ihn sogar mit in seine Wohnung genommen? Wäre es nicht natürlich gewesen, wenn er den Kontakt vermieden hätte? Oder hatte ihn gerade sein schlechtes Gewissen dazu getrieben? Um ihm noch einmal die damaligen Umstände zu erklären? Der Wunsch nach Absolution? Adelmeier schossen eine Reihe Fragen ungeordnet wie verirrte Projektile durch den Kopf.

Was seiner Erfahrung nach eindeutig gegen eine Rachetat sprach, war die Tatsache, dass der Mörder – wenn auch stümperhaft – versucht hatte, einen Selbstmord vorzutäuschen. In den meisten Fällen wollten Täter, dass es auch nach Rache aussah. Sie ließen keinen Zweifel an ihrem Motiv und hinterließen ihre Opfer meist in schrecklichem Zustand. Rache ist süß, dachte er und blickte auf die Zeitschrift *Kriminalistik*, die immer noch auf seinem Schreibtisch lag. Die Grausamkeit der Tat verschaffte ihnen zusätzliche Befriedigung. Das destruktive Element war den meisten dieser Taten gemein. Außer, der Täter war im engeren Umfeld des Opfers zu suchen. Und das schied bei Weißenberger zum jetzigen Ermittlungsstand nahezu aus.

Adelmeier kam eine weitere Möglichkeit in den Sinn. Es war nur eine vage Idee, eher ein abstrakter Gedanke. Ein Klopfen an der Tür riss ihn aus seinen Gedanken. Es war Regina, die auf seine Aufforderung hin die Tür öffnete und eintrat. Er hatte sie selten in einem Kleid gesehen und er fand, dass ihr das Kornblumenblau gut stand.

„Kann ich dich einen Moment stören?"

„Kein Problem. Ich mache mir gerade über das Motiv Gedanken."

„Ich wollte dir nur ausrichten, dass Anna Gost ..."

„Komm herein und setz dich", unterbrach er sie. „Lass mich erst erzählen, sonst vergesse ich es wieder." Er schilderte ihr das vorangegangene Gespräch mit Dr. Schmalle. „Ich bin ganz seiner Meinung, was das Motiv betrifft. Es war Rache. Vieles, wenn auch nicht alles, spricht dafür."

„Ja, es muss ein geplantes Verbrechen gewesen sein", stimmte Regina zu. „Wer trägt schon solch einen Medikamentencocktail ständig mit sich rum?"

„Die Frage ist nun, welche Bedeutung die Wahl dieser Tatwaffe hat. Ich denke es könnte etwas damit zu tun haben, dass ein Schlachter vielleicht eher zu einem Messer, als zu einer Schusswaffe greift. Und ein Jäger handelt umgedreht."

„Hans, und was nimmt ein Konditor? Eine Torte? Deine Theorie würde die Tätersuche ungemein erleichtern. Man sieht sich die Tatwaffe an und hat sofort den Beruf des Täters." Sie bereute ihren unüberlegten Einwurf sogleich, als sie Adelmeiers Gesichtsausdruck sah. Er schaute sie mit einem finsteren Blick an. Doch nach einem kurzen Moment musste er über ihren Vergleich schmunzeln. Es war die Art, die er an ihr mochte. Das Unüberlegte. Das Spontane. Oftmals hatte sie sich durch ihre ungestüme Art in die Nesseln gesetzt, aber mindestens genauso häufig hatte sie ebenso spontan Aspekte in eine Diskussion eingebracht, die ihnen weitergeholfen hatten.

„Du weißt schon wie das meine: Wir müssen bei der Suche nach einem Verdächtigen diesen Aspekt immer im Auge behalten. Aber noch sind wir nicht so weit. Noch kann uns nur die genauere Kenntnis vom Opfer zum Täter führen."

„Okay, was schlägst du vor?"

„Wir brauchen zunächst mehr Informationen über Weißenbergers früheres Leben. Vielleicht findet sich in seinem Lebenslauf und an seinen ehemaligen Arbeitsplätzen ein Anhaltspunkt? Wir nehmen Kontakt zu seinen früheren Arbeitgebern auf, faxen ihnen das Foto, vielleicht erkennt jemand die junge Frau oder den Mann. Wir spielen seinen Kollegen und Frau Lamprecht das Band vor. Niemand sagt uns, dass tatsächlich seine Stimme darauf ist. Und wenn sie es nicht ist, erkennt sie eventuell jemand. Marcello soll morgen die Apotheken abklappern. Irgendwo müssen die Medikamente schließlich her sein. Er soll den Apothekern das Foto zeigen. Natürlich müssen sie nicht in Aschaffenburg gekauft worden sein, aber es ist zumindest eine Chance."

„Internetapotheke", murmelte Regina mehr zu sich selbst.

„Was für eine Apotheke?"

„Der Täter könnte sich die Schlafmittel auch übers Internet besorgt haben."

„Geht das?", Adelmeier dachte an seinen Surfversuch am vorangegangen Morgen.

„Natürlich. Kein Problem. Ausländische Firmen bieten Medikamente übers Web an."

Das Web, dachte Adelmeier und rieb sich seine Augen. „Das gehört verboten!", rief er ärgerlich. „Wozu gibt es dann noch Ärzte, die verschreiben?"

„Nicht alles, nur die rezeptfreien Medikamente. Ich habe auch schon dort bestellt."

„Von den Apotheken erwarte ich mir die geringsten Erfolge, aber wir dürfen die Möglichkeit trotzdem nicht auslassen."

„Wir reden immer nur von dem *Täter*?"

„Ich bin mir fast sicher, dass wir einen Mann suchen. Die Handschrift der Tat spricht eher nicht für eine Frau. Außerdem gibt es den Hinweis auf einen Mann mit einer gelben Sonnenbrille."

Die Sonne war mittlerweile so weit um das Gebäude gewandert, dass der Raum im Schatten lag. Nur ein kleiner sonniger Balken ruhte auf den Lamellen des Aktenschrankes. Nachdem Regina gegangen war, fiel ihm auf, dass sie ihm gar nicht gesagt hatte, weshalb sie gekommen war. Er griff zum Telefonhörer und wählte ihre Durchwahl. Auf dem Display blinkte die 122 und er wartete, dass sie abhob. Nach dem sechsten Läuten meldete sie sich endlich.

9.

Kein befreiender Luftzug drang ins Innere und die schwüle Luft lag wie ein schwerer Teppich auf ihm. Er konnte Heizöl riechen. Mit gesenktem Kopf schnüffelte er an seiner Trainingsjacke. Der Geruch nach Öl hatte den unangenehmen Schweißgeruch nahezu verdrängt. Als würde er sich in einem stickigen Heizungskeller aufhalten. Oder als wäre er solch ein armes Schwein, das den ganzen Tag mit einem LKW voller Heizöl durch die Gegend kutschierte und das stinkende Zeugs Hinz und Kunz in ihre Tanks füllte. Er schnüffelte nochmals. Das mit dem Heizöl stimmte, aber er hielt sich gewiss nicht in einem Heizungskeller auf. Wie hätte wohl auch ein Lieferwagen dort hineinkommen sollen? Und dass er sich auf der Ladefläche eines Transporters befand, war so ziemlich das Einzige, was er mit Sicherheit wusste. Und er konnte nicht hier raus, denn er war wie ein Hund festgekettet. Von wem und weshalb wusste er nicht. Irgend ein Arschloch hielt ihn hier gefangen.

Er versuchte seine Sinnesorgane zu sensibilisieren, doch es wurden ihnen kaum Reize geboten. Das Heizöl war deutlich auszumachen und doch lag noch ein anderer Geruch in der Luft. Etwas zog ihm unangenehm in die Nase, drängte sich ihm auf und reizte seine Schleimhäute. Jetzt hatte er es! Frische Farbe und Lösungsmittel. Terpentin oder Ähnliches. Die Tür des Lieferwagens stand einen Spalt weit auf und ein fahler Schein künstlichen Lichts beleuchtete das blanke Metall des Wagenbodens. An den Stellen, die durch das Licht angestrahlt wurden, schimmerte dunkler Rost. Sie waren blättrig. Er sah einige kleine Metallspäne im Wageninneren glitzern. Es waren die gleichen, die an seiner Kleidung und seinen Händen hafteten. In der Dunkelheit leuchteten sie wie winzige Sterne einer fernen Galaxie. Er vermutete, dass auf der Ladefläche vor kurzem Metall gesägt oder geschliffen worden war.

Er kniff seine geröteten Augen zusammen und versuchte, etwas mehr von seiner Umgebung zu erfassen. Durch den Spalt konnte er nur eine helle Baulampe an einer unverputzten Wand erkennen. Sonst nichts. Die Scheiben des Fahrzeugs waren völlig abgedichtet, sodass kein Lichtstrahl hindurchdringen konnte. Kurzfristig überlegte er, welches Material man dazu verwandt haben könnte. Dann ließ er es aber bleiben, denn er hatte keine Ahnung, welche Baustoffe es überhaupt gab.

Mühsam drehte er seinen eingeschlafenen Fuß unter seinem Körper hervor. Er musste dazu sein Gewicht wie ein bettlägeriger Greis zur Seite verlagern, um sein Bein Stück für Stück unter seinem Gesäß hervorzuzerren. Vor Anstrengung rannen ihm dünne Rinnsale die Seiten herunter. Als er endlich seinen Fuß frei hatte, kribbelte es, als flössen kleine Stecknadeln durch seine Adern. Es war unbequem auf dem harten Metallboden. Er vermutete, dass er sich in einer Garage befand. Durch die Wirkung des Mittels hatte er den Bezug zur Zeit verloren. Aber er glaubte, dass es gegen Mittag war. Mittag des folgenden Tages.

Seit vielen Stunden hatte er nichts zu sich genommen. Weder Nahrung, noch Flüssigkeit. Und doch verlangte es ihn mehr nach einem Drink, Gin oder Whiskey, als nach Wasser oder nach Essen. Stark müsste er sein. Am besten doppelt oder dreifach. Das würde seine Lebensgeister wieder wecken. Seinen Körper und Geist für das, was ihn noch erwarten mochte, stärken und mobilisieren. Er fuhr sich mit der Zunge über seine ausgetrockneten Lippen und konnte in seiner Fantasie die Eiswürfel an seinen Lippen spüren.

Die Eisenstäbe, an denen er mit Handschellen festgemacht war, erinnerten ihn irgendwie an den Zoo. Es sah aus, wie etwas, in dem man Tiere hielt. – Ja, wie ein Käfig.

Von irgendwoher konnte er Jazzgedudel hören, sonst drang kein Laut zu ihm durch. „Hey, du Arschloch, ich muss pinkeln", schrie er. Nach einigen Sekunden kam immer noch keine Reaktion. Verdammt – er saß hier scheinbar fest. Bullhead, der Starke. Bullhead, der Souveräne. Wenigstens konnten ihn seine Freunde aus dem Studio nicht so sehen. Bullhead, so nannten sie ihn bereits seit einer Ewigkeit. Solange er denken konnte und lange bevor es ihn nach Frankfurt verschlagen hatte. Er verspürte auch in dieser Situation nicht einmal einen Hauch von Angst. Man sagte ihm nach, dass er keinerlei Vorstellung habe, was Grausen und Entsetzen überhaupt sei. Er kannte solche Gefühle nicht und hatte immer ungehalten reagiert, wenn sich einer dieser kleinen Kröten vor lauter Schiss fast in die Hosen gemacht hatte.

„Hey, du Arschloch, stell wenigstens den Lärm ab!"

Seine Freunde und übrigens auch diejenigen, die ihn nicht so gerne mochten, nannten ihn nur Bullhead. Er vermutete, dass die wenigsten überhaupt seinen richtigen Namen kannten. Er trug seinen Spitznamen nicht wegen seiner kräftigen Statur oder seiner massiven Kopfform, – das hätte ihn beleidigt und er hätte es ihnen sofort ausgetrieben. Er wurde ihm wegen seiner Kämpfernatur und seiner unvergleichlichen Durchsetzungskraft verliehen. Er hatte es in der Vergangenheit bereits unzählige Male beweisen müssen und er würde auch hier wieder als Sieger hervorgehen. Dessen war er sich ganz sicher.

Mehrmals hatten sie versucht, ihn anzuwichsen. Und was hatte es ihnen gebracht? Nichts! Absolut gar nichts! Er gab ihnen keine Angriffsfläche, ließ sich auch nicht durch deren Winkeladvokaten aus der Ruhe bringen. Auch damals nicht, als er auf dem Bänkchen saß. Er war erhobenen Hauptes in den Gerichtssaal gegangen. Sammelklage abgewiesen. Für die Kläger und deren hoch bezahlte Rechtsverdreher ein Schock. Als er wieder und ebenso erhobenen Hauptes herausgegangen war, hatte er ihnen direkt in die Augen geblickt. All jenen, die in den ersten Reihen standen, mit ihrem Hunger nach Rache.

„Hey!" Irgendwann musste sich dieses Arschloch doch zeigen, mit ihm reden, ihn pinkeln lassen und dem Spuk ein Ende bereiten.

Er konnte ihn schließlich nicht hier versauern lassen. Wahrscheinlich hatte er ihn nicht aus diesem Wagen geschafft, weil er ihn nach einigen Stunden Bangemachen wieder in der gleichen schäbigen Karre zurückkutschieren würde. Ziel verfehlt - er hatte keine Angst. Hatte nicht, wie gehofft, das Jammern angefangen und in seine Trainingshose gepinkelt.

Das Arschloch musste ihn ausspioniert haben, wusste genau, wann er mit dem Training fertig war und in die Tiefgarage ging. Das war auch keine besonders großartige Leistung. Der Idiot kam sich wahrscheinlich vor, wie Steve McQueen in diesem Kopfgeldjägerfilm. Nur verwechselte er da irgendetwas. Auf ihn war kein Kopfgeld ausgesetzt. Beinahe musste er lachen. Lösegeld? Wer sollte für ihn schon bezahlen? Eine Verwechslung vielleicht? Der Typ hielt ihn für einen milliardenschweren Erben, der sein Leben, wenn er nicht gerade im Studio war, auf Mittelmeeryachten verbrachte? Für Getty, Rockefeller oder vielleicht für einen unehelichen und etwas zu bleichen Sohn eines saudi-arabischen Ölmagnaten?

Er musste an seinen Geldbeutel, seine Wohnungsschlüssel denken. Sie waren in seiner Trainingstasche und er machte sich auf einmal Sorgen, ob der Spinner auf die schmale Spur kam, ihn mit seiner Kreditkarte auszunehmen. Aber dazu hätte er ihn nicht hierher schleifen müssen. Dann fiel ihm Sibylle ein. Er hatte ihr versprochen, sie anzurufen. Sie war für einige Tage zu ihrer Mutter gefahren. Jetzt, da er nicht anrief, ahnte er zu welchen Vermutungen das führen würde. Seine Schwiegermutter würde unentwegt wettern. Die alte Hexe mit ihren Pigmentflecken, die aussahen, als hätte man sie zum Konservieren mit Balsamicoessig eingerieben: *Ich habe es dir ja gleich gesagt. Auf ihn ist kein Verlass. Er ist ein Spring-ins-Feld. Liegt bestimmt auf irgendeiner Blondine und lässt es sich gut gehen.* Zugegebenermaßen wäre das auch die angenehmere Vorstellung, als hier in diesem beschissenen Loch zu sitzen und die noch beschissenere Musik zu hören, aber das konnte er wohl momentan nicht ändern.

Plötzlich warf ihm eine Hand einen Stapel Ansichtskarten und einige Stifte in den Käfig. Während er die Augen zusammenkniff und erkannte, dass auf der obersten der Eiffelturm abgebildet war, hörte er, wie sein Kerkermeister an irgendetwas herumschraubte. Der Eiffelturm. Jetzt war er sich sicher, dass sein Bewacher nicht mehr alle auf der Reihe hatte.

„Hey, du Arschloch, was sollen die Karten? Und was soll die verfluchte Schrauberei?"

Und es war das erste Mal, dass sein schweigsamer Gefängniswärter ihm antwortete: „Elektrizität."

Bullhead verstand nicht so ganz, was damit gemeint war, bis er merkte, dass das kaum spürbare Kribbeln an den Metallstäben immer stärker wurde.

10.

„Hallo Hans, schon irgendwelche Neuigkeiten?" Regina musste seine Durchwahl auf ihrem Display erkannt haben.

„Nein, aber warum warst du vorhin überhaupt in meinem Büro?"

„Stimmt. Ist in der Diskussion total untergegangen. Anna Gosztony lässt dir auszurichten, dass die Ergebnisse aus der Kriminaltechnik erst morgen kommen."

„Okay. Danke." Adelmeier legte auf und wunderte sich, warum Anna ihn nicht selbst anrief. Wahrscheinlich war ihre Reserviertheit noch eine Folge der missratenen Weihnachtsfeier. Nur leider wusste Adelmeier nicht so genau, was eigentlich passiert war! Er kramte sämtliche Erinnerungsfetzen aufeinander und wühlte in ihnen herum. Alles was von dem Abend nach dem italienischen Restaurant noch übrig war, existierte lediglich als lückenhafter Film. Und nur, wenn er sich stark konzentrierte, fielen ihm noch kleinere Passagen davon ein: Eine unruhige Taxifahrt, bei der sein besoffener Schädel willenlos von einer auf die andere Seite getaumelt war. Sein mühsames Ringen zwischen anzüglicher Vorfreude und aufkommendem Brechreiz. Ab seiner Haustür dann Dunkelheit. Er hatte nicht den leisesten Schimmer, ob und was sie noch getrunken hatten. Vielleicht war er auch gar nicht so höflich gewesen, ihr etwas anzubieten oder – er musste bei diesem Gedanken vor Scham die Augen schließen – er war gleich *zur Sache gekommen*. Inständig hoffte, bettelte, betete er, – egal was er auch immer getan haben mochte –, dass er es bekleidet getan hatte. Der feste Glaube, er habe seine Hose und Hemd anbehalten, beruhigte ihn. Aber was sollte er tun, wenn ...? Wenn die Kleidungsstücke, die er am folgenden Morgen vor seinem Bett gefunden hatte, nicht erst nach ihrem Verschwinden dort gelandet waren, sondern irgendwann zwischendrin? Wenn er plötzlich vor ihr gestanden hatte: unbekleidet oder nur mit einer großflächigen Unterwäschenkombination, gerade dem, was der alleinstehende Herr eben so trägt?

Seine Gedanken an Anna und diesen Abend setzten stets jenen Schutzmechanismus in ihm frei, dessen sich ein strapazierter Geist wohl gerne bedient: Eine negative Erinnerung wird einfach durch eine gleichartige, positive verdrängt. Dann dachte er häufig an den ersten Abend mit Vera zurück, als er nach dem Volksfestbesuch mit seinem pochenden Arm in der Apotheke ihres Vaters auf der Couch gelegen hatte. Das gedämpfte, warme Deckenlicht des kleinen Hinterzimmers und an der Wand gegenüber die alte Tafel mit Abbildungen von Heilpflanzen und Kräutern. Intuitiv hatte er all diese Eindrücke in sein Gedächtnis aufgesogen. Und dann war Vera hereingekommen. Und in diesem Moment war ihm auch schlagartig bewusst geworden, weshalb er dem GI im Grunde zutiefst dankbar sein musste.

Viele der sexuellen Erlebnisse und besonders sein erstes mit ihr an jenem Abend, sah er so scharf und deutlich vor sich, wie Modiglianis „Großer weiblicher Akt“. Ihre Spielchen mit den verschiedenen Cremes, Salben, Gels und Emulsionen. Spiele, die sich ihre Tochter wahrscheinlich nicht einmal in ihren kühnsten Fantasien ausmalen konnte. Diesen Ritus hatten sie seit dieser ersten Nacht noch einige Ehejahre fortgesetzt und viele dieser braunen Fläschchen und hellweißen Tuben hatten sie auch in sein Haus begleitet und dümpelten selbst jetzt noch auf seiner Badezimmerablage. Vielleicht aus Nostalgie oder einfach aus einer Laune heraus, ging er ab und an in eine Apotheke und ersetzte eines der alten vergilbten Präparate durch ein neues.

Und dann musste er doch wieder an Anna und an seine Gedächtnislücke denken: Es hatte sogar einmal einen Versuch einer Aussprache gegeben. Aber wie sollte er Abbitte leisten, wenn er nicht genau wusste, wofür? Sie hatten an dem kleinen Bistrotischchen bei *Clemant* gesessen. An diesem Abend hatte er besonders amüsant sein wollen und sich größte Mühe gegeben, erst einmal verbal die gefährlichen Wasserminen zu umsegeln. Eine Weile hatte sie ihm geduldig zugehört und abwartend an ihrem Glas Chablis genippt. Dann war sie einfach aufgestanden und hatte sich knapp von ihm verabschiedet.

Doch nun waren eineinhalb Jahre ins Land gezogen und er empfand es als lächerlich, nach *so* langer Zeit auf sie zuzugehen und sie zu fragen, was sich denn damals in seinem Haus überhaupt abgespielt hatte. In den wenigen Momenten, in denen er in den letzten Monaten an dieses Ereignis gedacht hatte, war er der felsenfesten Überzeugung gewesen, dass Anna sich bei einem Wiedersehen neutral verhielte. Aber da hatte er sich getäuscht. Es war das Unterschwellige, ihre spitze Bemerkung, als er ihr bei Weißenberger die Last der Tasche abnehmen wollte. Der Blick und der süffisante Ton, als es um Fischlers Fingerabdrücke ging. Das alles waren Indikatoren, dass sie ihn nicht so leicht aus der Verantwortung entließ.

Nachdem sich Adelmeier einen Kaffee geholt hatte, ließ er sich wieder auf seinen quietschenden Bürostuhl fallen. Er schaute aus dem Fenster und auf einmal kam ihm Reginas Bemerkung über die Internetapotheke in den Sinn. Er empfand, dass er überzogen reagiert hatte. Das Internet! Adelmeier schüttelte seinen Kopf und blickte auf die Uhr. Vielleicht würde Sandra an diesem Abend etwas Zeit für ihn opfern und er käme mit ihrer Hilfe bei seiner kleinen persönlichen Recherche nach dem Dürer Puzzle weiter? Er drückte mit seinen Fingern die Zahlenkombination in die Tasten und erschrak, als er nach dreimaligen Tuten seine eigene

Stimme hörte. Ein tiefes, brummiges *Guten Tag* begrüßte ihn. Dann die Information, dass er nicht zu Hause war.

Mit einem Mal wünschte er sich, dass niemand mehr bei ihm anrufen und die Stimme auf seinem Anrufbeantworter hören möge. Er nuschelte ein wenig und seine Stimme klang irgendwie hölzern. Und dann seine regionale Klangfärbung! Eine Mixtur aus Hessisch und Rheinfränkisch. Weder richtig das eine, noch das andere. Genau das war ihm stets unangenehm bei den Moderatoren des lokalen Fernsehens aufgestoßen. Hatte ihn sogar belustigt und jetzt musste er erkennen, dass er ähnlich sprach. Wie in einem Mundartstück. Er merkte, dass er den Hörer immer noch in der Hand hielt und nicht auf das Band gesprochen hatte. Hastig legte er auf.

Während er noch überlegte, wie er Sandra erreichen könne, kam ihm ein Einfall. Mit einem Griff in die oberste Schreibtischschublade hatte er es. Während er blätterte, murmelte er das Alphabet leise vor sich hin. Dann schlug er unter den Buchstaben *W* nach – und tatsächlich Dr. Weißenberger hatte einen Eintrag im örtlichen Telefonbuch.

Die Stimme, die sich auf Dr. Weißenbergers Anrufbeantworter meldete, hatte keine Klangfärbung. Nicht die winzigste Spur von Dialekt war zu hören. Keinerlei Indiz, woher der Sprecher kam. Aus dem Norden, Osten, Süden oder Westen der Republik. Jede Silbe war sorgfältig in reinem Schuldeutsch formuliert. Klar und deutlich gesprochen. Kein Holpern, keine überflüssigen Pausen, kein unsauberes Nuscheln. Er hätte Nachrichtensprecher werden können. Die Ansage bestand nur aus drei Sätzen: „Sie sind mit dem Anschluss von Dr. Weißenberger verbunden. Ich bin zurzeit nicht zu Hause. Bitte hinterlassen sie nach dem Signalton eine Nachricht." Er drückte auf den Aufnahmeknopf der Telefonanlage und betätigte die Wahlwiederholungstaste.

Nur zur Absicherung, denn bereits, als er die Stimme des Anrufbeantworters das erste Mal gehört hatte, war ihm klar, dass er nicht die Kriminaltechnik bemühen musste, um festzustellen, dass das Band im Kassettenrecorder nicht von derselben Person besprochen worden war.

Er hatte zwar durchaus mit einer anderen Stimme gerechnet, aber er war doch überrascht von ihrem Klang. Sie war sehr hoch und sehr dünn. Man konnte sie beinahe als Falsett bezeichnen. Beim alleinigen Hören hätte er den Sprecher jünger geschätzt. Vielleicht zwischen zwanzig und dreißig. Es war eine feine, kultivierte und keine robuste, basslastige Stimme, wie auf der Kassettenaufnahme.

Der Täter hatte einen Fehler gemacht, er hätte auch den Anrufbeantworter von Dr. Weißenberger besprechen müssen. Adelmeier war nun zuversichtlich, dass sie die Stimme des Täters auf die richtige Spur führen würde.

Eine halbe Stunde später blätterte er in der Kopie von Weißenbergers Lebenslauf. Studium der Humanmedizin im Osten, dann die erste Stelle in einem Krankenhaus in Halle. Adelmeier ging die beruflichen Stationen in Weißenbergers Leben nacheinander durch. Für einen Arzt hatte er relativ selten seine Arbeitsstelle gewechselt. Vielleicht war das damals in der DDR so üblich? Er blätterte weiter und warf einen Blick auf die Arbeitszeugnisse. Von der Klinik in Halle gab es nur eine Bestätigung, dass er dort erst als Assistenzarzt und später als Oberarzt gearbeitet hatte. Warum wechselt ein Oberarzt aus Halle direkt nach der Wende in den Westen und arbeitet dort als Stationsarzt? Soviel er wusste, bedeutete das mindestens einen Schritt auf der Karriereleiter zurück. Warum hätte er das tun sollen?

Nach ihrem Erkenntnisstand hatte Weißenberger auch keine private Bindung in den Westen, die ihn zum Umsiedeln hätte bewegen können. Der Gedanke, dass er vielleicht einen dunklen Fleck in Form eines ärztlichen Fehlgriffs in seiner Vergangenheit hatte, kam ihm wieder in den Sinn. Vielleicht war seine Anstellung an einem westlichen Krankenhaus eine Flucht in die Anonymität, ein Abtauchen? Oder gab es andere Vorteile, die der Wechsel in den Westen einem Mediziner bieten konnte? Adelmeier spürte, dass ihn seine Fragen und Mutmaßungen nicht weiterbrachten. Er musste bei Weißenbergers früheren Arbeitgebern anrufen und mit den Verantwortlichen reden.

Einige Minuten später wählte er die Nummer der Klinik in Halle. Doch leider hatte er keinen Erfolg. Die Personalabteilung des Krankenhauses war nicht mehr besetzt.

Wie üblich staute sich der Verkehr auf der Ebertbrücke zu dieser Uhrzeit. Adelmeier griff nach einem Taschentuch, um sich den Schweiß von der Stirn zu wischen. Rechts oberhalb der Mainschlaufe blitzten einige Fenster des Schlosses im hellen Sonnenlicht. Neidvoll beobachtete er auf der Fahrradspur die an der Schlange vorbeiziehenden Inlineskater. Das Gewicht der Oberkörper weit nach vorne verlagert, glitten sie mit ausladenden Pendelbewegungen an ihm vorbei. Er versuchte sich vorzustellen, welche Figur er auf diesen Dingern abgeben würde. In seiner Kindheit war er in den Wintermonaten beinahe jeden Tag auf dem zugefrorenen Schönbuschsee Schlittschuh gelaufen. Häufig war er mit dunkelblauen Lippen und seinem vor Kälte steifen Anorak nach Hause zurückgekehrt. Seine Mutter hatte ihn dann meist in ein warmes Kamillenbad gesteckt und ihm eine heiße Schokolade gebracht. Auch in den Jahren danach hatte er noch mit seinen ehemaligen Freundinnen romantische Abende auf dem vereisten See verbracht. Doch das letzte Mal – und daran konnte er sich bestens erinnern – war er mit seiner Tochter auf dem Eis gewesen. Sie waren vorsichtig auf ihren dünnen Kufen über die glatte Eisfläche gestakst. Sandra hatte ihre kleine Kinderhand fest in der seinen gehalten und ihre blonden Zöpfe steckten unter einer mollig warmen Strickmütze. Zwei, drei holprige Schritte hatten genügt, um ihre Beine weiter voranzutreiben als den restlichen Körper. Und so war sie mit einem relativ unspektakulären Satz auf ihrem Steißbein gelandet. Zu allem Überfluss hatte Adelmeier bei dem Anblick herzlich lachen müssen. Doch als er schließlich unter gutem Zureden und allerlei Versprechungen versucht hatte, ihr wieder auf die Beine zu helfen, war Sandra einfach so lange heulend und schreiend sitzen geblieben, bis er einwilligte, mit ihr nach Hause zu fahren.

Ein blonder Jüngling mit einer *Oklay* Sonnenbrille kroch bereits zum dritten Mal in seinem gestreiften Geländewagen an ihm vorüber. Der Wagen war zebrafarben lackiert. Als er durch das Fenster schielte, sah er, dass die Lippen des Jungen auf und zu schnappten und sein Oberkörper federte, als hätte man ihn leicht unter Strom gesetzt. Adelmeier beugte sich auf die Beifahrerseite und kurbelte seine Scheibe einen Spalt nach unten. Als der Junge Adelmeiers verstohlene Blicke bemerkte, lachte er verschämt. Zuerst nur in sich hinein und dann offen zu ihm herüber. Dann bedeutete er Adelmeier, das Fenster noch ein Stück weiter zu öffnen. „Hip-hop!", rief er wie zu seiner Entschuldigung. „Coole Mucke!"

Nach etwa dreißig Minuten hatte er endlich die wenigen Kilometer bis zum Mediamarkt zurückgelegt. Unschlüssig verbrachte er einige Minuten vor der riesigen Auswahl an Spülmaschinen, bevor er beschloss, erst einmal nur Prospektmaterial mitzunehmen. Auf dem Parkplatz dachte er mit Schrecken an den Verkehr, der sich auch in der Gegenrichtung ebenso zäh über die Brücke schleppte wie zuvor. Dann fiel ihm ein, dass sich ganz in der Nähe in der Linkstraße ein Sportgeschäft befand. Ohne so recht zu wissen, was er dort denn wollte, kletterte Adelmeier in seinen Volvo und startete den Motor. Im Verkaufsraum des Sportgeschäfts erwartete ihn eine Art Déjà-vu.

Von dem komplexen Angebot, diesmal an Inlineskates, erschlagen, stand er wieder eine Weile vor einem Regal und betrachtete die unterschiedlichen Marken. *Salomon, Rollerblades* und *K2 Skates* und *Races*. Er hielt einen Schuh in seiner Rechten und fuhr mit der anderen Handfläche über die Kunststoffrollen. Sie liefen leicht und ließen sich fast ohne Widerstand bewegen.

„Ihre Größe befindet sich dort hinten", sagte plötzlich eine junge Verkäuferin in einem knallgelben T-Shirt.

Adelmeier lachte, als er verstand: „Nein, ich wollte nur ..." Doch bevor er weitersprach, fasste Adelmeier ad hoc einen Entschluss.

11.

Zu jener frühen Stunde waren nur sehr wenige Fahrzeuge auf Aschaffenburgs noch dunklen Straßen unterwegs. Vereinzelt rauschte ein Taxi mit einem sehr späten Fahrgast oder ein früher PKW auf der breiten Ausfallstraße an ihnen vorüber. Vogelgezwitscher mischte sich unter die Geräusche der weichenden Nacht. Er hatte keine Vorstellung, ob Meise, Spatz oder Star, denn er kannte sich in der Vogelwelt nur mäßig aus. Seine Welt bestand aus Formen und Farben. Doch was immer es auch war, das fröhliche Pfeifen und Trällern würde später allmählich in dem wachsenden Verkehrslärm untergehen. Aber noch waren es mindestens zwei Stunden bis Sonnenaufgang. Und diese Zeit musste ihnen genügen.

Ein Obdachloser an der gegenüberliegenden Bushaltestelle kramte umständlich in seiner Plastiktüte. Ein leises kehliges Röcheln drang zu ihnen herüber. Es fiel nur wenig Licht aus den verschmutzten, blinden Gläsern der Laternen. Den einzigen hellen Schein spendete die rote Werbebeleuchtung der 24 Stunden Tankstelle auf der anderen Straßenseite. Das Licht tauchte die Busstation zur Hälfte in ein künstliches Rot. Die Szenerie wirkte wie durch einen Filter gedreht. Wie in einem billigen Pornostreifen, dachte der junge Mann. Der Obdachlose hatte mittlerweile gefunden, wonach er gesucht hatte. Er bewegte seinen Körper aus dem Lichtschein und Sekunden später sahen sie eine kleine Flamme aufleuchten. Dann wieder das kehlige Röcheln. Es hörte sich krank und hartnäckig an und er wunderte sich, wie diese armen Hunde während der Wintermonate im Freien überleben konnten.

Sie hatten geplant, die Straße genau an dieser Stelle zu überqueren. Doch der junge Mann gab dem anderen ein Zeichen, besser auf die einige hundert Meter entfernt liegende Unterführung auszuweichen. Er schulterte seinen voll bepackten Armeerucksack und wollte gerade in Richtung Fußgängertunnel aufbrechen, als er sah, dass sich an der Bushaltestelle etwas tat. Ein dunkler BMW älteren Baujahrs hielt in der Einbuchtung davor an . Er hörte, wie eine jugendliche Stimme in gebrochenem Deutsch etwas Unverständliches aus dem Auto rief. Keine Reaktion folgte. Dann nochmals ein Rufen. Wieder keine Reaktion. Nur das kehlige Röcheln. Dann das Geräusch einer aufgehenden Autotür. Momente später sah er einen in rotes Licht getauchten Kopf mit einer Baseballmütze, deren Schild nach hinten zeigte. Ein breiter Rücken in einem weißen T-Shirt folgte dem Kopf. Der Körper verschmolz mit der Dunkelheit der unbeleuchteten Haltestellenhälfte. Dann verdeckte die Gestalt mit der Baseballmütze das Glimmen der Zigarette. Er vernahm ein helles Klatschen. Ähnlich wie Applaus. Haut auf Haut.

Hilflose Wut breitete sich flink wie eine Flüssigkeit in ihm aus und das Weiß seiner Knöchel trat hervor, als er die Riemen seines Rucksackes fest anpackte. Dann hörte er, wie sich eine Ladentür öffnete und wie der Tankwart irgendetwas von *verschwinden* und *Polizei* rief. Ein leises Lachen entwich dem Mann. Er machte eine dreckige Geste in Richtung des Tankwarts und schien einen Moment lang zu überlegen. Aber dann, nach einem weiteren kurzen und quälenden Augenblick stieg er wieder in den BMW und verschwand in der Nacht. Nach einigen Sekunden hörte er noch einmal die Stimme des Tankwarts. Diesmal klang sie um einiges freundlicher: „Alles okay? Komm, ich hab noch einen heißen Kaffee über!“ Einen Moment später sah er, wie eine gebückte, vogelscheuchenähnliche Gestalt in viel zu weiten Hosen auf die geöffnete Tür zuschlich. Er konnte nicht beurteilen, ob der unsichere Gang eine Folge der Misshandlung oder des konsumierten Alkohols war, aber er wusste, dass die Gestalt ihre Hosen nicht aus modischen Gründen zu groß trug.

Sie überquerten die Straße und begannen, die Böschung hinunterzugleiten. Bei ihm wurde es schnell ein unkontrolliertes Rutschen. Durch das drückende Gewicht des Armeerucksacks verlor er den Halt und sauste in gleicher Höhe wie sein Gepäckstück den erdigen Hang hinunter, riss kleinere Pflanzen und Grasbüschel mit sich. Die Dosen tanzten wie Lottokugeln in seinem Rucksack und er hoffte inständig, dass keine von ihnen beschädigt wurde. Als er sich wieder aufrichtete, bemerkte er, dass ihn nicht einmal mehr ein Meter von einem wuchernden Brombeerbusch trennte. Er schaute nach oben und sah, wie die andere schwarze Gestalt sich langsam und bedächtig den Hang herabtastete. Es war ihm peinlich und er schüttelte noch schnell einige Erdreste aus seinem Hosenbund. Dann liefen beide wortlos neben den Bahngleisen, bis sie nach ungefähr hundert Metern die Brücke erreicht hatten, die sich wie ein Schatten vom dunklen Himmel abzeichnete. Er schaute auf die beleuchtete Anzeige seiner G-Shock und war froh, dass sie ihr Ziel erreicht hatten, bevor der ICE die ersten Frühaufsteher nach Frankfurt brachte.

Als einige Minuten später der Fahrtwind des Schnellzuges an ihren Kleidern zerrte, kauerten sie wie Erdhörnchen auf dem Betonabsatz unter dem Brückenbogen. Die Adrenalinausschüttung und die Aufregung ließ sie laut und grundlos wie Wahnsinnige lachen. Doch sie konnten sich in dem Getöse unmöglich gegenseitig hören. Sie sahen es nur an ihren Gesichtern mit den aufgerissenen Mündern, die durch die vorbeifliegenden Abteillichter beleuchtet wurden. In den Abteilen machten sie nur bunte Farbkleckse aus, die bei der Geschwindigkeit keinen Sinn ergaben. Seine Begleitung deutete auf den Zug und brüllte etwas Unverständliches. Dann wurde es von einem auf den anderen Moment beinahe wieder still. Der einzige Laut, den sie als ein leises Summen in der Luft vernahmen, war das immer schwächer werdende Nachhallen der Gleise. Er wusste, dass sie sich nun beeilen müssten. Der Lockführer hatte sie eventuell gesehen und könnte dies per Funk weiterleiten. Er empfand diese *Gefahr* nicht als beängstigend. Er begrüßte sie sogar. Unter Druck arbeitete er am liebsten. Außerdem erhöhte es den Kick, wenn er wusste, dass sie jederzeit kommen könnten.

12.

Es rumpelte immer noch und er hatte sogar den Eindruck, dass sich das grässliche Geräusch noch verstärkte, wenn er direkt in die Sonne blickte. Es war ein Gefühl, als hätte jemand in seinem Schädel einige Golfbälle auf eine Platte gelegt, die bei jeder Bewegung an die Innenhaut seines Kopfes rollten. Jedes Mal, wenn er geblendet die Augen zu schmalen Schlitzen verengte, wurde der Schmerz stärker. Zwei Flaschen italienischer Weißburgunder am Vorabend waren wohl doch zu viel gewesen. Und dann hatte er sich noch hinreißen lassen, seine erste Zigarette seit nahezu zwanzig Jahren zu rauchen. Als er von seinem Inlinerkauf nach Hause gekommen war, hatte er Sandra im Garten angetroffen. Sie war dermaßen in das Lackieren ihrer Fußnägel versunken gewesen, dass sie ihn nicht einmal bemerkt hatte, als er über den tropfenden Gartenschlauch gestolpert war, auf dem eine Amsel hockte. Und erst als er mit dem festen Vorsatz, bei der nächsten Gelegenheit einen neuen Schlauch zu besorgen, auf sie zugesteuert war, hatte sie erschrocken zu ihm aufgesehen.

Im Nachhinein war es für Adelmeier ein nachdenklicher Abend gewesen. Das Thema: Sandras Jugend in Aschaffenburg. Sie hatte sie beinahe vergessen. Selbst als er die schmerzhafte Landung auf dem zugefrorenen See angesprochen hatte, hatte er nur ein Achselzucken geerntet. Auch alle späteren Erlebnisse und Erfahrungen, besonders die, die sie mit ihm gemeinsam gemacht hatte, waren wie von einem Schwamm verwischt. Und doch hatte Adelmeier erstmals das Gefühl, seiner Tochter einen Schritt näher gekommen zu sein.

Mittlerweile befand er sich auf dem Weg ins Präsidium. Trotz oder vielleicht gerade wegen seines Katers war er früh aufgewacht und hatte das Bad vergeblich nach Kopfschmerztabletten durchstöbert. Und da er nun schon einmal wach gewesen war, hatte er sich entschlossen, nochmals in Weißenbergers Wohnung zu fahren. Doch sein Besuch dort war ziemlich unkoordiniert verlaufen. Von Schmerzen gepeinigt, hatte er auf der Suche nach etwas Unbestimmtem lustlos einige Schubladen aufgezogen und das Bücherregal durchforstet. Als er im Bad vor dem offenen Spiegelschränkchen gestanden hatte, war es ihm direkt in die Augen gestochen: Aspirin mit Vitamin C. Zwei volle Streifen. Er hatte das Päckchen bereits in der Hand, als er sich anders entschied und das Medikament wieder zurücklegte. Er war schließlich hier, um Weißenbergers Mörder zu suchen. Auch wenn es unsinnig wirkte, kam es ihm auf einmal schäbig vor, eine Tablette aus dem Schrank eines Toten zu nehmen und ohne sonstige Ergebnisse das Haus zu verlassen. Ein Plünderer im kleinen Stil. Er wusste, dass eine Kopfschmerztablette nicht gerade eine große Bereicherung darstellte. Den Erben würde es nicht einmal auffallen. Aber Weißenberger konnte sich nicht mehr wehren. Und diese kompromisslose Nacktheit war es, die ihn störte. Durch seinen Tod war die Intimität seiner Habseligkeiten hilflos anderen ausgeliefert. Man konnte Weißenbergers Kaffee trinken, sich mit seinen Tabletten versorgen und in seiner Wohnung alles tun, was einem gerade gefiel.

Zwanzig Minuten später betrat er sein Büro. Sein erster Weg führte ihn direkt zu dem kleinen Waschbecken. Dort lagen für Notfälle Aspirin. Während das Wasser hell auf die weiße Keramik plätscherte, drückte er zwei Tabletten auf seine ausgestreckte Zunge. Dann drehte er seinen Mund in den kräftigen Strahl und trank mindestens einen halben Liter. Er ärgerte sich über sich selbst. Das, was sie in dieser Phase als Letztes brauchten, waren verkaterte Polizisten.

Seine Gedanken kehrten zu Weißenberger zurück. In der Wohnung war ihm nichts aufgefallen, was er nicht auch schon bei seinem ersten Besuch entdeckt hatte und trotzdem hatte er den Eindruck, dass irgendetwas verändert war. Zwei Gläser weniger am Vorabend hätten vielleicht genügt, dieses Gefühl zu konkretisieren. Dieses vage Etwas hatte seiner Meinung nach nicht direkt mit der Wohnung zu tun. Es war eher, als hätte man ihr einen anderen Rahmen gegeben. Vielleicht eine Veränderung im Treppenhaus oder im Eingangsbereich? Adelmeier kratzte sich am Kinn. Es war, als hätte jemand etwas ausgetauscht oder hinzugefügt.

Neue Briefkästen, eine andere Tür? Vielleicht lag es aber auch nur daran, dass sie letzten Sonntag zu einer anderen Tageszeit am Tatort gewesen waren? Die veränderten Lichtverhältnisse könnten eine Erklärung dafür sein. Aber je länger er grübelte, desto sicherer war er, dass dieses Etwas für sie wichtig war. So beschloss er, gegen Abend nochmals in die Wohnung zu fahren.

Adelmeier vollzog eine halbe Drehung auf seinem Bürostuhl und griff zum Telefonhörer. Dann wählte er, wie schon tags zuvor, die Nummer in Halle. Diesmal meldete sich in der Zentrale eine Frauenstimme. Sekundenbruchteile, nachdem Adelmeier das Wort *Personalbüro* über die Lippen gekommen war, hing er auch schon in der Warteschleife. Leise Easy-Listening-Musik drang an sein Ohr. Nach einem harten Knacken meldete sich am anderen Ende endlich *Personalkaufmann Höhne,* der in leierndem Tonfall fragte, wie er behilflich sein könne. Nachdem Adelmeier sich als Kriminalbeamter vorgestellt hatte, erläuterte er den Grund seines Anrufs.

„Ein Mord", murmelte sein Gegenüber, „an einem Dr. Weißenberger? Ich bin mir nicht sicher, ob ich Ihnen so ohne weiteres Auskunft erteilen kann." Nach einem kurzen Zögern, in dem er offenbar nach einer Lösung suchte, erklang wieder seine Stimme. „Legitimieren Sie sich irgendwie, dann will ich sehen, was ich für Sie machen kann. Verstehen Sie mich nicht falsch, aber am Telefon ..."

Adelmeier wusste, dass er den regulären Dienstweg hätte nehmen müssen. „Genügt ein Fax mit unserem Briefkopf?"

Am anderen Ende herrschte wieder einen Moment Stille. „Ich denke, das geht in Ordnung."

Adelmeier kritzelte eilig die Nummer auf einen Block, die der Personalkaufmann ihm diktierte. „Ach, noch etwas: Ich hänge ein Foto mit dran. Es könnte in unserem Fall von Bedeutung sein. Eventuell können Sie eine der Personen identifizieren."

Nach einigen langen Minuten klingelte Adelmeiers Anschluss. „Ich habe die Akte von Dr. Weißenberger nun vor mir liegen. Er hat von 1977 bis 1979 tatsächlich bei uns gearbeitet. Die Fotografie und das Foto in der Akte stimmen überein. Obwohl er auf unserem Bild noch einen schmalen Oberlippenbart trägt, besteht kein Zweifel. Die anderen beiden – sorry."

Adelmeier starrte auf den Lebenslauf. Der erste klare und greifbare Widerspruch tat sich seit Ermittlungsbeginn auf. „Nach unseren Informationen müsste er bis zur Wende bei Ihnen gearbeitet haben. Sie sprachen von 1979."

„So steht es in der Akte: Im August 1977 eingestellt und im November 1979 ausgeschieden."

„Steht da auch, was er nach dieser Zeit gemacht hat?"

Dem Personalkaufmann entwich ein trockenes Lachen.

„Dafür reicht unser Platz in den Katakomben nicht aus. Außerdem geht es uns auch nichts mehr an, wenn uns ein Mitarbeiter verlässt. Sie haben da vielleicht eine etwas verstaubte Vorstellung über die Verhältnisse in der DDR. Ich selbst kenne Dr. Weißenberger übrigens nicht. Er ging 1979. Da besuchte ich gerade die Kinderkrippe in Dresden."

Adelmeier sah ein, dass ihm der Angestellte nicht weiterhelfen konnte. „Fällt Ihnen jemand ein, der schon zu Dr. Weißenbergers Zeiten in der Klinik beschäftigt war?"

„Natürlich, unser Professor Ley, der ehemalige Leiter der Klinik. Er ist seit drei Jahren in Ruhestand und lebt in seinem Haus in der Nähe von Sellin. Wenn Sie sich einen Moment gedulden, suche ich Ihnen die Telefonnummer aus den Akten."

Ohne eine Antwort abzuwarten, schickte er Adelmeier wieder in die Warteschleife. Allmählich setzte die Wirkung der beiden Tabletten ein und das quälende Hämmern in Adelmeiers Kopf ließ nach. Er massierte sich gerade mit der freien Hand den Nacken, als die Musik unterbrach. Adelmeier notierte eine Telefonnummer auf das nächste freie Blatt.

Bei seinem zweiten Anruf Minuten später meldete sich die Stimme eines älteren Herrn. Die Stimme strahlte sofort Autorität aus und man hörte ihr an, dass sie gewohnt war, Anweisungen zu erteilen. Und doch klang sie angenehm und wirkte auf ihre Art beruhigend. Im Hintergrund vernahm Adelmeier fernes Kindergeschrei und ein Rauschen, das sich nach einem nahen Meer anhörte.

„Sie entschuldigen? Ich muss Sie wegen des Tumults einen Moment mit nach draußen nehmen. Meine Enkelkinder sind zu Besuch und ich wollte gerade mit ihnen an den Strand.“ An der veränderten Geräuschkulisse hörte Adelmeier, dass der Professor mit dem Telefonhörer das Haus verlassen hatte.

„*Ich* muss mich für die Störung entschuldigen. Was haben Sie Ihren Enkeln denn als Gegenleistung versprechen müssen?“

Der Professor schickte ein leises Lachen durch den Hörer. „All die Dinge, die man als Großvater sowieso gerne tut. Wir gehen später an den Strand und suchen Hühnergötter. Anschließend gibt es noch eine Tüte Pommes bei Klüwers, der Fischbude im nahen Dorf. Aber zerbrechen Sie sich bitte deshalb nicht Ihren Kopf. Das alles hätten wir auch ohne Ihren Anruf getan.“

„Ich möchte gerne mit Ihnen über einen früheren Mitarbeiter Ihrer Klinik sprechen.“

Das leise Lachen ertönte wieder am anderen Ende. „Sie schmeicheln mir, mein lieber Herr Kommissar. Ich war nur leitender Arzt. In der DDR gab es zudem keine Privatkliniken. Aber Sie sagten, dass Sie Fragen zu einem meiner früheren Ärzte haben. Nur los! Stellen Sie die Fragen, die Ihnen wichtig erscheinen.“

Adelmeiers Vorstellung von Professor Ley nahm an plastischer Gestalt an. Er sah in ihm einen Mann mit silbernem Haar und grau meliertem Bart, der von seinem Garten aus auf die raue Ostsee blickte und mit einem Auge seine herumtollenden Enkel beaufsichtigte.

Adelmeier berichtete in knappen Worten das Nötigste über Dr. Weißenbergers Todesumstände.

„Es ist schon eigenartig. Als Sie anfangs von einem meiner Mitarbeiter sprachen, ist mir als Erstes Weißenberger in den Sinn gekommen. Obwohl er doch gar nicht lange bei uns war, hatte ich stets das Gefühl, dass ich noch einmal von ihm hören würde.“

„Hatte er seine Kündigung begründet?“

„Kündigung? Man merkt wirklich, dass Sie nicht aus dem Osten stammen. Aber es war absolut offensichtlich, weshalb Weißenberger ging. Jeder des Personals wusste das und jeder wusste auch, wohin er ging. Andere wären stolz darauf gewesen und hätten es sich groß auf ihre Fahne geschrieben. Aber Weißenberger? Kein Sterbenswörtchen. Typisch für ihn! Absolut typisch! Weißenberger war ein hervorragender Mediziner. Ein ganz außerordentlich guter Analytiker und Forscher. Aber wie so häufig haperte es auf der menschlichen Seite. Hinter seiner stets korrekten Erscheinung versteckte sich ein verschlossenes und fast schon verschlagenes Wesen. Man sah das nicht auf den ersten Blick. Aber wenn man ihn näher kannte, kroch es wie eine Krankheit aus ihm hervor."

„Dr. Weißenberger hatte in seinem Lebenslauf eine unkorrekte Angabe. Er gab vor, von 1977 bis zur Wende bei Ihnen gewesen zu sein. Tatsächlich blieb er aber nur bis November 1979. Eine Vorstellung, wozu dieses Versteckspiel taugte?" Adelmeier machte eine Pause, in der er vergeblich auf eine Antwort wartete. Als die Stille noch einigen Sekunden anhielt, fügte er hinzu. „Und außerdem interessiert uns die Zeit nach 1979."

Diesmal kam Professor Leys Antwort prompt. „Keine Ahnung, warum er verschwiegen hat, dass er gewechselt hat. War ja sozusagen ein Aufstieg in eine höhere Liga. Ich habe ihn später noch einige Male zu offiziellen Anlässen getroffen und da ließ er es mich schon deutlich spüren." Professor Ley verstummte abrupt und ein leises Rauschen war das Einzige, was durch die Leitung kam.

Nach einer Weile hakte Adelmeier nach: „Was ließ er Sie deutlich spüren?"

„Na, seine Überlegenheit. Es war auf ein paar offiziellen Empfängen. Er stand herum und behandelte mich wie Luft. Er ignorierte mich, obwohl ich einmal sein Vorgesetzter war. Und als ich ihn dann ansprach, schien es ihm unangenehm. Er wechselte sofort den Stehtisch zu seinesgleichen."

Als der Professor nicht mehr weitersprach, fragte Adelmeier nach: „Und wer waren diese Leute?"

„Die anderen Herrschaften vom SMD", der Professor beendete seine Erklärung wieder ebenso abrupt und ohne weitere Erläuterung.

Adelmeier beschlich allmählich das Gefühl, dass nicht nur Weißenberger eine Vorliebe zur Geheimniskrämerei pflegte. Er fragte sich, weshalb die anfängliche Hilfsbereitschaft des Professors auf einmal Risse bekam.

„Was war dieses SMD – eine Organisation? Etwas Staatliches?"

Am anderen Ende der Leitung hörte Adelmeier nur noch das Gelächter der spielenden Kinder und das Gekreische der Möwen. Dann vernahm er wieder Leys Stimme in der Leitung.

„Für den Staat waren wir doch alle, ein jeder auf seine Weise tätig. Dr. Weißenberger ...", der Professor schien seine Taktik zu wechseln. Er machte auf einmal einen zerfahrenen Eindruck und es wirkte, als ob er den Faden verloren hatte.

„Einerseits war er ein Lakai, andererseits schien er durch seine Sonderstellung den Übrigen überlegen."

„Soweit waren wir bereits vorhin", bemerkte Adelmeier nun ungeduldig.

Der Professor seufzte. Einen Augenblick später hörte er, wie Ley seine Enkelkinder wieder in das Haus schickte. „Das kostet mich vorneweg noch ein Eis", sagte er in resigniertem Tonfall: „Hören Sie, es gibt eben Themen, bei denen ich mich auch heute nicht gerne weit aus dem Fenster lehne. Verstehen Sie das bitte nicht falsch. Man redet nur ungern über die alten Strukturen. Schwamm drüber, das wäre für alle Beteiligten das Beste. Den ganzen alten Aktenkram verbrennen und raus aufs Meer damit. Natürlich soll es auch im Nachhinein Gerechtigkeit geben. Aber diejenigen, die man heute dafür vor die Gerichte zerrt, konnten sich doch damals auch nicht dagegen wehren. Aber da es hier ja wohl um Mord geht, will ich Ihnen zumindest das Wenige erzählen, was ich über Weißenberger berichten kann. Nachdem er ein oder zwei Jahre bei uns in Halle tätig war, meldete sich ein hoher Funktionär bei mir. Anfänglich ging es nur um ein Gespräch mit Weißenberger. Ich hatte keine Ahnung, was sie von ihm wollten, stellte ihn aber selbstverständlich für eine Besprechung frei. Später erkundigte ich mich bei Weißenberger nach dem Grund des Zusammentreffens. Und da spürte ich erstmals seine neu gewonnene Wichtigkeit. Er ließ mich regelrecht gegen eine Wand laufen. Ich hörte nur so viel heraus, dass es um eine frühere Forschungsarbeit von ihm ging. Sie waren an seinem Wissen interessiert. Anfänglich trafen sie sich dann zwei-, dreimal in Abständen von einigen Wochen. Und schließlich kam der Zeitpunkt, als er ganz zu ihnen wechselte. Es ging hoppla hopp. Eine Order von oben und weg war er."

Auf einmal ertönte lautes Kindergeschrei. Es schien, als ob sich Professor Leys Enkel stritten und eine Vase oder ein Glas zu Bruch gegangen war.

„Einen Moment bitte."

Im Hintergrund hörte Adelmeier den Professor beschwichtigend auf seine Enkel einreden. Nach einigen Sekunden war er wieder in der Leitung. „Es tut mir Leid. Die Kinder sind so ungeduldig. Zum Glück war es nur ein alter Teller mit Früchten, der auf dem Tisch stand. Aber erfahrungsgemäß geht das jetzt nur noch einen kurzen Moment lang gut."

An dem sofort wieder anschwellenden Geräuschpegel im Hintergrund musste Adelmeier erkennen, dass der Versuch, dem Professor weitere Informationen zu Dr. Weißenbergers beruflicher Karriere zu entlocken, jetzt keinen Sinn mehr machte.

„Wenn Sie mir nur noch eine Sekunde ... Dürfte ich Ihnen schnell eine Fotografie faxen?" Einen flüchtigen Augenblick erwog Adelmeier, ob nicht Professor Ley die Person mit der Lederkrawatte auf dem Bild sein könnte.

„Hier draußen besitze ich kein Faxgerät", wurde er in seinem Gedankengang unterbrochen. „Schicken Sie es mir doch bitte mit der guten alten Post."

Nachdem Adelmeier zugestimmt hatte, bat er den Professor, sich noch die Aufnahme mit der Abschiedsbotschaft anzuhören. Dann hielt er das Abspielgerät so nahe wie möglich an den Hörer und drückte auf den Wiedergabeknopf.

13.

Nach einigen umständlichen Versuchen brachte sie den Schlüssel doch ins Schloss. Es wäre um vieles einfacher gewesen, wenn sie wie jeder andere Heimkehrer erst einmal ihr Gepäck vor der Tür abgestellt hätte. In der Wohnung empfing sie der Geruch von abgestandener Luft. Als hätte er wieder einmal tagelang nicht gelüftet. Sie schüttelte den Kopf und ließ den Koffer in der Diele aus ihrer Hand gleiten, er plumpste die wenigen Zentimeter hart auf den Boden. Zu allererst legte sie die Post auf die Anrichte und riss anschließend das breite Fenster über der gekachelten Arbeitsfläche auf. Schwüle Großstadtluft fand zögernd ihren Weg in die Küche. Sie war froh, wieder zu Hause zu sein. Fünf Tage bei ihrer Mutter auf dem Land in der bayrischen Provinz hatten ihr gereicht. Aber es war wirklich erstaunlich, wie schnell man sich an eine bessere Luftqualität gewöhnt. Als Kind hatte sie es nie begreifen können, wenn Urlauber von weit her zu ihnen hinaus aufs Land in die Sommerfrische fuhren.

Sie stand am Fenster und betrachtete eine Weile das bunte Treiben auf der Straße. Aus ihrer Altbauwohnung im vierten Stock hatte sie einen guten Ausblick auf die nächsten drei Straßenzüge. Der türkische Lebensmittelhändler stopfte gerade einer Kundin Auberginen und Paprika in eine der hauchdünnen, grünen Plastiktüten. Während die Rentnerin aus dem Haus gegenüber ihr Flaschenpfand am nächsten Wasserhäuschen einlöste, saß etwas weiter die Straße abwärts die feiste, griechische Änderungsschneiderin auf einen roten Plastikstuhl und wartete auf Kundschaft. Es gefiel ihr hier in ihrem Viertel. Natürlich gab es bessere Wohngegenden und sie könnten sich auch finanziell einen Umzug leisten, aber sie hatten sich an das Multikulturelle und an den abwechslungsreichen Lautmix ihrer Umgebung gewöhnt.

Mit einigen flinken Handgriffen trennte sie die Werbung von der übrigen Post. Es hatte sich einiges angesammelt. Nicht alles schien von heute zu sein. Der Brief von der Versicherungsgesellschaft war bereits vor vier Tagen abgestempelt worden. Ihre

Mutter hatte Recht: Wenn sie nicht da war, kümmerte er sich um nichts. Ließ den Dingen ihren Lauf, wartete, bis sie zurückkehrte und es erledigte – eben wie ein Pascha. Sie folgte ihrer Angewohnheit, die Briefumschläge nach ihrer Wichtigkeit zu sortieren und war schon beinahe damit fertig, als ihr eine Postkarte auffiel. Eine Ecke lugte aus der vierteljährlichen Informationsschrift der Krankenkasse heraus.

Die Karte zeigte eine Hochglanzaufnahme des Pariser Eiffelturms. Das kunstvolle Stahlgeflecht präsentierte sich unter einem makellosen und wolkenfreien Himmel. Vor ihm tummelten sich Hunderte von Touristen, die nur als winzige Farbtüpfelchen zu erkennen waren. Von wem die wohl sein mochte? Aus ihrem Umfeld hatte niemand einen Ausflug nach Paris geplant. Neugierig drehte sie die Karte um und las. Dann ließ sie sich auf einen Stuhl fallen.

Im ersten Moment fühlte sie nichts als Leere. Sie wusste, dass soeben eine neue Epoche für sie angebrochen war und dass sie in Zukunft alles an diesem Tag messen würde. Vorher und nachher. Ihre Intuition hatte sie nicht getäuscht und sie hatte es zumindest unterbewusst die letzten Jahre über geahnt. Aber dass es sie so unvorbereitet treffen würde, hätte sie nicht gedacht.

Sie erhob sich, als würde ein Marionettenspieler sie an unsichtbaren Fäden nach oben ziehen, und setzte Kaffee auf. Sie goss Wasser in die Maschine und gab zwei gestrichene Kaffeelöffel in den Filter. Dann überlegte sie, wem sie die Nachricht als Erstes mitteilen sollte: Maria, ihrer besten Freundin, oder ihrer Mutter? Im Grunde war es gleich, denn beide würden ähnlich reagieren. Ihr tröstende Worte schenken, ihn verunglimpfen, ihr einreden, dass sie im Grunde froh sein sollte, dass es letztendlich so gekommen war. Jeder Satz käme von ganzem Herzen und hätte sicherlich seine Berechtigung. Doch das war es nicht, was sie wollte. Sie wollte keinen Trost und keine weisen Ratschläge, sie wollte einfach, dass das Eingetretene nicht Realität war.

Sie blickte auf den weißlackierten Türrahmen. Irgendwann in den letzten Tagen musste er mit der Gewissheit durch ihn hindurchgegangen sein, dass dies das letzte Mal für ihn war. Dann fiel ihr ein Satz ein, den sie einmal auf einem Kalenderblatt gelesen hatte:

Wenn sich die Wege zweier Menschen trennen, dann hat meist einer von ihnen *den* entscheidenden Informationsvorsprung.

Sie starrte noch eine Weile durch den leeren Türrahmen, bis sie energisch den Stuhl beiseite schob und ins Schlafzimmer eilte. Sie lief am Schlafzimmerspiegel vorbei und schnappte ihren eigenen Blick auf. Er wirkte fiebrig. Ihre Augen wanderten suchend im Zimmer umher, als hoffte sie, alles würde sich urplötzlich als Witz entpuppen und er würde lachend in einer Ecke hocken. Nachdem sie einige Schränke aufgerissen hatte, stellte sie fest, dass eigentlich nichts Wichtiges fehlte. In der obersten Schublade lag sogar noch fein säuberlich die kürzlich von ihr gebügelte Unterwäsche. Sie sah ihn auf einmal vor sich, wie er immer seinen behaarten Hintern aus der Unterhose geschält hatte, bevor er zu ihr ins Bett gekrochen war. Hitze stieg in ihrem Körper auf, die sich schließlich in ihrem Gesicht als Röte niederließ. In ihrer Erinnerung liefen die Szenen ab, in denen sie auf ihrer Matratze stand und dieses infantile Tänzchen in ihrem knappen Negligé für ihn aufführte. Ihr Kopf fühlte sich an, als würde er gleich platzen.

Sie setzte sich langsam auf die Bettkante und dachte nochmals an den Kalenderspruch. Er musste es bereits gewusst haben, als sie sich letzte Woche verabschiedet hatten. Sie überlegte, aus welcher seiner Gesten oder Worte sie es hätte ablesen können, - aber ihr fiel nichts ein. War nicht eigentlich alles wie immer gewesen? Sie ließ ihren Blick über die Bodenfliesen wandern. Sie kamen unter dem Schlafzimmerschrank hervor, flossen weiter unter das Bett und verbreiteten sich im gesamten Raum, bis sie an den Wänden unter den Bodenleisten wieder verschwanden. Keine der Fliesen war von den anderen zu unterscheiden. Jede lag akkurat im gleichen Winkel. Aber die graue Fugenmasse gab dem Boden eine feine symmetrische Struktur. Sie blickte eine Weile auf diese feste, unabänderliche Ordnung, als steckte in den grauen Linien eine Botschaft oder ein Rat, der ihr weiterhalf. Und je länger sie dieses immer wiederkehrende Linienspiel betrachtete, desto mehr kam es ihr vor, als hätte jemand in einem langen, langen Spiel gegen sie gewonnen.

14.

Das Telefon klingelte und als Adelmeier den Hörer abnahm, war er erstaunt, wie außerordentlich verbindlich Anna am anderen Ende klang. Ihre Frage nach seinem Wohlergehen wirkte keineswegs gekünstelt oder gar sarkastisch. Sie wollte mit ihm über die Ergebnisse der kriminaltechnischen Untersuchung reden und erkundigte sich zu seiner Verwunderung, ob er schon etwas gegessen habe.

„Essen kann man das nicht gerade nennen. Einen Müsliriegel aus der Kantine und ein halbes Salamibrötchen."

Fünfzehn Minuten später klebte sein Volvo hinter einem Lastwagen, der dünne, bläuliche Wolken ausstieß. Während sich die kleine Kolonne mühsam den Berg nach Steiger hinaufarbeitete, plauderte Adelmeier über den Einzug Sandras und die Veränderungen, die seine neue Wohngemeinschaft mit sich brachte.

Im Freien des *Berghofs* gab es nur eine kleine Anzahl von Sitzplätzen, die zumindest zu dieser Tageszeit den geeigneten Rahmen für eine ungestörte Unterhaltung boten. Sie setzten sich einander gegenüber und steckten sofort ihre Köpfe schweigend in die Speisenkarten.

An der abgewandten Seite der Auffahrt reihten sich einige Pferdekoppeln aneinander. Eine Gruppe Haflinger graste unter einer schattigen Baumgruppe. Über die Karte hinweg beobachtete Adelmeier, wie eines der Pferde seinen Hals genüsslich am Rücken eines anderen rieb und dabei ein leises Wiehern ausstieß.

Einige Minuten später brachte der Wirt Sitzkissen und nahm Adelmeiers Bestellung auf. Bei gutem Wetter konnte man weit bis ins Hessische blicken. Unzählige Felder erstreckten sich am Fuß des Hügels und auf Adelmeier wirkte es, als würde er in der Ecke eines gigantischen Fleckerlteppichs sitzen.

„Leider kann ich euch nicht viel bieten", riss Anna ihn aus seinen Gedanken.

Sofort wandte Adelmeier seinen Blick von der Landschaft ab und schaute seine Kollegin fragend an.

„Kaum verwertbare Spuren. Euer Unbekannter muss mit großer Vorsicht ans Werk gegangen sein. Vielleicht sogar ein Profi? Abgesehen von dem Plastikteil und einigen Faserspuren war die Wohnung clean. Und bei den winzigen Stoffresten können wir auch nicht mit Sicherheit sagen, ob sie vom Täter sind."

Anna berichtete, dass die einzigen Fingerabdrücke in der Wohnung, außer einigen unbrauchbaren älteren und denen des Hausmeisters, vom Opfer selbst stammten. Es gab auch keine blank geputzten Stellen, die darauf hinwiesen, dass der Täter seine Spuren im Nachhinein verwischt haben könnte.

„Letzten Samstag herrschte eine unglaubliche Hitze. Weißenberger müsste doch misstrauisch geworden sein, wenn jemand bei solchen Temperaturen Handschuhe trägt?" Adelmeier machte eine kleine Pause, bevor er hinzufügte: „Oder sich beim Betreten der Wohnung welche überstreift. Ich kann mir auch nur schwer vorstellen, dass es dem Täter während der ganzen Zeit gelungen ist, nichts anzurühren."

„Wundspray - das hält eine Weile und ist unsichtbar. Wahrscheinlich hat er sich vorher damit die Hände eingesprüht." Seitdem die Kriminaltechnikerin die Speisekarte wieder auf den Tisch gelegt hatte, scharrte sie mit ihren Sohlen leise auf dem Kiesel.

„Auch keine Abdrücke auf der Gießkanne?", fragte Adelmeier.

Anna schaute überrascht zu ihm hinüber. Für einige Sekunden brach das Scharren unter dem Tisch ab, bevor es dann wie von selbst wieder ansprang. „Nicht einmal einen Teilabdruck. Aber am Boden der Kanne haben wir Reste von Medikamenten gefunden. Was das bedeutet, scheinst du ja bereits zu wissen."

Adelmeier lächelte, obwohl ihm das permanente Geräusch auf den Steinen allmählich auf die Nerven ging. „Irgendwelche Spuren an Weißenbergers Körper?"

„Negativ. Wir haben natürlich auch seine Prints durch den Computer laufen lassen. Keine Übereinstimmung."

Adelmeier dachte einen Augenblick über die nicht vorhandenen Fingerabdrücke nach. Ein Tatort mit nur wenigen verwertbaren Fingerspuren war für ihn nichts Neues, aber in diesem Fall war er aufgrund der Tatumstände beinahe davon ausgegangen, dass der Täter welche hinterlassen hatte.

„Und die Faserspuren?“

Die Faserspuren bestanden nur aus einigen wenigen Filamenten. Spuren von Naturfasern, die dem zweiten Stuhl in der Küche angehaftet hatten. Laut Laboruntersuchung handelte es sich um kaffeebraune Baumwolle und champagnerfarbenes Leinen. Von der Zusammensetzung her ein hochwertiger Stoff. Anna tippte auf eine Hose, die wahrscheinlich Designerware war. Die Beanspruchung der Fasern und die Knickstellen wiesen außerdem darauf hin, dass das Kleidungsstück schon einige Male getragen worden war.

„Was macht euch so sicher, dass die Fasern zu der Kleidung des Täters gehören? Sie könnten doch auch von irgendeinem Besucher oder von Weißenberger selbst stammen.“

„Wir haben Weißenbergers Garderobe durchgesehen und nichts Passendes gefunden. Und eine andere Person als der Täter hätte ja auch Fingerabdrücke hinterlassen müssen. Wir können also aufgrund der Spurenlage davon ausgehen, dass niemand außer dem Täter und dem Opfer in der Wohnung war.“

Annas Schlussfolgerung leuchtete ihm ein. Sie hatten es demnach mit einem einzelnen Mörder zu tun, der offenbar auf seinen Kleidungsstil großen Wert legte. Das deckte sich mit Yanoucks Beobachtung, die Weißenberger in Begleitung eines eher elegant gekleideten Mannes gesehen hatte. Der Mann mit der Lederkrawatte auf dem Foto war dies augenscheinlich nicht. Aber es war auch nicht auszuschließen, dass sich seine Einstellung im Laufe der Zeit geändert hatte.

„Was ist mit dem Plastikteil aus dem Mund des Opfers?“

Anna lehnte sich auf der Bank zurück. Mittlerweile war es unter dem Tisch still.

„Genau genommen ist das Plastikteil aus Hartgummi und wird in Zahnarztpraxen eingesetzt. Eine Beißsperre. Damit ist es leider nur wenig spezifisch. Beinahe alle Zahnärzte setzen die gleiche Sorte ein. Im Grunde kann jeder sie in einem Dentalartikelversand bestellen oder in einer Praxis mitgehen lassen.“

Adelmeier schenkte Apfelwein nach.

„Erinnerst du dich noch an die weißen Partikel, von denen du dachtest, es sei Salz? Es ist Humangewebe und es ist nicht von Weißenberger. Winzige Schuppen menschlicher Haut. Das könnte den Fall für dich etwas griffiger machen."

„Griffiger? Bis jetzt weiß ich wie bei den Fasern nur, dass sie nicht von Weißenberger sind."

„Es gibt aber einen wesentlichen Unterschied."

Adelmeier blickte über den Tisch und zog eine Augenbraue nach oben.

„Die Faserspuren und die Hose sind austauschbar. Wirft sie euer Täter inzwischen weg, sind sie für die Ermittlungen nutzlos. Seine Haut aber kann der Täter nicht ablegen. Und die Schuppen sind Folge eines dermatologischen Problems, das man nicht so einfach abschütteln kann. Euer Täter leidet unter einer Hautkrankheit. Eventuell Neurodermitis oder Psoriasis? Verstehst du? Diese Hautablösungen sind nicht zufällig oder Folge einer vorübergehenden Irritation. Und die hohe Anzahl unterstützt meine Vermutung. Wahrscheinlich befindet er sich sogar wegen seiner Krankheit in Behandlung. Seine DNA-Werte sind übrigens in unserer Datenbank nicht vorhanden."

Adelmeier überlegte, ob der Aufwand, in dieser Richtung zu ermitteln, in irgendeiner Art zu bewältigen war. Ihr Täterprofil war dazu noch zu vage. Im Grunde wussten sie nur, dass der Täter eine gelbe Sonnenbrille und eine Designerhose besaß, die man beide auch wegwerfen konnte, und dass er an einer Hautkrankheit litt. Sie benötigten ein detaillierteres Bild und erst dann könnten sie die Spezialkliniken und die niedergelassenen Fachärzte abklappern. Mitten in seine Überlegungen fiel ihm die Kassettenaufnahme ein.

„Wir benötigen eine Analyse von der Stimme auf dem Band."

Anna warf ihm einen verwunderten Blick zu. „Wozu? Er ist schließlich tot und es ist ..."

Adelmeier schüttelte vehement den Kopf und unterbrach. „Es ist eben nicht Weißenbergers Stimme, sondern die des Täters." Dann erzählte er ihr von Weißenbergers Anrufbeantworter. „Die Stimme könnte sehr wichtig für uns sein. Vielleicht bekommen wir durch deine Analyse eine bessere Vorstellung vom Täter. Alter, Herkunft und so weiter. Ich habe das Band noch im Auto liegen."

„Beweismaterial in deinem Auto? Zufällig vergessen oder absichtlich? Adelmeier, du spinnst."

Der Wagen stand im prallen Sonnenlicht und innerhalb von Sekunden bildeten sich feuchte Ströme unter Adelmeiers Hemd. Der Griff zu den elektrischen Fensterhebern milderte die Hitze nur um Nuancen. Er drückte die Kassette in den Schlitz und sofort ertönte die Stimme aus den Lautsprechern. Sie schauten einander an und aus ihrem eigenartig betroffenen Blick vermutete er, dass sie Ähnliches dachte wie er. Der tiefe Bass kroch vom Band und erfüllte ihren gläsernen Backofen mit einer eigentümlichen Stimmung. Es wirkte beinahe makaber. Als hätte sich jemand einen derben Spaß erlaubt und im Kino die falsche Tonaufnahme eingelegt. Vor ihnen trabten drei Haflinger an der Innenbegrenzung einer Koppel. Der erste warf seinen Kopf zurück und blähte die Nüstern. Der zweite senkte im Trab seinen Kopf, als wollte er fressen und laufen zugleich.

Als sie wieder an ihrem Tisch saßen, merkte Adelmeier, dass sein Hemd klatschnass am Rücken klebte.

„Ich benötige das Band für einige Stunden. Beim ersten Hinhören fällt mir nichts Besonderes auf. Tiefe Stimmlage. Kein Dialekt, der einen Hinweis auf die Herkunft des Sprechers geben könnte. Ich tippe auf einen Mann, zwischen vierzig und fünfzig, der über einen mittleren bis höheren Bildungsgrad verfügt. In der kurzen Passage waren keine Füllworte und Floskeln. Aber der Text ist natürlich auch sehr kurz. Und irgendetwas an der Aufnahme klingt für mich unnatürlich. Ich möchte sie gerne einmal nach Schnitten untersuchen."

„Du denkst, es wurde eventuell nicht in einem Mal aufgenommen?"

„Die Sprechpausen, der Rhythmus könnten ein Indiz dafür sein. Auch die Intonation ist eigentümlich – wie in einem Drama –, als müsse dem Gesprochenen eine große Geste folgen. Außerdem habe ich im Wagen nichts von den Hintergrundgeräuschen mitbekommen. Die muss ich mir genauer anhören. Vielleicht finden wir ja einen Hinweis auf den Ort, an dem die Aufnahme gemacht wurde."

Sie vereinbarten, dass sie eine Kopie des Bandes ziehen würden, die Regina benutzen konnte, um sie parallel zu der Stimmenanalyse im Krankenhaus vorzuspielen.

Nachdem scheinbar der offizielle Part beendet war, griff Anna in eine große Handtasche. Sie holte ihr Handy heraus. Er beobachte sie, während sie auf die Tasten drückte und befürchtete, dass dies ein Zeichen dafür war, dass sie es eilig hatte.

„Ich erwarte noch eine Nachricht", zuckte sie entschuldigend ihre Schultern.

„Nun wahrscheinlich möchtest du so bald wie möglich wieder zurück in die Stadt? Aber es war trotzdem schön, dass wir uns wieder einmal getroffen haben und ..." Er wurde vom Wirt unterbrochen, der das Essen brachte.

Während Adelmeier mit einer Papierserviette versuchte, die Fliegen von seinem Wurstbrot zu wedeln, kratzte Anna mit der Messerspitze auf einem Klötzchen Butter herum. Von der Straße her schoss ein Golf Cabriolet mit zwei Pärchen die Auffahrt hinauf. Die beiden Frauen lachten und der Fahrer gestikulierte wild mit seinen Armen. Aus dem Auto ertönte eine ähnliche Musik, wie auch aus dem Jeep am Tag zuvor.

„Hip Hop." Adelmeier deutete mit der Serviettenhand auf den Wagen.

„Deine Tochter hält dich jung", stellte Anna fest, während sie weiter beharrlich versuchte, die Butter auf ihr Brot zu streichen.

„Eher auf Trab." Weshalb er das behauptete, obwohl es eigentlich nicht der Wahrheit entsprach, wusste er auch nicht so genau. Deshalb schob er eilig hinterher: „Fast schon eine philosophische Frage – das Junghalten, meine ich. Aber mit Sandra hat das weniger zu tun. Sie bevorzugt Grunge."

„Beides noch nie gehört", bekannte Anna in einem lapidaren Tonfall und ohne von ihrem Brot aufzusehen. Doch nach ein, zwei Sekunden fragte sie noch einmal nach: „*Du* interessierst dich für populäre Musik? Ich dachte, wenn es einmal ganz wild wird, legst du eine alte Chuck Berry Platte auf."

„Fehleinschätzung!", lachte Adelmeier. „Die Musik hilft mir, die Jugend zu verstehen."

„So?", fragte Anna trocken. „Eine wirklich noble Einstellung."

„Du willst mich nicht verstehen", erwiderte Adelmeier mit einem leichten Vorwurf in der Stimme.

Plötzlich blickte Anna von ihrem Butterbrot auf und es war das erste Mal seit dem Verlassen des Wagens, dass sie ihn direkt anschaute.

„Die Jugend verstehen? Du?" In der kleinen Gesprächspause, die entstand, fing sie wieder an, mit den Füßen zu scharren. „Du willst mir doch nicht ernsthaft erzählen, dass du zu Hause vor deinen Puzzles sitzt und dir dieses Zeugs anhörst? Und dabei soll es dir nur um Verständnis für die Jugend gehen?"

Adelmeier entgegnete ihrem Blick und war erstaunt, dass sie von seiner Puzzleleidenschaft wusste.

„Herrgott. Ich weiß gar nicht, was du von mir willst. Ich bin kein Fan dieser Richtung, aber ..."

„Aber trotzdem hörst du sie dir an. Musik, die du im Grunde gar nicht magst."

„Anna, was soll das?"

„Da verbirgt sich mehr dahinter", sagte sie entschlossen. Dann legte sie ihr butterverschmiertes Messer auf den Tellerrand und verschränkte ihre Arme über der Brust. „Du willst beeindrucken. Immer und überall. Das ist der Motor, der dich treibt. – Warum nur? Bis zu jenem Abend hatte ich nicht das Gefühl, dass du das nötig hast. Aber mittlerweile verstehe ich das Geschehene besser."

Adelmeier war gerade dabei, eine Gabel Wurst zu seinem Mund zu führen, als er abrupt in der Bewegung innehielt.

„Es ist das Älterwerden! Bei Männern deines Alters, die von ihren Frauen verlassen worden sind, ist das kein seltener Fall. Und da ist dir jedes Mittel recht, das dir hilft, ein bisschen an der Zeitschraube zu drehen."

„Eine diagnostizierte Midlife-Crisis? Prima! Diesen Eindruck vermittle ich dir?"

Anna stieß ein kurzes, heißes Lachen aus. „Eindruck? Mein Lieber, du lässt dir nicht gerade gerne in die Wohnstube blicken."

Danach war es einen Moment still zwischen den beiden. Adelmeier ließ seinen Blick über die Felder wandern und befürchtete, dass das Gespräch einen ähnlichen destruktiven Verlauf nehmen würde, wie die zahlreichen Diskussionen mit Vera.

„Du hast mir keine Möglichkeit gegeben, dich besser kennen zu lernen. Du hast die Tür einen Spalt aufgemacht und als ich dann meine Nase ein Stückchen hereingesteckt habe, hast du sie wieder zugeknallt. Und ... und daraus habe ich eben meine Schlüsse gezogen. Nur hättest du das wirklich ein bisschen taktvoller einfädeln können."

Und da hatte er es wieder! Wieder wusste er wegen des dunklen Lochs in seiner Erinnerung nicht, worauf Anna mit diesem *Einfädeln* anspielte. Adelmeier spürte, dass jetzt der Moment gekommen war, an dem er handeln musste, wenn er diesen Schwebezustand nicht für alle Zukunft akzeptieren wollte. Entschlossen schob er seinen noch fast vollen Teller beiseite.

„Der verfluchte Alkohol. Ab dem Zeitpunkt, als wir mein Haus betraten, ist nahezu alles weg. Gelöscht, wie durch einen Tastendruck auf einem Computer."

Es war still zwischen ihnen. Anna blickte einen Moment lang starr auf ihr Brot, an dem der Kochkäse in einem breiten Strom herunterlief.

„Du hast aber gar nicht den Eindruck gemacht, als ob du nicht wüsstet, was du sagst."

„Ich kann mich aber leider nicht mehr daran erinnern."

„Stichwort Vera."

„Wir haben über meine frühere Frau gesprochen?" Adelmeier versuchte, Struktur in seine Gedanken zu bekommen. „Anna, ich würde dir wirklich gerne erklären, wie sehr mich die Sache mit Vera damals belastete."

„Hans, das brauchst du nicht mehr." Sie machte eine kleine Pause, in der sie kurz an ihrem Apfelwein nippte. „Weißt du, schon lange vor der Weihnachtsfeier, habe ich dich manchmal beobachtet, wenn du aus deinem Volvo geklettert bist. Erst den linken Fuß, dann den Oberkörper mühselig hinterher und kurz vor dem Zuschlagen der Tür legtest du immer deine abgegriffene Ledertasche aufs Autodach. Du warst mir auf Anhieb sympathisch. Ich stand unzählige Male vor deinen Blicken geschützt hinter meiner Fensterscheibe. Einmal war ich nah dran, dir eine Karte unter den Scheibenwischer zu klemmen. Dann aber hat mich der Mut verlassen. Jeden Artikel von dir kannte ich im Blättchen. Erkundigungen habe ich eingeholt. Du weißt schon: unauffällig Kollegen nach dir ausgequetscht. Es gab niemanden, der nicht in den allerhöchsten Tönen von dir geschwärmt hat. Ich war wohl so etwas wie fernverliebt. Und dann kam die Weihnachtsfeier und ich sah es als Fingerzeig, dass du mein Paket gezogen hattest."

Adelmeier starrte sie an. Er starrte auf ihre roten Lippen und unter dem wachsenden Druck seiner Tränensäcke hatte er das Gefühl, dass sie nicht über ihn, sondern über einen anderen sprach.

„Und was jetzt?"

„Ich weiß es nicht. Schau, ich war einfach verletzt. Ab einem bestimmten Punkt bist du an dem Abend eigenartig geworden, beinahe aggressiv. Es war, nachdem wir in dein Arbeitszimmer gegangen sind und du mir dein Puzzle gezeigt hast. Dann hast du auf einmal angefangen, von deiner früheren Frau zu sprechen. Vera schau mal hier und Vera schau mal da. Und dann hast du mir aus heiterem Himmel an den Kopf geworfen, ich hätte nicht nach Dänemark gehen dürfen. Ich habe dir versucht klar zu machen, dass ich nicht Vera bin."

„Und dann?"

„Du hast irgendetwas von Verzeihen und von einer Flasche Wein gebrummelt. Als du dann nach zwanzig Minuten nicht zurück warst, habe ich nach dir gesucht."

„Und mich gefunden ..."

„Ja, du lagst nackt in deinem Bett, ein Foto von Vera im Arm und hast geschlafen."

15.

Menschenmengen drängten sich auf den Bahnsteigen des Gare du Nord. Mit leichtem Knistern kamen Lautsprecheransagen aus den Trichtern, die er weder in französischer noch in englischer Sprache verstand. Aber das war ihm gleichgültig. Er hatte die Abfahrtszeit des Eurostars nach London Waterloo bereits auf der Anzeigetafel kontrolliert. Er klappte seine Sonnenbrille zusammen, verstaute sie in dem braunen Etui und blickte auf seine Armbanduhr. Es waren noch vierzig Minuten Zeit, bevor sein Zug den Bahnhof in Richtung Norden verlassen würde. Zeit, die er frei nutzen konnte, denn er hatte bereits alles erledigt, was zu erledigen war. Der Ford Transit parkte in einem Pariser Außenbezirk, wo er vermutlich in den nächsten Tagen entweder Dieben oder Vandalen in die Hände fiele. Häufig hatte er sich ausgemalt, wie Crash-Kids ihren Spaß damit trieben und im besten Falle den Wagen ausbrannten oder in der Seine versenkten. Die Postkarte mit dem Eiffelturm hatte er mit einer Briefmarke versehen und schon zwei Tage zuvor am Centre Pompidou eingeworfen. Sonst gab es nichts mehr, das er zu erledigen hatte. Er blickte in eine bunte Ladenzeile und entdeckte ein kleines Stehcafé, in dem er seine letzten Euro ausgeben konnte.

Eine füllige Verkäuferin nordafrikanischer Herkunft fragte ihn nach seinen Wünschen.

„Café noir et ...“, ohne den Satz zu beenden, deutete er durch die Scheibe der großen Glasvitrine auf ein mit Schinken, Käse und Eiern belegtes Baguette.

„Six Euro et vingt“, forderte die Verkäuferin.

Er stellte sich an einen Stehtisch im Freien und hatte alle Mühe, das Baguette so zu halten, dass die Eierscheiben nicht herausrutschten, während er hineinbiss. In seiner Tasche klimperte immer noch etwas von dem Kleingeld, das ihm, wenn er die Eigentumsverhältnisse genau nahm, überhaupt nicht gehörte. Am Geldausgabeterminal hatte er darauf geachtet, nur gerade so viel abzuheben, wie er benötigte. – Selbst wenn es um das Geld anderer ging: Er war sparsam, so hatte er immer gelebt. Natürlich kaufte er ab und an auch Dinge, die nicht unbedingt nötig waren. Er dachte dabei an die Kleinigkeiten, die sich während Ninas Zeit in der Villa angesammelt hatten. Dekostoffe aus Seide, Vasen aus Kristall und Kerzenständer aus Silber. All die Accessoires, die eine Villa erst zu einer Villa machten. Aber er hatte niemals völlig sinnlos etwas gekauft, noch dazu mit der Absicht, es anschließend sofort wieder wegzuwerfen. Niemals, bis vor einer halben Stunde. Einen Moment hatte er gezögert, bevor er das Päckchen mit dem teuren Damenduft Minuten nach dem Kauf in der nächsten Mülltonne verschwinden ließ. Wenigstens konnte er die Verkäuferin noch davon überzeugen, auf eine aufwendige Geschenkverpackung zu verzichten. Es war wichtig, mit der Kredit- und EC-Karte Bewegung auf das Konto des Mannes zu bekommen. Erst dann ergäben die Postkarten, die Barabhebungen und die Bezahlungen ein sinnvolles Gesamtbild für die Hinterbliebenen.

Drei Tage war es nun her, dass er den Lieferwagen direkt neben das Auto seines Opfers in der Tiefgarage geparkt hatte. Und als es seine Sporttasche ins Auto stellen wollte, hatte er ihn sich geschnappt. Er hatte noch einen Moment in die irritierten Augen des kräftigen Mannes geblickt, bevor dessen Lieder sich unter der raschen Wirkung des Äthers langsam geschlossen hatten. Und er hatte keine Spur von Angst darin gelesen, eher einen *bist-du-wahnsinnig-dich-mit-mir-anzulegen*-Blick erkannt. Dann war sein Opfer einfach zur Seite weggeklappt und mit einem dumpfen Geräusch auf den Betonboden gesackt. Es war ein wahrer Kraftakt gewesen, den schweren Körper vom Boden der Tiefgarage in den Lieferwagen zu heben und zwar so schnell wie möglich, um nicht entdeckt zu werden. Zuerst hatte er den Oberkörper auf die Ladefläche gewuchtet und dann ein Bein nach dem anderen in das Wageninnere geschoben. Die ganze Aktion hatte nicht einmal eine volle Minute gedauert und schon hatte er sich mit seinem Gefangenen auf dem Weg in seine Düsseldorfer Garage befunden.

In seinen ersten Stunden als Kidnapper hatte sich sein Eindruck von der Psyche des Mannes verfestigt. Sein Verhalten hatte sich mit Ninas früheren Schilderungen gedeckt: großmaulig, polternd, beleidigend und fordernd. Er hatte unglaublich lange gebraucht, um seine dramatische Situation überhaupt zu begreifen. Er hatte ihn eine Weile schreien lassen. Als er der Beleidigungen überdrüssig geworden war, hatte er ihm Postkarten aus Paris und London mit der Bitte um Beschriftung vorgelegt, ihm mit emotionsloser Stimme Adresse und Text diktiert. Natürlich hatte sein Gefangener seiner Bitte nicht kampflos nachgeben wollen, hatte in seiner anmaßenden Art gepoltert und gefragt, ob er noch ganz bei Verstand sei. Er war höflich geblieben. Aber als schließlich wieder dieses *Hey Arschloch* kam, hatte er seine Forderung unterstrichen, indem er die Stromzufuhr auf die Stäbe etwas erhöhte. Ab einer gewissen Intensität hatte der Mann unter lautem Brüllen endlich nachgegeben und wunschgemäß die beiden Karten geschrieben, ihm schließlich sogar ohne zu murren die PIN-Nummer seiner EC-Karte mitgeteilt.

Der Eurostar bewegte sich erstaunlich ruhig auf dem Schienennetz durch den späten französischen Sommermorgen. Er genoss die komfortable Zugreise und bemerkte nur, wenn er aus dem Fenster schaute oder auf das leichte Vibrieren des Pastisglases achtete, dass er fuhr. Vorstädte, Felder und Straßen flogen an ihm vorbei. Er hatte keine Ahnung, wie schnell der Zug fuhr, doch er wusste, dass er in etwas mehr als drei Stunden die englische Hauptstadt erreichen würde. Als er in dem Großraumabteil um sich blickte, ereilte ihn wieder dieses erhabene Gefühl, das er schon häufig bei seinen Planungen gehabt hatte. Er genoss die Ahnungslosigkeit seiner Mitreisenden. Wer konnte schon ahnen, wer er war und welche Ziele er verfolgte? Er schaute sie an, und wenn eine Person seinen Blick erwiderte, prostete er demjenigen freundlich mit seinem Pastis zu. Das milchige Getränk schwappte sanft in dem breiten Tumbler und die Eiswürfel klirrten eine leise Musik.

Wie immer auf Zugreisen wurde er müde. Er ertappte sich dabei, wie er für Sekunden einnickte, sein Kopf unbequem zur Seite fiel und seine Beine in ein breites V auseinander klappten. Wieder aus diesem Sekundenschlaf erwacht, blickte er sich benommen um. Die anderen Reisenden aber beachteten ihn nicht und steckten ihre Köpfe in die Financial Times oder in Le Monde. Nach einigen Versuchen, die Fahrt in wachem Zustand zu erleben, gab er endlich auf, rutschte bequem in seinen Sitz und klemmte sich sein Jackett unter den Kopf. Im Dämmerzustand tauchte die Beerdigung seines Vaters vor ihm auf.

Wie um ein humanitäres Zeichen zu setzen, hatten ihm die DDR-Behörden kurzfristig eine Ausreisegenehmigung erteilt. Nicht jedoch Hedwig. Man ließ damals niemals Familien und Ehepaare zusammen ausreisen, aus Angst, dass sie im Westen blieben. Bei ihm alleine aber hatten die Behörden die Gefahr als gering eingeschätzt.

An jenem verregneten November-Morgen hatte er sich am Bahnhof in Leipzig mit Küsschen von seiner Frau verabschiedet. Er war mit dem Zug durch die verregnete Landschaft gefahren und hatte gegen Nachmittag den Hauptbahnhof in Düsseldorf erreicht. Die Beerdigung hatte am folgenden Tag auf dem Nordfriedhof stattgefunden. Die gesamte Verwandtschaft und zahlreiche Kollegen seines Vaters aus der Brauerei hatten ihm ihr letztes Geleit gegeben. Ihren Blicken hatte er entnehmen können, dass er für alle der Exot war und er hatte sich in seiner Haut nicht wohl gefühlt.

Aber es war nicht nur der Tod des Vaters gewesen, der ihn emotional so aus der Spur geworfen hatte. Er hatte mit seiner Schwester die beiden Abende nach der Beerdigung im getäfelten Wohnzimmer verbracht, um sich einen Überblick über den Nachlass zu verschaffen: die hypothekenfreie Immobilie, eine Allianz-Lebensversicherung in beachtlicher Höhe, diverse Konten und Depots bei der Dresdner und der Deutschen Bank. Nachdem sie die offiziellen Vermögenswerte durchgegangen waren, hatte seine Schwester neben dem Kamin Schieles *Freundschaft* vom Bilderhaken gehängt und ein Safe war zum Vorschein gekommen. Darin Kontoauszüge über ein Depot bei der Chase Manhatten Bank Luxemburg SA. Das Nummernkonto hatte Positionen wie langfristige Bundesanleihen, Aktien von Autoherstellern, Banken, Brauereien und anderen Lebensmittelkonzernen geführt, daneben zahlreiche Immobilien- und Investmentfonds. Im unteren Fach Gold: Krüger Rand und Degussa zu 50 Gramm der Barren. Er hatte zu all diesen Werten keinerlei Bezug. Er hätte nicht einmal gewusst, wie er Aktien kaufen oder verkaufen sollte. Oder was überhaupt ein Depot war.

Sie hatten den ganzen Abend alten französischen Bordeaux aus dem Weinkeller der Villa getrunken, diskutiert und erzählt. Erinnerungen an seine Kindheit waren immer plastischer geworden und die unbeschwerte Vergangenheit war wie ein Film vor seinem inneren Auge abgelaufen. Seine Probleme, auch die mit seiner Haut, hatten erst im Osten angefangen. Man sagt, die Haut sei der Spiegel der Seele.

Er hatte auf einmal gespürt, dass er die ganze Zeit in eine Schablone gepresst worden war. Genau betrachtet in zwei: das Joch des politischen Systems, das ihm keinerlei Freiheiten gelassen hatte, und sein ganz persönliches, familiäres. Nicht, dass er sich mit seiner Familie nicht verstanden hätte. Der Umgang miteinander war höflich und respektvoll gewesen. Jeder hatte seine feste Rolle gehabt und hatte sie wie eine Marionette aus der Augsburger Puppenkiste gespielt. Und alles hatte sich um Nina gedreht. Anfangs hatte er sie täglich gesehen und mit seiner ganzen Kraft und Energie gefördert. Doch dann hatten sie auf professionelle Hilfe zurückgreifen müssen und Nina schließlich kaum noch zu Gesicht bekommen. Ihrem Vorankommen hatten sie die wichtigsten Jahre ihrer Ehe geopfert, bis Nina, auf die sie stolz waren, letztendlich auch ihre einzige Gemeinsamkeit geblieben war.

Und dann das politische System. Erst hier in Düsseldorf hatte er gemerkt, wie eng die Daumenschrauben tatsächlich waren. Die Missstände und das kleine Elend bei jedermann. Schön versteckt hinter der Propaganda und Fassade des sozialistischen Arbeiter- und Bauernstaates. Der begrenzte Raum, der den Bürgern zu ihrer Entfaltung gegeben wurde. Ihm, dem Elektriker aus Leipzig – jeden Morgen 7.00 Uhr Schichtbeginn, 12.00 Uhr Mittag und das bis zur Pensionierung. Sein Leben, ein Käfig, in dem er lief. Wie eine Raubkatze von einer Seite zur anderen. Er hatte mit jeder Minute und jedem winzigen Schluck gespürt, dass seine Wurzeln hier waren und nicht dort, wo man über ihn wachte.

Seine festgefahrene Ehe, die häusliche Langeweile, das alles hatte ihn plötzlich angekotzt. Ja, angekotzt, krank gemacht, sodass ihm wie einer Echse die trockene Haut vom Körper rieselte. Das Schlimmste war die Angst. Jeder konnte es sein. Warum nicht auch Hedwig, seine Frau? Man musste auf der Hut sein. Seine Gedanken für sich behalten. Meinungsfreiheit? Ein Fremdwort! Ein Fremdwort, wie Kernspaltung für die Hugenotten. Ja, altertümlich und zurückgeblieben, so war es ihm auf einmal vorgekommen. Militärparaden, der Staatsratsvorsitzende redeschwingend mit seiner Hornbrille, zackiger Bruderkuss.

Fragmente seiner neu gewonnen Eindrücke waren ihm durch den Kopf geschossen: das bunte Treiben am Düsseldorfer Bahnhof, leuchtende Farben überall, eine Reklametafel, die einen Kinofilm ankündigte. Er war sich in der farbenfrohen Welt ohne sichtbare Konventionen auf einmal wie ein staunender Depp vorgekommen. Wie ein kleines Kind vor der großen Spielzeugabteilung eines Kaufhauses. Angebot und Nachfrage. Geschmeide in den hell erleuchteten Auslagen der Juweliere. Die Menschen, die in ihren eleganten Kleidern im Feierabendverkehr zu ihren selbst geschaffenen prachtvollen Eigenheimen strömten. Jedes Individuum Herr seiner eigenen Entscheidungen. Zum ersten Mal das Gefühl, dass Arbeit sich tatsächlich lohnen könnte. Man hatte es am Lebensstil seines Vaters beobachten können. Er hatte sich vom kleinen kaufmännischen Angestellten allmählich zum Prokuristen der Altbierbrauerei hochgearbeitet, hatte sich Wohlstand geschaffen, den seine Erben jetzt übernehmen konnten.

Ein leichter Ruck holte ihn aus seiner Erinnerungswelt wieder zurück ins Zugabteil. Durch seine noch halb geschlossenen Lider sah er, dass die Abteilbeleuchtung angeschaltet wurde und, sich am Neigungswinkel des Zuges orientierend, erwartete er jeden Augenblick, in die Dunkelheit unter den Grund des Meeres abzutauchen.

16.

Zwei Tage waren vergangen, ohne dass sie das Gefühl verließ, auf der Stelle zu treten. Zwei volle Nachmittage hatte Marcello mit dem Abklappern von Aschaffenburgs Apotheken verbracht. Er war mit dem ernüchternden Resultat zurückgekehrt, dass niemand die Personen auf dem Foto erkannt und auch keine Apotheke den Verkauf einer größeren Menge Norolan und Diphaxzepam in ihrem System verbucht hatte. Reginas erneuter Besuch im Krankenhaus war ähnlich frustrierend verlaufen. Keiner von Weißenbergers Kollegen kannte die Stimme auf dem Band.

Adelmeier saß in seinem Büro, trank seinen Morgenkaffee und blätterte in einer Fachzeitschrift. Kurz nachdem er einen Artikel mit dem verheißungsvollen Titel *Polizeiforschung – ein vernachlässigtes Feld* – angefangen hatte, klappte er die Zeitschrift auch schon wieder zu und warf sie auf einen Stapel Ermittlungsakten. Er lehnte sich in seinem Stuhl zurück und widerstand gerade noch der Versuchung, nur für einen klitzekleinen Moment die Füße auf den Wirrwarr des Tisches zu legen und die Augen zu schließen. Mit seiner Rechten kratzte er über die hellen Stoppeln seines Bartansatzes. Als er seinen Blick über die Unordnung seines Tisches schweifen ließ, schlichen sich allmählich auch wieder die Fakten um Weißenbergers vorgetäuschten Selbstmord in sein Gedächtnis. Sie kamen und lagen in seinem Gehirn wie einzelne Straßenabschnitte. Und so sehr er sich auch konzentrierte, er schaffte es nicht, sie zu einem funktionierenden Fahrbahnnetz zu verknüpfen. Der stümperhaft als Suizid kaschierte Mord, die Identitäten der Personen auf dem Foto, Weißenbergers Lüge in seinem Lebenslauf und nicht zuletzt die Stimme auf dem Band: Ihnen fehlten noch alle Verbindungen zwischen den einzelnen Teilen. Und mitten in diese geistige Unordnung drängte sich an diesem Morgen noch allerlei privates Gedankengut.

Für diesen Abend hatte er sich mit Sandra verabredet. Sie planten, zu Hause eine Kleinigkeit zu kochen und dann sollte er endlich seinen Internet-Crashkurs bekommen. Im Geiste ging er kurz seine unfertige Einkaufsliste durch: Tagliatelle, Salsiccia, Melone, Parmaschinken und ein großer Becher Sahne.

Bei einem flüchtigen Blick aus dem Fenster entdeckte er Anna, die auf dem Parkplatz eintraf. Er hatte sie seit ihrem Ausflug zum Berghof nicht gesehen und nicht gesprochen. Sie setzte noch einmal kurz zurück, um das Auto parallel zu den Parkmarkierungen abzustellen. Einen Moment lang erwog er, seinen Crashkurs zu verschieben und Anna, als ersten kleinen Schritt, zum Essen einzuladen. Er dachte an Sandra und stellte sie sich zu dritt an seinem Gartentisch vor. Mittlerweile hatte Anna ihren Wagen verlassen und überquerte mit langen Schritten den Parkplatz. Adelmeier erinnerte sich an ihre Unterhaltung vor zwei Tagen. Nun war er es, der sie aus der Deckung heraus beobachtete und dem es schwer fiel, eines der leichtesten Dinge auf der Welt zu tun.

Als Anna die Eingangstür erreichte und aus seinem Blickfeld verschwand, entschloss er sich, sie später unter einem Vorwand anzurufen und sich dann beiläufig zu erkundigen, ob sie am Abend schon etwas vorhabe. Adelmeier tippelte mit den Fingern auf der Tischplatte. Sein spontaner Einfall gefiel ihm und am liebsten wäre er sofort zum Einkaufen aufgebrochen.

Eine halbe Stunde später griff Adelmeier zum Telefon und wählte die Nummer auf Rügen. Der Professor hatte auch bei ihrem letzten Gespräch die Stimme, obwohl er sie zuvor schon einmal zu hören geglaubt hatte, niemanden zuordnen können. Jetzt wollte er mit ihm sprechen, um doch noch von ihm zu erfahren, wo Weißenberger nach Verlassen seiner Klinik gearbeitet hat, ob das Foto mittlerweile angekommen war und ob der Professor darauf jemanden erkannte. Adelmeier ließ es mindestens 15 Mal läuten, doch zu seiner Enttäuschung nahm niemand ab.

Unschlüssig blickte er auf seine Uhr. Es war erst zwanzig Minuten nach neun. Adelmeier ging nochmals in Gedanken durch Weißenbergers Wohnung: Diele, Küche, Wohn- und Schlafzimmer. Nichts. Es musste irgendetwas im Eingangsbereich gewesen sein, das sich in seinem Unterbewusstsein eingenistet hatte. Was – um Himmelswillen – war ihm dort vor zwei Tagen aufgefallen?

Und was hatte sich dort in der kurzen Zeit verändert, das er nicht greifen konnte? Er beschloss, am Nachmittag nochmals zum Tatort zu fahren und die Lage mit klarem Kopf und wachen Augen zu betrachten.

Gerade als er im Begriff war, ein weiteres Mal Weißenbergers Lebenslauf durchzugehen, entdeckte er auf einmal eine graue Ecke der TDK-Kassette. Regina hatte ihm die Kopie nach ihrem Besuch im Krankenhaus wieder auf den Tisch gelegt und im Zuge des Rotationsverfahrens auf seinem Schreibtisch musste sie irgendwie unter einige lose Blätter geraten sein. Nun zog er sie hervor und drehte sie in seiner Hand. Sie war noch nicht zurückgespult. Nur wenige Millimeter des dunklen Chromdioxidstreifens waren an der linken Spule aufgerollt. Vielleicht hatte der Mörder die Kassette nicht erst in Weißenbergers Wohnung besprochen, sondern bereits vorher an einem anderen Ort? Er dachte über mögliche Hintergrundgeräusche nach. Irgendeine Kleinigkeit, die Aufschluss über den Aufnahmeort oder die Aufnahmezeit geben könnte. Eine nahe Bahnlinie? Ein Schulhof mit Kindergeschrei? Die Sirenen eines Feuerwehrhauses oder einer Polizeistation?

Die Vorstellung, dass auf dem Band noch eine andere versteckte Information sein könnte, versetzte ihn plötzlich in eine innere Unruhe. Etwas Verborgenes könnte auf dem Band sein, das ihnen mit einem Mal Tür und Tor zur Lösung des Falls öffnete. Und in diesem Moment wurde ihm bewusst, dass er eventuell dieses Verborgene bereits jetzt in seiner Hand hielt. Vielleicht endlich eine heiße Spur? Eilig beugte er sich über sein Abspielgerät und legte die Kassette ein. Die Rückspultaste gab ein knackendes Geräusch von sich und die kleinen Spulen ließen das Band pfeifend zurücklaufen. Trotz der bereits drückenden Schwüle schloss er das Fenster. Kurzes Rauschen, dann platzte die Stimme in den Raum.

Es ist kein Verlust, denn es ist nicht so, dass ich etwas aufgebe, sondern ich werde etwas los, durch das ich Leid erfahre. Dementsprechend sollte es auch kein Verlust und kein Grund der Trauer für euch sein, dass ich gehe.

Adelmeier saß gebeugt über seinem Schreibtisch und hörte sich konzentriert Wort für Wort an. Warum diese gestelzte Wortwahl? Eine sehr kurze Nachricht, dachte er. Sehr melodramatisch, aber trotzdem keine persönliche Anrede, kein Name. Weißenbergers taube Schwester fiel ihm ein. Warum verwendete er den Plural, an wen war seine Botschaft noch gerichtet? Zwischen *erfahre* und *dementsprechend* schien ein Schnitt zu sein. Aber das war auch schon alles, was er beim ersten Abspielen zu erkennen meinte. Adelmeier entschied sich für einen zweiten Durchgang bei voller Lautstärke.

Es ist kein Verlust, denn ... – Adelmeier überhörte das Klopfen an der Tür und erschrak, als Marcello plötzlich vor ihm stand – *... es ist nicht so, dass ich etwas aufgebe, sondern ich werde etwas los, durch das ich Leid erfahre.* Verärgert und von dem Schreck noch etwas benommen, schaltete er das Gerät aus.

Marcello stand, mit seinen Händen tief in den Hosentaschen vergraben, vor Adelmeiers Schreibtisch und blickte belustigt auf seinen verstörten Chef.

„Was ist denn daran so lustig? Kannst du nicht anklopfen?"

Marcello lachte: „Kein Wunder, dass du es bei diesem Lärm überhört hast. – Ted Delano?"

„Was?"

„Ted Delano! Ich müsste mich schon stark täuschen. Drück doch nochmal auf Wiedergabe!"

Adelmeier schaute seinen Kollegen irritiert an. „Was soll ich?"

„Du kannst es auch lassen, aber ich bin mir ziemlich sicher. Er hat eine sehr markante Stimme."

Obwohl er immer noch nicht verstand, was sein Kollege mit der Aufforderung bezweckte, drückte Adelmeier auf den Wiedergabeknopf.

Dementsprechend sollte es auch kein Verlust und kein Grund der Trauer für euch sein, dass ich gehe.

„Kein Zweifel – seine deutsche Synchronstimme. Ich wusste nicht, dass du auch ein Fan von *Das letzte Fenster* bist."

„Das letzte Fenster? Ted Delano? Du kennst die Stimme?"

„Mit dem Erkennen von Filmstimmen könnte ich bei *Wetten dass* auftreten. Aber Teds Stimme erkennt jedes Kind. Was erstaunt dich daran so? Du schaust, als hättest du ein Gespenst gesehen. Spiel es nochmal ab! Und jetzt kommt die Stelle an der Delano aus dem letzten Fenster springt."

„So ein Quatsch! Weißt du, was das ist, Marcello?"

Adelmeier konnte mittlerweile seine Erregung nur schwer verbergen. Und in seine Aufregung hinein begann ihm allmählich zu dämmern, dass sie vielleicht des Rätsels Lösung gefunden hatten.

„Herrgott, das ist die Abschiedsbotschaft von Dr. Weißenberger!", brüllte er ungehalten und drückte mit seinem Finger dermaßen fest auf die Eject-Taste, dass die Kassette zur Hälfte herausflog. „Verstehst du? Die Stimme auf dem Band aus der Wohnung! Und du kanntest die Stimme von Anfang an und hältst es nicht einmal für nötig, ein Wörtchen darüber zu verlieren. Ich mache mich hier zum Deppen und gebe bei der Gosztony eine Stimmenanalyse in Auftrag. Zermartere mir den Schädel und du ...", beinahe hätte er eine spitze Bemerkung über Sandra und ihn gemacht, doch er konnte sich gerade noch zurückhalten.

Marcellos Ausdruck seiner guten Laune verflüchtigte sich, noch bevor Adelmeier geendet hatte.

„Stop! Stop! Stop! Du hältst mir vor, dass ich etwas hätte sagen sollen?" Sein Finger deutete auf seine Brust und berührte dabei das indianische Amulett, das um seinen Hals hing. „Ein Wörtchen zu der Aufnahme hier?" Jetzt zeigte sein Finger auf die heraushängende Kassette.

„Ich laufe mir die ganze Zeit von Apotheke zu Apotheke Blasen an die Füße und mache in der Hitze die Drecksarbeit, während du dich mit den höheren geistigen Dingen beschäftigst. Du machst doch die kombinatorische Tüftelarbeit, die dir so brillant zu Gesicht steht! Sitzt bei der gleichen Hitze bei geschlossenem Fenster in deinem Büro und lauschst Hörspielen. Darüber scheinst du völlig zu vergessen, dass du Kollegen hast und wir ein Team sind."

Adelmeier beugte sich über seinen Schreibtisch und warf seinem Kollegen einen gereizten Blick zu. Doch dann ließ er sich wieder zurückfallen und seine Miene wechselte ins Süffisante.

„Schön und gut. Jetzt kenne ich deinen Standpunkt und du hast dich auch einmal auskotzen können. Aber kommen wir doch jetzt einmal wieder zu den Hörspielen zurück. Ich bin ganz Ohr, was du mir hierzu zu sagen hast."

„Ganz einfach: Ich kannte den Inhalt der Kassette nicht. Leider höre ich die Aufnahme heute zum ersten Mal." Bevor Marcello den Raum verließ, drehte er sich nochmals zu seinem Chef um, der ihn mit perplexem Gesichtsausdruck anstarrte.

Adelmeier blieb noch einige Minuten regungslos auf seinem Stuhl sitzen. Dann fuhr er sich über die Stirn und war endlich fähig, über den gerade beendeten Wortwechsel nachzudenken. Es musste schon Ewigkeiten her gewesen sein, dass es bei ihm zu solch einer lautstarken Meinungsverschiedenheit gekommen war, was ihn an sich nicht sonderlich aus der Bahn warf. Aber dass er im Unrecht war und noch dazu auf eine derartig überhebliche, schulmeisterliche Weise reagiert hatte, machte ihm sehr zu schaffen.

Nach einigen Minuten griff er erneut zum Telefonhörer. Anna Gosztony meldete sich gleich beim ersten Klingelton.

„Mach dir keine Mühe mehr mit der Stimmenanalyse." Er erklärte ihr kurz, was sich vor einigen Minuten in seinem Büro ereignet hatte und als er den Hörer wieder auflegte, merkte er nicht einmal, dass er seine Essenseinladung mit keinem Wort erwähnt hatte.

Adelmeier drehte den Kopf, um sicher zu gehen, dass er beim Einfädeln auf den Westring kein Fahrzeug übersah. Um vier Uhr nachmittags herrschte wie immer reger Feierabendverkehr. Er war zuvor nochmals in Marcellos Büro gewesen. Vielleicht, um einfach nur ein Zeichen zu setzen. Doch als er das Büro betreten hatte, hatte ihn nur ein verlassener Arbeitsplatz angegähnt.

Ein gelber Smart mit einer schwarzen Aufschrift, die für ein Sonnenstudio warb, schoss in rasanter Fahrt an ihm vorbei. Danach tat sich eine größere Lücke auf. Als er die Fußgängerbrücke zur kleinen Schönbuschallee passiert hatte, sah er, dass sich etwa dreißig Jugendliche auf dem Skateplatz tummelten, der vor einigen Jahren an der Kreuzung zur Darmstädter Straße gebaut worden war. Einige der Kids lehnten am Rand im Sonnenlicht, während der Rest nach Adelmeiers Empfinden halsbrecherisch über die Rampen sauste. Kopfschüttelnd dachte er an die Inlineskates, die immer noch hinten in seinem Wagen lagen.

Auf dem Parkplatz vor der Anlage standen, wie auch bei seinen letzten beiden Besuchen, kaum Fahrzeuge. Über wackelnde Steinplatten lief Adelmeier auf die Eingangstür zu. Dicht davor registrierte er zum ersten Mal die Anhäufung von Unrat in den lichten Forsythiensträuchern. Der Müll musste sich dort wohl über eine Zeitspanne von mehreren Monaten angesammelt haben. Leere Pappbecher von McDonalds, von der Sonne ausgeblichene Zigarettenschachteln und Papiertaschentücher, die wahrscheinlich mit allerlei menschlichem Sekret gefüllt waren. Eine verbeulte Bierdose hatte ihren Weg noch nicht ganz bis auf den Boden gefunden und hing im Geäst wie ein unglücklicher Fallschirmspringer.

Im Hausflur angekommen bemühte er sich um Konzentration. Er schloss die Augen und sog die Luft tief in sich hinein. Hier zwischen den Betonmauern war es eine winzige Spur kühler als im Freien. Als er die Augen wieder öffnete, sah er an einem Betonpfeiler eine alte Hausordnung. Sie hing in einem zerbrochenen Rahmen. Auf § 6a klebte dick und fett ein rosa Kaugummi. Sein Blick schweifte zu den Graffiti, die sich auf der Wand ausbreiteten. Die Roy-Lichtenstein-Motive gefielen ihm am besten. Einige Meter weiter den Gang hinein reihten sich einige Eigenkreationen. Es war dunkler dort hinten. Ausgerechnet die Lampe des hinteren Flurbereichs war defekt. Adelmeier ging mit langsamen Schritten in Richtung des schummerigen Lochs. Aus einer Ecke roch es nach Urin. Er fragte sich, ob von Tier oder Mensch. Am Ende des Flurs standen nur einige verstaubte Umzugskartons. Und gerade als Adelmeier sich wieder umgedreht hatte, sah er es auf einmal, gleich neben dem Treppenaufgang. Er wusste sofort, dass dies die Veränderung war, die ihn die letzten Tage über beschäftigt hatte. Das neue Sprühwerk glänzte an der Betonwand neben all den anderen Graffiti. Als wäre es eine logische Fortsetzung einer Reihe. Es war noch so frisch, dass man beinahe meinte, die Farbe riechen zu können.

Im ersten Moment empfand er beinahe Enttäuschung, dass jetzt mit seiner Suche Schluss sein sollte. Adelmeier strich mit der flachen Hand über die feinporige Oberfläche. Das Motiv zeigte einen hageren, anatomisch verzerrten Männerkopf, der ihn irgendwie an Figuren aus Lucky-Luke-Heften erinnerte. Die Daltons - eine Karikatur! Den Atem anhaltend strich er noch ein weiteres Mal über die Wand. Doch trotz aller Ähnlichkeit fesselte ihn an dem Gesicht nur ein winziges Detail. Und das hatte nichts mit den Daltons zu tun. Es war eine gelbe Sonnenbrille, oberhalb eines Mundes, der ihn beinahe schon höhnisch anlächelte.

17.

Adelmeiers Lungenflügel arbeiteten auf allerhöchsten Touren. Es war immer noch heiß, über dreißig Grad, und das Mädchen verfügte über einen komfortablen Vorsprung. Sie liefen nun schon einige hundert Meter über Rasenflächen und Gehwege und es wirkte auf ihn aberwitzig, wenn er die ungewohnt schnelle Auf- und Abbewegung seiner Beine im Schatten vor sich sah. Ab und an pflügte er beim Abkürzen einige verkümmerte Blumenstöckchen aus den Wegbegrenzungen. Doch der Abstand zwischen ihnen blieb konstant. Sie hatte einen Vorteil durch ihre quicklebendige Jugend, aber er hatte keinen Kampfhund am Armgelenk. Tyson betrachtete die Verfolgung scheinbar als lustiges Laufspiel und wechselte häufig unvermittelt die Richtung. Doch trotz der konstant bleibenden Distanz ahnte Adelmeier, dass seine Chancen Meter für Meter schwanden.

Als er vor wenigen Minuten auf dem Spielplatz auf die Gruppe Jugendlicher zugesteuert war, musste er wohl einen entscheidenden Fehler begangen haben. Er hatte Yanouck schon von weitem gewunken und sie hatte sofort Tyson an der Leine herumgerissen und mit dieser anstrengenden Rennerei begonnen.

Aus zusammengekniffenen Lidern sah er, wie das Mädchen einen Haken schlug. Sie nahm einen schmalen Fußweg, der zwischen zwei angrenzenden Wohnhäusern hindurchführte. Ein Spielplatz tauchte vor ihnen auf. Adelmeier fühlte mittlerweile ein schmerzhaftes Stechen in der linken Leistengegend. Außerdem merkte er, dass seine Lunge immer weniger bereit war, ihn bei seinen Mätzchen zu unterstützen. Er war nahe daran, in leichten Trab zu verfallen, als er sah, dass sich auch Yanoucks Schritt verlangsamte.

„Nicht schlecht für so einen alten Sack wie dich!", rief sie mit einem schiefen Lächeln und ließ sich auf eine Schaukel fallen. Während der Hund neugierig an einem der Metallpfosten schnüffelte, fing sie unvermittelt an zu kichern und machte mit gespreizten Beinen einige übermütige Schaukelbewegungen. Adelmeier beugte sich vornüber und presste erschöpft eine Hand auf seine Leiste. Sein stoßweiser Atem hinderte ihn, sofort etwas zu erwidern. Als er sich allmählich wieder aufrichtete, wurde ihm für einen kurzen Moment lang schwindelig und Speichel drängte in seine Mundhöhle. Er hätte ihn am liebsten vor ihr auf den Boden gespuckt.

„Warum haust du überhaupt vor mir ab?", keuchte er endlich.

Der Mastino hob sein Bein und ein dünner Strahl zielte auf den Pfosten. Stürmisch begann er, an der nassen Stelle zu scharren.

„Überlebenstraining. Nimms nicht persönlich!"

„Dein Scheiß-Überlebenstraining kann mein Leben kosten."

Yanouck bremste mit ihrer Ferse die Schaukelbewegung abrupt ab und Adelmeier befürchtete, dass sie ihr blödsinniges Spielchen wieder beginnen könnte. Während er ein Tempo aus seiner Hosentasche holte und über sein Gesicht wischte, wandte er seine Augen keine Sekunde von ihr ab. Ihr Blick glitt währenddessen über die Fassade des östlichen Blocks. Außer einer jungen Frau, die mit einem schnurlosen Telefon zwischen Schulter und Kopf Wäsche zum Trocknen aufhing, war es ungewöhnlich ruhig.

„Weshalb bist du nochmal zurückgekommen?"

„Ich stelle hier die Fragen. Also, wo können wir uns ungestört unterhalten?"

Das Mädchen schaute ihn verdutzt an. „Na hier. Ungestörter geht es nicht. Also, was willst du?"

Adelmeier quetschte sich auf die zweite feuerrote Plastikschaukel. Die blanken Eisenketten drückten ihm dabei in sein Becken.

„Im Hauseingang ist mir ein neues Graffiti aufgefallen."

„Und? So etwas kommt bei uns häufig vor."

„Lass dir doch nicht die Würmer aus der Nase ziehen!"

Das Mädchen schielte verstohlen zu ihm hinüber und er konnte sehen, dass die Farbe ihres Veilchens seit ihrem letzten Treffen etwas verblasst war. Sie senkte ihren Kopf und antwortete nicht. Wie auf ein stummes Kommando näherte sich Tyson und schnüffelte an Adelmeiers Hosenbein. Seine Glubschaugen blickten dabei teilnahmslos und kalt.

„Es ist noch ziemlich frisch. Und wir sehen in dem Motiv eine Verbindung zu unserem Fall. Vielleicht könntest du jetzt etwas dazu sagen?"

„Es war ein Fehler wegzulaufen. Ich hätte besser Tyson von der Leine gelassen", erwiderte sie nur.

Adelmeier versuchte es mit Mitleid: „Du kannst mich doch nicht einfach über den ganzen Platz hetzen und mich dann hängen lassen. Das Graffiti ist unser einziger Anhaltspunkt."

Yanouck schielte Adelmeier wieder von der Seite an. „Du hast mich über den ganzen Platz gejagt. Außerdem ist mir dein Fall ziemlich scheißegal."

„Es ist dir aber doch hoffentlich nicht scheißegal, was hier passiert. Oder ist es dir gleichgültig, ob man hier Menschen umbringt oder nicht?"

Das Mädchen lachte schrill. „Du Scheißmoralist!"

„Hör mir jetzt mal gut zu: Du kennst einen wichtigen Zeugen. Den Einzigen, der mit großer Wahrscheinlichkeit den Mann identifizieren kann. Ich bekomme das auch mit anderen Mitteln aus dir raus."

„Das ist jetzt schon das zweite Mal, dass du mir drohst."

Adelmeier entgegnete nichts.

„Verpfeifen steht hier nicht hoch im Kurs. Was macht dich überhaupt so sicher, dass ich denjenigen kenne?"

„An euch läuft hier doch nichts vorbei."

Ein wütender Blick empfing ihn. „Und was passiert dann? ... Meinst du, du kannst ihm eine Anzeige wegen Sachbeschädigung ersparen?"

Adelmeier wusste selbst nicht so genau, was passieren würde, wenn er den Sprayer nicht aus den Akten heraushalten konnte. Trotzdem beteuerte er: „Soweit wird es nicht kommen. Ich setze mich dafür persönlich ein."

Ein plötzliches Knattern kündigte ein herannahendes Mofa an. Als Adelmeier aufsah, entdeckte er einen höchstens zwölf Jahre alten Jungen auf einer oldtimerverdächtigen Puch Maxi den Gehweg entlangschlingern. Yanouck beobachtete den Ankömmling aufmerksam. Vor dem Hauseingang des nächsten Blocks bremste der Junge und blickte zu ihnen hinüber. Er zog einen großen Schlüsselbund an einer Metallkette hervor, ohne seinen Blick von ihnen abzuwenden. Nach einigen Sekunden lehnte er sich dann gegen die Eingangstür und schob das Mofa umständlich in den Hauseingang.

„Ich kenne den Typen nicht", setzte Yanouck wieder an.

„Er ist vielleicht der Einzige, der den Mann aus der Nähe gesehen hat. Er soll sich doch nur ein Foto ansehen. Weiter nichts."

Es war einen Moment still zwischen ihnen. Dann schüttelte Yanouck beinahe unmerklich ihren Kopf.

„Frag Frau Lamprecht. Ich kann dir wirklich nicht helfen, aber sie hat ihre Augen und Ohren überall."

Adelmeier wusste, dass das nicht stimmte, aber mit einem Mal erinnerte er sich an die Fotografie, die in ihrer Wohnung auf dem Vertiko stand. „Siegfried, ihr Enkel mit den Rastalocken?"

„Alle Welt nennt ihn Ziggi."

Adelmeier dachte an die Schrift mit dem markanten Z. Es hieß nicht Zacks, sondern Ziggi. „Und Ziggi kommt nicht nur her, um seiner Großmutter Milch und Zucker zu bringen?"

„Deine Interpretation, Bulle."

Plötzlich stand das Mädchen auf und zog den Mastino an seiner Leine über die abgetretene Rasenfläche.

Adelmeier näherte sich wieder dem Block 4a. Aus der Ferne warf er einen Blick auf den Pulk, der sich um Yanouck scharte. Durch die dichte schwüle Luft drang dröhnendes Gelächter.

Bevor er wieder die Treppe in den ersten Stock nahm, verharrte er nochmals vor dem Graffiti. Natürlich! Er erinnerte sich an die Bemerkung der alten Dame über die künstlerische Begabung ihres Enkels und dass er diese in einem Baumarkt vergeude. Adelmeier zog sich Stufe für Stufe am Geländer entlang und musste unweigerlich über die Dreistigkeit des Burschen grinsen. Brachte der alten Dame die Einkäufe, holte sie zu Picknicks ab und zwischendurch klatschte er mal einen Roy Lichtenstein an die Wand. Fraglich war nur, ob die gute Frau Lamprecht davon wusste. In Aschaffenburg fielen ihm seit Jahren immer häufiger düstere schwarze Schriftzüge an Hauswänden, Brücken und Toreinfahrten auf. Schmierereien, im Vergleich zu diesen.

Die alte Dame öffnete sofort nach dem ersten Klingelton.

„Wie schön! Der Herr Inspektor!" Ein entzücktes Lächeln spielte um ihre krausen Lippen. „Kommen Sie doch herein. Ich habe frischen Zitronenkuchen und ein Tässchen Orange Pekoe lässt sich bestimmt auch für Sie finden."

Adelmeier streifte imaginären Schmutz von seinen Schuhen und fragte sich, für wen die alte Dame so regelmäßig backte.

„Als willkommener Gast kennen Sie sich ja bereits bestens aus."

Sie wies mit ihrer sommersprossigen Hand auf das dreisitzige Chintz-Sofa, in dem Adelmeier so herrlich versinken konnte. „Ich verschwinde nur mal schnell in die Küche und dann können wir in aller Ruhe ein wenig über den Doktor plaudern."

Der fingerdick geschnittene Kuchen auf den Porzellantellern mit altmodischem Golddekor leuchtete in einem appetitlichen, kräftigen Safrangelb. Adelmeier goss etwas von der Sahne, die in dem beschlagenen Milchkännchen auf dem Tablett stand, in seinen Tee. Als die kalte Sahne durch die heiße Flüssigkeit drang, wirbelte es, als würde unter der Oberfläche ein kleiner Atompilz emporsteigen. Er fühlte sich in Gesellschaft der alten Dame mit dem freundlichen Puppengesicht auf eine ganz besondere Art wohl. Aber diese Behaglichkeit machte sein Vorhaben für ihn nicht unbedingt leichter. Er schlürfte geräuschlos einen Schluck Tee, dann brach er sich ein Stück von der Kuchenscheibe ab.

„Heute möchte ich nicht in erster Linie mit Ihnen über Dr. Weißenberger sprechen", bemühte er sich um einen sachlichen Ton. In der kleinen Pause, die entstand, beobachtete er sie aufmerksam. Ihr Ausdruck verriet nicht die kleinste Spur von Verwunderung oder Neugierde. Die Hände ruhten in ihrem Schoß und die beiden wasserblauen Augen schickten weiterhin ihre herzliche Botschaft geradewegs in die seinen. Sie lächelte amüsiert und fragte: „Über was wollen wir denn dann plaudern, mein lieber Herr Inspektor? Über Backrezepte? Oder etwa über den begabten Schlingel namens Mozart?"

„Ich hoffte, wir könnten mit Ihrem Enkel Siegfried beginnen."

Adelmeier versuchte weiterhin an ihrer Körpersprache Indikatoren auszumachen, aus denen er schließen konnte, dass sie etwas von den Graffiti wusste. Ein Grübeln oder ein zaghaftes Nachfragen würde ihm schon als Aufhänger genügen. Doch nichts tat sich in ihren Zügen. Im Gegenteil: Sie präsentierte ihm weiterhin ihr offenes Lächeln, das in Perfektion ihre Freude über den Teebesuch zum Ausdruck brachte.

„Ein schöneres Thema hätte ich selbst nicht wählen können. Man muss sich schließlich nicht immer nur über die grauen Seiten unseres Daseins unterhalten. Sterben werden wir alle noch früh genug. Es ist übrigens mein einziger. Das soll nicht heißen, dass meine anderen Kinder unfruchtbar sind", dabei blitzen ihre Augen schelmisch auf. „... aber es sind schreckliche Egoisten, die nur an ihre Arbeit und das liebe Geld denken. Siegfried ist die große Ausnahme in unserer Familie. Wie man ja schon an seinem Äußeren sieht ...", dabei kicherte die alte Dame hell in ihre hohle Hand. „Und auch wenn er auf seine Umwelt ab und zu etwas wild wirkt, aber das ist nur seine Hülle – verstehen Sie, seine Maskerade. Er ist eine Seele von Mensch. Das war er schon als Kind, als ich ihm noch seine Griesschnitten gebacken habe." Adelmeier schaute zu dem Bild über dem Vertiko. „Aber heute ist er erwachsen und ich wüsste nicht, was ich ohne ihn täte. Ich wäre regelrecht aufgeschmissen." Dabei gab die alte Dame wieder dieses helle Kichern von sich. „All die lästige Plagerei mit den Einkäufen. Die großen Tüten und Taschen, die mir immer so tief in meine Hände schneiden." Dabei hob sie ihre Hände mit gespreizten Fingern und drehte sie, als seien sie kleine Kunstwerke.

Adelmeier schwieg und aß noch ein weiteres Stück Kuchen. Er war unsicher, wie er sein Anliegen formulieren sollte, ohne die alte Dame zu beunruhigen oder gar zu kränken. „Wann steht denn die nächste Lieferung bei Ihnen an?"

Die alte Dame stutzte einen Moment, legte ihre rechte Hand an ihr Kinn und überlegte. Dicke bläuliche Adern schlängelten sich auf ihrem pergamentartigen Handrücken. „Den Kasten Apfelsaft hat er mir gestern gebracht. Er kam mit seiner neuen Freundin. Ein wirklich nettes Mädchen. Aber das nächste Mal? Ich glaube, vor nächster Woche kommt er nicht wieder. Sie wissen ja, wie das ist, wenn man jung und frisch verliebt ist."

Adelmeier lächelte und nickte. Er suchte immer noch nach einer Lösung, wie er schonend von der Hilfsbereitschaft des Jungen auf die Graffiti zu sprechen kommen könnte. Doch ihm fiel partout nichts ein. Die Stille zwischen ihnen hielt noch einige weitere unnatürliche Momente. Frau Lamprecht erwartete wahrscheinlich von ihm einen Kommentar zum Thema frische Verliebtheit, bevor sie wiederum mit der Laudatio auf ihren Enkel fortfahren konnte. Einer Laudatio, die er von seinem letzten Besuch her ja schon kannte. Doch das eigentliche Problem lag nicht in der Wiederholung der Lobeshymne, sondern in der Richtung, die diese Wiederholung ihrem Gesprächsverlauf gäbe. Je höher Frau Lamprecht ihren Enkel in den Himmel hob, desto schwieriger war es, ihr klar zu machen, dass dieser Goldschatz im Hausflur die Wände besprühte und dadurch zu erkennen gegeben hatte, dass er vielleicht ein wichtiger Zeuge war. Und als Adelmeier erneut in diese herzlichen Gesichtszüge blickte, tat er etwas Ungelenkes.

„Ihr Enkel kommt nicht ausschließlich wegen Ihnen in dieses Haus?"

Frau Lamprecht legte ihren Kopf zur Seite. Eine Spur von Verständnislosigkeit schlich sich nun in ihre Züge. Sie dachte offensichtlich über die Bedeutung dieser Frage nach. Und je länger sie in dieser Pose verharrte, desto höher formten sich die Wellen ihrer schlaffen Stirnhaut zu einem kleinen Gebirge.

„Nicht ausschließlich wegen mir? Besucht er hier noch jemand anderen? Aber wer könnte das sein?" Dabei drehte sie ihren Kopf in den Nacken und nickte in einem Takt, als würde sie im Geiste die einzelnen Bewohner der Anlage durchgehen.

„Ich denke da an keine andere Person. Bei meinem letzten Besuch haben wir nur kurz über seine künstlerische Begabung gesprochen. Heute würde ich gerne mehr darüber erfahren. Mir scheint, er hätte in diesem Haus bestens Gelegenheit, sie auszuleben?"

Ein Funken Angst oder Ärger flackerte für einen Sekundenbruchteil in der Tiefe ihrer wässerigen Augen. „Ich verstehe Ihre eigentümlichen Andeutungen nicht. Sie sagten doch, dass Sie Siegfried nicht kennen?" Wenn Frau Lamprecht tatsächlich etwas von den Graffiti ihres Enkels wusste, spielte sie diese Ahnungslosigkeit mit großer Perfektion.

Adelmeier wurde deutlicher. „Nun gut, die Bilder im Eingangsbereich, sie sind doch von Ihrem Enkel Ziggi?"

Sie saß nun schweigend in ihrem Sessel und ihre Finger zupften an einem kleinen Gürtel, der ihre Taille umgab. Die ganze Zeit über ruhte ihr Blick starr auf der Tischplatte. Dann endlich, schien die Maske ihrer Ahnungslosigkeit zu bröckeln. Als sie sich aus dem Sessel stemmte, segelte die monogrammbestickte Serviette in großen Schwüngen auf den Boden. Ihre Oberlippe zitterte. Sie machte einige unsichere Schritte auf das Vertiko zu. Dort blieb sie stehen und strich zärtlich über das Bild ihres Enkels.

18.

Ein Blick auf die Uhr gab ihm die sichere Gewissheit, dass das Bauzentrum bereits geschlossen hatte. Glücklicherweise hatte ihm Frau Lamprecht nach einiger Überredungskunst dann doch noch die Arbeitsstätte und die Adresse ihres Enkels genannt. Er nahm zwei Stufen auf einmal und um Punkt 18.50 Uhr steuerte er seinen Volvo über den heißen Asphalt des Parkplatzes. Auf dem Nachhauseweg überlegte er, mit welchen Konsequenzen der Junge zu rechnen hatte. Im besten Falle passierte überhaupt nichts und die Graffiti waren mit Billigung des Hausbesitzers an die Wand gelangt. Aber diese Variante erschien Adelmeier als unwahrscheinlich. Sicher musste der Junge mit einer Schadenersatzklage rechnen und zudem für die Reinigungskosten aufkommen. Außerdem drohte ihm ein Eintrag in das Bundeszentralregister oder sogar ein Vermerk im polizeilichen Führungszeugnis. Zweifellos ein Makel, der ihn auf eine bestimmte Zeit hin begleiten würde. Auf einmal beschlich Adelmeier der alten Dame gegenüber ein schlechtes Gewissen.

Durch die staubigen Scheiben zog dumpf und geräuschlos die Stadt an ihm vorbei. Ihm war, als bewegte sich alles andere und er säße nur hinter der Scheibe und mache trockene Lenkbewegungen. Am liebsten hätte er sein schlechtes Gewissen einfach abgeschüttelt, wie er es in der Vergangenheit schon immer getan hatte.

Jahre zuvor, als Sandra noch ein Kind gewesen war, hatte er immer Druck auf den Ventilen gespürt, wenn er wusste, dass Weihnachten nahte und es an der Zeit war, in Dänemark anzurufen. *Nein Liebes, der Papa hat zu viel Arbeit. Ich kann wirklich nicht zu euch kommen. Nein, feiern geht leider nicht. Pflicht geht vor Vergnügen. Aber warte nur deinen Geburtstag ab.* Und wieder hatte seine Tochter ihm ein Versprechen abgerungen, von dem er von vornherein wusste, dass er es nicht halten würde. Trotzdem spürte er immer die Last zweier Kontinente von sich fallen, wenn er erst einmal den Hörer auf die Gabel legen konnte und wusste, dass die Erde sich bis zu ihrem Geburtstag noch mindestens zweihundertmal drehen würde. Dieses schale Gefühl hatte er immer noch einige Stunden mit sich herumgetragen, bis er es endlich an der nächsten Ecke abstellen konnte. Natürlich hätte er Sandra zuliebe nach Dänemark fahren können, aber schon alleine die Vorstellung fand er absurd.

Er blickte zum Seitenfenster hinaus und versuchte, sich wieder auf Frau Lamprechts Enkel zu konzentrieren. Er wusste, dass es nahezu unmöglich war, den Jungen aus seinem Bericht herauszuhalten. Doch gerade das hatte er der alten Dame vorhin nicht sagen können.

Sein Anrufbeantworter blinkte und drei Anrufe warteten darauf, abgehört zu werden. Die erste Nachricht auf dem Gerät war von seiner Mutter. Ob er noch an die Verabredung denke und ob er nicht Sandra mitbringen wollte, sie hätte sie schließlich schon lange nicht mehr gesehen. Adelmeier schüttelte seinen Kopf. Seine Mutter drohte, vergesslich zu werden. Der zweite Anrufer war Sandra. Sie teilte ihm mit, dass sie ungefähr um 20.30 Uhr nach Hause komme und einen Bärenhunger habe. Adelmeier fuhr sich über den Unterarm und blickte auf seine Uhr. Wenn ihm die Zeiger keinen Streich spielten, war es zum Einkaufen definitiv zu spät. Eilig lief er in die Küche und überprüfte den Kühlschrank. In der Seitentür entdeckte er ein angebrochenes Glas Sardellenfilets und eins mit Mayonnaise. Auch sonst nichts, um auch nur den genügsamsten Esser zufrieden zu stellen. Mürrisch gab er der Kühlschranktür einen Stoß und schaute in den immer schmaler werdenden Spalt, bis die Tür klackend ins Schloss fiel. Durch die Schwüle der Küche drang auf einmal eine Stimme, die sich wie Professor Leys anhörte. Adelmeier spurtete durch die Tür, doch er konnte nur noch die letzten Worte hören, in denen Ley seine Telefonnummer durchgab.

„Schön, dass Sie so zeitig zurückrufen", begrüßte ihn der Professor. „Es ist gerade einige Minuten her, dass ich Ihnen auf Ihre Maschine gesprochen habe. Erst heute Morgen erhielt ich die Fotografie, die Sie mir freundlicherweise gesandt haben."

Adelmeier lächelte, als der Professor *freundlicherweise* gebrauchte, da er es doch war, der ihm einen Gefallen tat, indem er sich der Fotografie widmete.

„Ich möchte Sie auch nicht lange auf die Folter spannen und gleich auf die Identitäten kommen." Der Professor machte eine kleine Pause und Adelmeier hörte das Rascheln von Papier. „Sie sind ja allesamt gut getroffen, auf der Fotografie", fuhr er fort und Adelmeier hatte den Eindruck, dass sich die Stimme des älteren Herrn ein wenig belegt anhörte.

„Ich kenne beide nicht persönlich, aber jeder, der den Schwimmsport nicht völlig ignoriert hatte, kennt zumindest die junge Frau. Sie war damals eine unserer Topschwimmerinnen. Absolute Weltklasse. Sie gehörte zur Olympiamannschaft und es gelang ihr sogar, einige Weltrekorde aufzustellen. Ein tolles Mädchen! Ich kann mich noch daran erinnern, als wäre es gestern gewesen, wie sie im Becken ihre Bahnen zog und alle ihre Konkurrentinnen spielend hinter sich ließ. In ihren Bewegungen lag eine besondere Leichtigkeit und Eleganz. Sie wirkte, als verschmelze sie mit dem Wasser, sobald sie in das Becken eintauchte und ihre ersten Züge tat. Leicht wie ein Delphin, aber auch ebenso kraftvoll. Der große Erfolg bei einer Olympiade blieb ihr aber versagt. Niemand zweifelte daran, dass sie das Zeug zu olympischem Gold hatte, aber – soweit ich mich erinnere – war ihre Karriere dann jäh zu Ende."

„Und ihr Name?"

„Bettina Sommer. Und neben ihr Lohse. Sein Vorname lautet glaube ich Victor. Ja, Victor Lohse, ein ehemaliger Schwimmtrainer! Er hat einen der großen Clubs trainiert. Im Zusammenhang mit Sommer und Weißenberger, würde ich auf *Chemie Halle* tippen. Eine Ausstrahlung hatte der Mann wie ein Feldwebel. Ihm standen Drill und Strenge auf die Stirn geschrieben. Wenn er im Fernsehen auftrat, konnte man ihm seine Aggressivität regelrecht ansehen."

Der Professor sprach mittlerweile mit gedämpfter Stimme, als befürchte er, der Trainer könne ihm von weitem zuhören.

„In seinen Augen lag etwas unheimlich Kaltes. Wenn ich bedenke, dass er Macht über Menschen ausübte, jagt es mir noch heute einen Schauer über den Rücken. Vielleicht war aber auch gerade seine brutale Ausstrahlung das fehlende Quäntchen an Normalität, um noch eine größere Karriere zu machen. Was letztendlich aus ihm geworden ist, entzieht sich meiner Kenntnis. ... Aber warten Sie bitte einen Moment. Ich hole mir nur kurz aus der Küche eine Erfrischung und dann erzähle ich Ihnen noch etwas mehr über unsere Topschwimmer."

19.

Die Inspektion der Speisekammer brachte ein ähnlich hoffnungsloses Ergebnis wie die des Kühlschranks. Auf dem oberen Regalboden standen fünf in Vergessenheit geratene Dosen Pichelsteiner Eintopf. Die beiden vorderen klebten mit dem Metallfalz in einem eigentümlichen braunen Saft. In Kürze würde Sandra eintreffen und er hatte immer noch keine Vorstellung, wie sein großspurig angekündigtes Abendessen aussehen sollte.

Da er nichts anderes tun konnte, als ihr Kommen abzuwarten, holte er sich aus der Küche ein großes Glas Wasser und setzte sich vor seinen PC. Er hatte sich beim Gespräch mit Professor Ley Notizen gemacht. Das eine oder andere wollte er gerne im Internet vertiefen. Während die Maschine bootete, schaute er durch die hohen Scheiben seines Wintergartens und beobachtete eine Amsel, die sich aus der kleinen Wasserlache an dem tropfenden Schlauch bediente. Der Vogel machte einige ruckartige Bewegungen und tauchte für Bruchteile von Sekunden seinen spitzen Schnabel in das Nass. Als er nach einigen Wiederholungen nur noch wie ausgestopft auf der Wiese hockte, wandte sich Adelmeier wieder dem Bildschirm zu. Der Monitor zeigte mittlerweile eine grüne, leuchtende Windowsoberfläche. Vielleicht fand er in der verbleibenden Zeit in den Suchmaschinen etwas über die beiden Namen, die Ley ihm genannt hatte. Zuerst tippte er *Som-*

mer in das Suchfeld. Unmittelbar nachdem er die Returntaste drückte, präsentierte ihm die Maschine das gewaltige Ergebnis. Es gab ungefähr 1.400.000 Einträge zum Thema Sommer. Er beugte sich erneut über die Tastatur und erweiterte den Suchbegriff um den Vornamen der Schwimmerin. Aber auch der Zusatz *Bettina* erbrachte immer noch 11.300 Meldungen. Er lehnte sich zurück und verschränkte seine Hände hinter dem Kopf. Niemand könnte die Zeit aufbringen, 11.300 Einträge systematisch nach der richtigen Information zu durchforsten. Er las sich sporadisch einige Kurzbeschreibungen durch. Allesamt ergaben sie für ihn nur wenig Sinn.

Victor Lohse: ein ähnliches, nicht zufrieden stellendes Resultat. Die Strahlen der Abendsonne wanderten über die Holzplatte und erreichten seinen Oberschenkel. Er spürte die durchdringende Wärme auf seinem Bein und wunderte sich, wie intensiv die Sonne doch noch war. Umständlich stützte er seinen Körper so weit auf der Tischplatte auf, dass sein ausgestreckter Arm gerade noch die Schlaufe des Innenrollos erreichte. Die Aluminiumlamellen entblätterten sich mit einem leisen Klappern, bis die unteren laut auf die Fensterbank klatschten. Adelmeier startete noch einmal einen Versuch mit *Schwimmsport, Olympia* und *DDR*. Er klickte sich durch ein Dutzend Kurzbeschreibungen, bis er auf einer Webpage landete, die eine Medaillenstatistik der DDR im Schwimmsport zeigte.

Auf einmal stand seine Tochter hinter ihm im Türrahmen. „Hallo Paps. Geruchsfreies Essen? Ich habe heute extra auf das Wok-Gemüse in der Mensa verzichtet."

Sandra trug ein enges, grün-schwarz geringeltes T-Shirt. Zwischen Bauchnabel und Hosenbund lugte ein kakaofarbener Streifen Haut hervor. Sie stützte sich mit dem Ellenbogen am lackierten Holzrahmen ab und streckte ihre Nase schnuppernd in die stickige Wintergartenluft.

„Sorry, ich bin leider nicht zum Kochen gekommen. Zum Glück kam etwas Bewegung in unseren Fall." Als Adelmeier sich zu seiner Tochter umdrehte, fuhr sie gerade auf dem Dielenboden mit der Spitze ihres Turnschuhs eine schmale Metallleiste entlang.

„Und jetzt - verhungern?", fragte sie mit einem schiefen Lächeln.

„Ich dachte an den Pizzaservice."

Eine halbe Stunde später saßen sie mit ihren Pappkartons auf den Schößen neben seinem Schreibtisch und kauten schweigend. Während sich Aromen von Paprika und scharfer Salami in seinem Mund entfalteten, durchstreiften die bunten Bilder des Tages seine Gedanken. Sie flossen in ihm wie hundert kleine Stücke Treibgut. Eigentümlich, wie facettenreich ein Tag sein konnte. Wochenlang passierte nichts und das Leben trieb dahin, in ruhiger Eintönigkeit. Und dann wieder gab es plötzlich Einschnitte. Frau Lamprecht wurde auf einmal mit einer dunklen Seite ihres Enkels konfrontiert. Und er? Er hatte sie ihr linkisch auf einem Tablett serviert und sich dabei fast so schwer getan, wie bei der Überbringung einer Todesnachricht. - Lächerlich!? - Und Yanouck? Sie befand sich schon beinahe in einer beunruhigend stillen Flussaue. Tagein, tagaus das gleiche Prozedere. Der Spielplatz, der Köter, der Mikrokosmos ihrer fragwürdigen Freunde und die Perspektivlosigkeit, die er automatisch spürte, wenn er sie traf. Und auf einmal blieben seine Gedanken bei der Verfolgungsjagd hängen.

„Magst du eigentlich Hunde?"

„Wieso? Du etwa plötzlich? Ich dachte du ..."

„... fürchtest dich vor Hunden. Nein, um Himmels willen. Mir ging nur gerade ein Mädchen durch den Kopf, mit dem ich im Zuge unserer Ermittlungen zu tun habe. Sie hat was von dir." Er lehnte sich auf seinem Stuhl zurück, hielt einen Moment inne und wischte seine Hände an der Serviette ab. „Komisch und ich kann dir nicht einmal sagen, was es ist. Neben dem Alter gibt es da noch versteckte Parallelen. Art, Mimik und Gestik. Ihr seid wie zwei ähnliche Kerne, die man in unterschiedliches Erdreich gepflanzt hat. Ihr Reich ist der lose Sand - und bei dir bin ich mir noch nicht so sicher."

„Hey, Papa Adelmeier, der Philosoph? Der harte L.A. Cop würde auch schlecht zu dir passen. Und der Hund?" Seine Tochter setzte dabei ein hintergründiges Lächeln auf und pickte ein saftiges Stück Artischocke aus dem Salat.

„Sorry, der gehört natürlich zu dem Mädchen. Ein Mastino. Die beiden sind ein Paar."

Während sie ihre Gabel drehte, an deren Zinken sich einige dicke Olivenöltropfen entlangarbeiteten, warf sie ihrem Vater einen belustigten Blick zu.

„Na ja, natürlich kein Richtiges. Eher wie Pat und Patachon."

Daraufhin entfuhr Sandra ein trockenes Lachen. „Die beiden treten aber nicht im Fernsehen auf?"

Jetzt stimmte auch Adelmeier in das Lachen seiner Tochter mit ein. „Lassen wir das! Der Rest wird dich langweilen."

„Das kann ich schon selbst entscheiden. Los erzähl!"

Adelmeier musste gestehen, dass ihm das Interesse seiner Tochter schmeichelte. Er empfand es als enormen Fortschritt, dass sie nicht mehr nur ihr Gesicht verzog, wenn er von seiner Arbeit anfing.

„Also Hop! Der Vorhang geht auf", riss sie ihn aus seinen Gedanken. „Eine wichtige Zeugin, die Ähnlichkeit mit Sandra A. hat, betritt die Bühne. - Ich dachte, ich wäre so eine Art Unikum."

„Stopp! Sie ist keine wichtige Zeugin, eher ein wichtiges Zwischenglied", korrigierte Adelmeier. „Der Kommissar sucht jemand anderen. Einen Mann. Einen männlichen Zeugen, von dem er sicher ist, dass er den Täter gesehen hat."

Und so kam es, dass er ihr plötzlich von seinen Ermittlungen erzählte. Sie lauschte ihm aufmerksam und still. Nur ab und an schob sie ein Salatblatt in den Mund, um es mechanisch zu kauen. Als er schließlich seinen Bericht abgeschlossen hatte und nach einem lauwarmen Stück Pizza greifen wollte, konnte seine Tochter den kritischen Punkt exakt benennen.

„Und der Enkel? Was passiert, wenn ihr euren Täter gefasst habt?" Nach einer kleinen Pause beantworte sie sich die Frage selbst: „Du quetschst ihn aus und dann lässt du ihn fallen, wie ein glühendes Stück Metall. Stimmt's? Und als Belohnung gibt es eine Anzeige wegen Sachbeschädigung."

„Jetzt dramatisierst du aber ganz schön! Das ist in der Tat ein heikles Thema. Nur zu gerne würde ich den Jungen aus der Sache heraushalten. Aber ich weiß noch nicht, wie ich das vor der Staatsanwaltschaft darstellen soll."

„Lass ihn einfach aus deinem Bericht raus!"

„Das ist genau so realistisch wie *Stell dir vor es ist Krieg und keiner geht hin.*"

Sandras Augen blitzten ihn verärgert an. „Na danke! Überleg doch mal, was du damit bei dem armen Kerl anrichtest. Der sitzt am Ende doch nur mit einem Haufen voller Scheißprobleme da."

„Er hat sie schließlich auch zu verantworten – seine Scheißprobleme."

„Und wie kannst du das mit deinen moralischen Standpunkten vereinbaren?"

Adelmeier hatte seine Pizza mittlerweile vergessen und deutete aufgebracht mit seinem Zeigefinger aus dem Fenster. „Moralischer Standpunkt!? Hey, unser Fall hier ist kein Theaterstück. Grausame Realität, die hier draußen tatsächlich wenige Kilometer entfernt stattfindet."

Adelmeier wunderte sich über die Heftigkeit des Streitgesprächs, das im Anschluss entbrannte. Grundsätzliches, wie seine „verschrobene Bullenmoral" und „Weltfremdheit" vermischte sich mit Konkretem, dass er dem Jungen leichtfertig die Zukunft verbauen würde. Sandra redete sich so in Rage, dass sie mittlerweile wahrscheinlich nur Partei für den Jungen ergriff, um eine Gegenposition zu ihrem Vater einzunehmen.

„Versuch wenigstens, ein bisschen kreativ zu sein", forderte sie mit einer sich fast schon überschlagenden Stimme.

„Ich bin kreativ", antwortete Adelmeier trocken.

„Ich weiß. Du fügst Teile zusammen, die vorher schon mal jemand auseinander geschnitten hat."

Adelmeier blickte starr auf seine Pizza und dachte darüber nach, wie er sich das Abendessen ursprünglich mit oder ohne Anna vorgestellt hatte. „Und wie könnte denn eine kreative Lösung deiner Meinung nach aussehen?"

„Rede mit dem Hausbesitzer!"

„Was soll ich?"

„Du hast mich schon richtig verstanden. Vielleicht gefallen ihm sogar die Graffiti. Lass es mich noch weiterspinnen: vielleicht gibt er sogar noch weitere in Auftrag."

Adelmeier dachte über den Vorschlag nach. Es lag tatsächlich eine kreative Komponente darin – solange der Hausbesitzer keine Anzeige erstattete.

20.

Von den Decken fluteten Legionen von Neonröhren kaltes Licht in den Verkaufsraum. Das Büro des Personalleiters lag im rückwärtigen Teil des Gebäudes. Den Kopf weit in den Nacken gelegt las Adelmeier die weißen Kunststofftafeln mit den kobaltblauen Schriftzügen, die ihm verrieten, dass im nächsten Quergang die Eisenwaren lagerten. Ein Blick nach links und Fluchten von Schraubenpackungen taten sich vor ihm auf. Gleich an der nächsten Ecke ließ sich ein feiner Herr mit gelber Krawatte eine Schlagbohrmaschine erklären. Der Verkäufer drückte wie bei einer Pistole auf den Abzug und die Vorführmaschine heulte laut los. Sofort verschwammen die Konturen des rotierenden Bohrfutters zu einem grauen Brei. An der nächsten Ecke übersah Adelmeier beinahe die beiden Handwerker, die ihm entgegenkamen. In ihrem Wagen türmten sich Rollen mit grobkörniger Erfurt Raufasertapete und Eimer mit weißer Biowandfarbe. Ihre Maleranzüge sahen aus, als hätte man sie von weitem durch ein Sieb mit Farbe beschossen.

Auf dem Weg zum Baumarkt hatte er noch kurz im Präsidium angerufen und Marcello mitgeteilt, dass er sich etwas verspäten würde. In einer heißen Ermittlungsphase gab es für keinen von ihnen ein richtiges Wochenende. Außerdem hatte er Marcello noch informiert, dass er am späten Vormittag mit ihm und Regina eine Besprechung abhalten wollte. Obwohl er sensibel auf eventuelle Zwischentöne achtete, waren an Marcello keine *Spätschäden* ihrer vorangegangenen Auseinandersetzung auszumachen – im Gegenteil, er begegnete ihm mit einer ruhigen, sachlichen Höflichkeit.

Eine Durchsage erklang plötzlich aus einem unsichtbaren Lautsprecher. „Herr Modler bitte in die Gartenabteilung. Herr Modler bitte." Adelmeier erinnerte sich an seinen tropfenden Schlauch und beschloss, später in der Gartenabteilung nach einem neuen zu sehen.

Die Sitzgruppe in der Personalabteilung war nüchtern eingerichtet. Vier Freischwinger in der Mitte und ein Glastisch, durch den man auf den schilfgrünen Schlaufenteppich sah. Adelmeiers Blick wanderte zwischen den Frauen hin und her, die hinter den raumteilenden Glasscheiben arbeiteten. Wenn er sich eine aussuchen müsste ... Bevor er den Gedanken weiter verfolgen konnte, begrüßte ihn der Personalleiter, ein glatzköpfiger Mann mit Hornbrille. Im künstlichen Licht der Deckenfluter glänzte die Kopfhaut, als wäre sie am Morgen frisch gebohnert worden.

„Kriminalhauptkommissar Adelmeier. Ich würde gerne mit einem Ihrer Mitarbeiter sprechen, der mir als Zeuge in dem Fall benannt wurde, den ich gerade bearbeite. Sein Name ist Siegfried Blume."

Offensichtlich erleichtert, dass es sich um eine Zeugenaussage handelte, antwortete er mit einem feinen Yul-Brunner-Lächeln: „Ich rufe ihn sofort in seiner Abteilung aus und bitte ihn nach oben."

Er verschwand hinter der Glasscheibe, um zu telefonieren. Die stummen Bewegungen der Lippen und das leichte Nicken des Kopfes signalisierten rein gar nichts. Eine Stummfilmszene, die keine war. Doch nach einigen Sekunden drückte er sich wieder durch die Glastür und zuckte bedauernd mit den Schultern: „Ausgerechnet heute hat er sich telefonisch krankgemeldet. Schwer zu sagen, für wie lange. Aber er ist keiner der Kandidaten, die bei der kleinsten Erkältung für Tage zu Hause bleiben." Der Personalleiter rückte die Hornbrille auf seinen Nasenrücken zurecht. „Fürs Erste kann ich Ihnen nur mit seiner Telefonnummer behilflich sein."

Einige Minuten später verließ Adelmeier den Bürotrakt. Er lief wieder durch die hohe Halle und überlegte, ob die Krankmeldung Blumes an diesem Morgen Zufall war. Schon auf dem Weg zur Gartenabteilung griff er nach seinem Handy. Er lehnte sich an eine verputzte Wand und presste das winzige Telefon an sein rechtes Ohr. Das lang gezogene Tuten hallte eine Ewigkeit durch die Netze. Als er schließlich aus der Leitung geworfen wurde, wunderte er sich, dass nicht einmal ein Anrufbeantworter angesprungen war. Adelmeier kontrollierte noch einmal im Display die Telefonnummer. Kein Zweifel. Er blickte noch einen Moment durch das hohe Glas in die Gartenabteilung, bis er mit entschlossenem Schritt in das gleißende Morgenlicht trat.

Durch die Scheiben seines Fensters konnte er beobachten, wie am Horizont aus einem Meer von dunklen, kleinen Punkten eine Schar von Schwalben wurde. Die Vögel beschrieben einen weiten Halbkreis durch die klare Sommerluft. Wie im Tanz näherten sie sich Schleife um Schleife ziehend dem Gebäude. Dann wieder verdichteten sie sich zu einem schwarzen Pulk, stoben auseinander und setzten dieses übermütige Spiel viele Male fort, so lange, bis sie unvermittelt und ohne die geringste Ankündigung auf die Glasfront zurasten. Gleich hinter der Scheibe zog Adelmeier den Kopf ein. Und wenn er aus vielen vergangenen Gelegenheiten nicht besser wüsste, müsste er dieses Mal stark daran zweifeln, dass sie die rettende Welle in den Himmel doch noch schafften.

Auf seinem Schreibtisch erwartete ihn ein kleines, in Geschenkpapier eingewickeltes Päckchen. Darunter ein Briefumschlag, der in einer feinen Frauenhandschrift seinen vollen Vor- und Zunamen trug. Als Erstes fiel ihm dazu ein, dass die Schrift nicht zu ihr passte. Sie musste sie sich extra zum Schreiben dieses Briefes ausgeliehen haben. Einen Moment dachte er über die Absurdität dieses Gedankens nach. Aber was machte ihn so sicher, dass der Brief tatsächlich von ihr war? Die königsblaue Tinte? Das formvollendet geschwungene H? Das zartgelbe Briefkuvert? Er legte den Umschlag zur Seite und zerriss das Geschenkpapier. Zum Vorschein kam eine Schachtel, deren Oberseite ein Büffel im Profil zierte. Er nahm den Deckel ab und fand ein kleines, in Seidenpapier eingeschlagenes Lederbüchlein. Das gleiche Büffelmotiv in Silber schmückte den Druckknopf. Er ließ seinen Daumen durch die cremefarbenen Seiten gleiten. Sie waren allesamt unbeschrieben.

Er dachte einen Moment nach, dann legte er es zur Seite, öffnete den Brief und begann zu lesen.

Zur Besprechung setzten sie sich um Punkt elf um seinen Schreibtisch herum. Adelmeier startete unmittelbar mit seinem Bericht. Er resümierte die Gespräche mit Professor Ley und bei der Schilderung seiner Verfolgungsjagd mogelte sich beiden, trotz ihrer ernsten Mienen, ein winziges Lächeln auf die Gesichtszüge. Als er schließlich auf das Graffiti und auf Blumes angebliche Krankheit zu sprechen kam, wunderte er sich, was sich in den letzten Tagen alles getan hatte. Die ganze Zeit über lauschten ihm seine Kollegen, ohne ihm auch nur eine einzige Zwischenfrage zu stellen. Ab und an legte er sogar eine kleine Gesprächspause dafür ein, doch nichts geschah. Er musste mittlerweile schon über eine halbe Stunde am Stück erzählen und je länger sein Redefluss andauerte, desto mürrischer und versteinerter erschienen ihm die Gesichter seiner Kollegen. Und dieser reglose und finstere Ausdruck in ihren Mienen begann allmählich etwas in ihm auszulösen: Er dachte über den Grund ihrer offensichtlich distanzierten Haltung nach. Und je länger er grübelte, desto distanzierter wurde auch er.

Er hatte sich schon oft aus einer Unterhaltung ausgeklinkt. Doch früher war er mit seinen Gedanken einfach auf eine Reise gegangen, auf der er stets den Faden zum ursprünglichen Thema verloren hatte. Er hatte dann immer abwesend gewirkt und es war ihm unmöglich gewesen, dem Gespräch weiter zu folgen. Doch heute und hier gab es einen deutlichen Unterschied: Er war nicht ganz weg. Er beobachtete die Szene vielmehr wie ein außen stehender Betrachter von oben. Als würde er das Zimmer durch ein Loch in der Decke betrachten.

Drei Leute an einem Tisch. Einer erzählt, die anderen beiden schweigen. Für ihn bekam das Ganze etwas von einem Theaterstück, verbunden mit einer Trennung seines Geistes von seinem Körper. Dort unten saß nur seine Hülle und reproduzierte das Geschehen der letzten Tage. Hier oben war sein Geist und wertete. Zwischen den Personen dort unten gab es eine Grenze und obwohl sie räumlich nur durch den Tisch voneinander getrennt waren, mussten zwischen ihnen mehrere Breitengrade und Klimazonen liegen.

Er betrachtete die drei Marionetten eine Weile. Der Dickere gestikulierte eifrig, öffnete und schloss seinen Mund, während die anderen nur schwiegen und schauten. Mit voranschreitender Betrachtung wurde ihm auch klar, worin die Wurzel ihrer Schweigsamkeit bestand: Sie waren eingeschnappt, weil er sich ihnen verschloss und so hatten sie im Gegenzug beschlossen, sich auch ihm zu verschließen. Sie nahmen ihm krumm, dass er sein eigenes Süppchen kochte und sie an seinen Ermittlungen nicht richtig teilhaben ließ. Marcellos Vorwurf stimmte tatsächlich. Er hatte sein Wissen automatisch nach außen hin abgeschottet, wie das Innere einer Burg. Die Einzige, die davon wusste, war eigentümlicherweise seine Tochter. Sein wertender Teil überlegte, wie er es hätte besser machen können.

Die Ereignisse des letzten Tages hatten sich eben überschlagen und sein Handeln automatisch bestimmt. Aus seiner Diskussion mit Yanouck folgte unmittelbar sein Besuch bei Frau Lamprecht, aus dem Gespräch mit Frau Lamprecht sein morgendlicher Abstecher in den Baumarkt. Aus dem Telefonat mit Professor Ley – das er zugegebenermaßen von seinem privaten Apparat aus geführt hatte – die Recherche im Internet. Er wusste nicht, wie und wann er seine Kollegen hätte unterrichten sollen. Mit einem Anruf vor seinem Besuch bei Frau Lamprecht? Bei sorgfältiger Betrachtung tauchten vielleicht noch andere solcher Gelegenheiten auf. Aber was nutzten sie ihm jetzt?

Zwar genoss er den Ruf, ein guter Ermittler zu sein, für die Aufgabe der Personalführung war er aber vielleicht nicht geschaffen. Es fiel ihm einfach schwer, sich auszutauschen und sein Umfeld in seine Überlegungen mit einzubeziehen. Während er unten mechanisch von dem Graffiti plapperte, wurde ihm oben bewusst, dass er immer nur oberflächlich Informationen preisgab – gerade so viele, wie nötig waren, um seine Umwelt auf Distanz zu halten. Er spielte immer nur Teamwork und betrieb es nie richtig. Vielleicht hatte Anna mit ihrem Vorwurf Recht, er wolle nur beeindrucken? Während er unten aus der Ferne seine Worte hörte, verstand er, dass diese unbewusste Abkapselung auch der Schlüssel zu seinen privaten Problemen war. Er dachte an seine Beziehung zu Anna, seine Ehe, das *Wiederkennenlernen* seiner Tochter. Einerseits schaffte diese Erkenntnis eine Stimmung, in der er sich in einen dunklen Brunnen gezogen fühlte. Andererseits spürte er aber auch eine deutliche Entlastung und Erleichterung. Er genoss es beinahe, ihre versteinerten Gesichter mit all den kostbaren Informationen zu füttern und fühlte, dadurch irgendwie einem Ziel näher zu kommen.

„Schön, da bist du mittlerweile ja ein gutes Stück weiter", stichelte Marcello, nachdem Adelmeier geendet hatte. „Unsere Position ist noch kurz hinter der Startlinie."

Adelmeier streckte mit einer entschuldigenden Geste beide Arme in die Höhe.

„Ich weiß. Ich weiß. Wir sollten uns einmal in aller Ruhe zusammensetzen. Aber bitte lasst uns erst mit Weißenberger ..." Im selben Moment klingelte das Telefon auf seinem Tisch. Adelmeier zuckte mit den Schultern und hob ab. Es war Angela, eine Kollegin aus dem Rauschgiftdezernat, die versehentlich eine falsche Durchwahl gedrückt hatte.

Trotz des nur kurzen Telefonats war auf einmal der Dampf raus. Sie blickten einander nur stumm an und warteten, dass einer von ihnen das Wort ergriff. Regina war dann diejenige, die das Schweigen brach: „Okay. Mir wäre jetzt nach einem Kaffee. Noch jemand eine Tasse?"

„Lieber ein Glas Wasser", antwortete Adelmeier dankbar.

Mit der röchelnden Kaffeemaschine im Hintergrund setzten sie ihre Besprechung fort.

„Gut. Die Personen auf dem Foto sind mittlerweile alle identifiziert", fasste Adelmeier zusammen. „Ich denke, wir können uns da auf die Informationen von Professor Ley verlassen." Adelmeier nahm einen Bleistift zur Hand und kratzte sich mit dem stumpfen Ende am Rücken. Dann holte er noch zwei weitere Stifte aus seiner Ablage und legte sie auf den Tisch. „Die drei Personen standen miteinander in Verbindung: Person Nummer eins ist Weißenberger selbst. Professor Ley vermutet, dass er mit großer Wahrscheinlichkeit in den achtziger Jahren der betreuende Arzt von Person Nummer zwei, der Schwimmerin Bettina Sommer war. Und Person Nummer drei, Victor Lohse war zeitgleich ihr Trainer. Der Arzt, die Schwimmerin und der Trainer – *drei Mann in einem Boot*." Adelmeier rückte die Stifte sorgfältig nebeneinander. „Der Schwimmsport stellt also die offizielle Verbindung zwischen den Dreien dar. Der gemeinsame Nenner. Aber es könnte natürlich noch eine andere geben. Eine Verbindung, die nichts, oder nur am Rande mit dem Schwimmen zu tun hat? Eventuell finden wir darin ein mögliches Motiv?"

Regina verteilte den dampfenden Kaffee auf zwei Tassen.

„Als Erstes müssen wir an Sommer und Lohse ran", folgerte Marcello und nippte an seinem Kaffee. „Ich füttere anschließend gleich den Computer. Wenn wir ihre Aufenthaltsorte ermitteln können, müssen wir sofort mit ihnen reden."

„Weiter wissen wir, dass unser Täter männlich ist." Regina rührte in ihrer Tasse. „Und wir haben einen Zeugen, diesen Blume, der unseren Mann gesehen hat. Im Klartext: Wir müssen dringend den Jungen finden, damit er sich das Foto anschaut. Im Glücksfall erkennt er in Lohse seine Graffitivorlage wieder."

„Und was machen wir, wenn die Identifizierung negativ ausfällt?" Adelmeier beugte sich über den Tisch und griff zur Fotografie.

„Dann hoffen wir auf Ergebnisse durch die identifizierten Personen vom Foto. Auf jeden Fall werden wir den Punkt überschritten haben, an dem Marcello und ich vorhin noch standen." Regina lächelte, aber es war kein böse gemeintes Lächeln. „Wir müssen auch die Schwimmerin ausleuchten. Die Tatsache, dass der Täter ein Mann ist, bedeutet nicht zwangsläufig, dass sie aus der Sache draußen ist. Es könnte schließlich auch eine männliche Person aus ihrem Umfeld getan haben."

Adelmeier ließ das Foto auf den Tisch fallen und erhob sich von seinem Stuhl. Auf der gegenüberliegenden Straßenseite entdeckte er den Honda-Händler, der auf einer Stehleiter an einer Markise herumbastelte. „Wir müssen uns auch vor voreiligen Schlussfolgerungen hüten. Das plötzliche Karriereende der Sommer: Wir sollten uns bei ihr vorsichtig an diesen Punkt herantasten. Ich will wissen, was es damit auf sich hat. Ich schlage vor, dass ihr euch um die Sommer und den Trainer kümmert, während ich versuche, den Jungen zu finden."

Sie verabredeten, um drei Uhr nochmals zusammenzukommen. In dem Moment, in dem die Tür mit einem dünnen Schnalzer hinter ihnen ins Schloss fiel, bemerkte Adelmeier, unter welch starker Spannung er immer noch stand. Im Raum zog eine beklemmende Ruhe ein. Am liebsten hätte er das Fenster weit geöffnet und herausgeschrien.

Adelmeier verließ das Gebäude durch den Seitenausgang. Er folgte der asphaltierten Straße, bis er auf der gegenüberliegenden Seite in einen Feldweg einbog. Ein Zitronenfalter begleitete ihn ein Stück und flatterte in die wilden Hagebutten- und Brombeersträucher, die am Wegrand wuchsen. Nach einigen hundert Metern erreichte er einen alten Apfelbaum mit tief hängenden Ästen und dichtem Blattgeflecht. Ein dicker Baumstamm mit derber Rinde lag direkt unter ihm. Mit einem Seufzer hockte er sich auf den Stamm. Sofort spürte er die angenehme Kühle des Schattens. Er schloss die Augen und versuchte, sich auf die Geräusche seiner Umgebung einzulassen. Alles andere sollte warten. Aus der Ferne ertönte leises Hundegebell. Sonor und stetig. Darunter mischte sich gedämpfter Verkehrslärm. Er lauschte einen Moment der an- und abschwellenden Geräuschkulisse, doch seine Gedanken flatterten immer noch.

Adelmeier öffnete seine Augen. In den ersten Sekunden blendete ihn das helle Licht und tausend kleine, rote Flecken tanzten vor ihm in der Landschaft. Er senkte sofort seinen Blick und starrte auf die ausgetrockneten Reifenspuren. Vielleicht war er auch einfach nur überarbeitet und brauchte wieder einmal Urlaub. Einige Tage raus und alles hinter sich lassen. Er rupfte einen trockenen Halm aus der Erde und wickelte ihn um seinen Finger. Es mussten mindestens zehn Jahre verstrichen sein, seitdem er seine letzte Reise unternommen hatte. Und es fiel ihm nicht einmal mehr ein, mit wem und wohin. Während diffuse Bilder vom Meer und Bergen an ihm vorbeizogen, bemerkte er erst spät den Schmerz in seiner Fingerkuppe. Sie war schon ganz weiß. Erschrocken ließ er den Halm los und beobachtete, wie der Finger wieder an Farbe gewann.

Was um alles in der Welt hatte ihn vorhin so überfallen und von ihm Besitz ergriffen, ohne dass er sich dagegen wehren konnte? Er war zwar früher häufig auch in Gesprächen weit weg gewesen, niemals hatte es ihn jedoch so stark bedrückt und er spürte, dass ihn noch ein großer Teil dieser Stimmung mit aufs Feld begleitet hatte. Sie haftete an ihm wie ein klammes, nasses Tuch. Er versuchte, seine Gedanken wieder auf die Ermittlungen zu lenken. Aber je stärker er sich bemühte, desto schneller schweifte er wieder ab.

Die Sonne hatte mittlerweile die Westseite des Polizeigebäudes erreicht und die Fenster spiegelten sich hell im Sonnenlicht. Adelmeier fischte sein Handy aus der Hemdtasche und wählte erneut die Nummer von Siegfried Blume. Es hob wieder niemand ab. Wenn Blume tatsächlich krank war, müsste er zu Hause sein und an sein Telefon gehen. Natürlich könnte er sich auch gerade in einer Apotheke versorgen, aber schließlich hatte er auch schon einige Stunden zuvor nicht abgehoben. Adelmeier beschloss, die Umstände zu ergründen und in der Wohnung des Jungen vorbeizuschauen.

Marcello saß in einem kleinen Raum des kühlen Kellergeschosses. Von hier aus hatte er Zugang zu den zentralen Daten der wichtigsten Behörden. *Sträflingsarbeit*. Aber er hatte sich schließlich selbst angeboten. Sein Blick fiel auf die verschmutzten Oberlichter. Zum Glück ließ der Staub der letzten Monate nur eine vage Vorstellung des herrlichen Sommertags zu ihm durch. Ähnlich, wie im August vor vier Jahren, als er sich auf seine Prüfung vorbereitet hatte. Stundenlang hatte er alleine bei halb heruntergezogenen Rollos an seinem Tisch gesessen, den Ruf der Sonne ignoriert und wie ein Wahnsinniger gebüffelt. Und auch heute war er der einzige Beamte, der sich in den Kellerräumen aufhielt. Regina durchforstete währenddessen einige Stockwerke höher das Internet nach weiteren Informationen zu Lohse und Sommer.

Er wartete einige Sekunden, bis das Personensuchprogramm geladen war und der Bildschirm die Maske mit dem Suchfeld freigab. Dann tippte er ein: *Lohse, Victor.* Mit einem kurzen Blick überprüfte er nochmals die Rechtschreibung, bevor er die Entertaste drückte. Der sich langsam füllende Balken signalisierte, dass das System seine Suche noch nicht beendet hatte. In der verbleibenden Zeit zeichnete Marcello einige kleine Strichmännchen auf einen liegen gebliebenen Ringblock. Mit ein wenig Glück spuckte das System nur eine Identität aus. Das würde ihm später das lästige Abtelefonieren ersparen. Der Monitor flimmerte und die Datenbank wurde immer noch nach dem Namen durchforstet. Marcello schaute auf die Gruppe von Strichmännchen und bemerkte, dass eines davon ein wenig abseits stand. Ohne weiter darüber nachzudenken, malte er einen kleinen, kugeligen Bauch an die Figur. Hans hatte sich eigentümlich verhalten. Als wäre er mit seinen Gedanken weit weg gewesen. Inhaltlich war sein Bericht stimmig. Aber er hatte seine Ermittlungsergebnisse einfach wie ein Nachrichtensprecher heruntergerattert. Emotionslos, ohne die gewohnte Spannung und Erregung in der Stimme. Und dann noch dieser leere, starrende Blick.

Der Bildschirm präsentierte tatsächlich nur ein Suchergebnis: Lohse, Victor geboren 1943 in Dresden. Als letzter Wohnort wurde eine Adresse in Frankfurts Osten angegeben. Marcello druckte die Daten aus und wechselte das Programm. Nach wenigen Sekunden hatte er die Telefonnummer. Er ließ sich von der Zentrale ein Amt auf den Apparat neben dem Computer schalten und wählte. Achselzuckend legte er den Hörer wieder auf, als das Besetztzeichen ertönte.

Der Balken arbeitete sich wieder schwerfällig über die Bildschirmoberfläche. Sommer, Bettina. Er scrollte an das Rechercheende und stöhnte, als er feststellte, dass es 62 Einträge waren. 62 Einträge – das bedeutete mindestens eine Stunde Telefonnummern heraussuchen und anschließend einige Stunden Telefonarbeit. Marcello überlegte einen Moment und klickte dann alle Sommers, die vor

1960 und nach 1975 geboren waren, von seiner Liste. Als gerade die Informationen der verbleibenden sieben Personen durch den Drucker liefen, öffnete sich die Tür und Regina trat ein.

„Was? Schon fertig?", rief er ihr über die Schulter zu.

„Ich bin auf einen interessanten Bericht gestoßen. Einen Artikel, einer großen Leipziger Tageszeitung."

21.

Sich für nur wenige Stunden in einer faszinierenden Metropole wie London aufzuhalten, war schon beinahe eine Sünde. Noch am Bahnhof hatte er die Postkarte eingeworfen und sich dann mit dem Taxi für einen exorbitant hohen Preis zum Flughafen Heathrow fahren lassen. Jetzt saß er am Gate und es gab nichts mehr zu tun, als in die Maschine nach Köln zu steigen. Eigentümlicherweise überkam ihn bei dieser Vorstellung ein Gefühl von Wehmut. Er wartete alleine in einer fremden Stadt auf seinen Flug in die Einsamkeit und kaute auf einem Müsliriegel herum, den er sich zuvor gekauft hatte. Mitten in seine melancholische Stimmung tauchte auf einmal ihre alte Leipziger Wohnung auf.

Er sah sich wieder in seinem Blaumann am Küchentisch sitzen und schweigend die Zeitung durchblättern, sah Hedwig am Herd stehen und das Abendbrot zubereiten. Dann hatte sich der Schlüssel in der Wohnungstür gedreht. Er hatte sofort gewusst: *Es konnte nur Nina sein, die von ihrem täglichen Schwimmtraining zurückkehrte.*

„Papa, Mama, der Trainer will mit euch sprechen!", lief sie aufgeregt mit ihren roten Wangen und den noch nassen Zöpfen durch die Wohnung. Vor Aufregung blieb sie mit ihrem roten Anorak an einem Küchenstuhl hängen, der mit einem lauten Knall umfiel.

„Mein Kind, lass uns doch erst einmal deine Haare trocknen."

„Ich soll vorschwimmen! Nächste Woche! Einige Männer kommen, um mich zu sehen", rief sie und hüpfte in der Küche herum.

Er hatte seine Zeitung beiseite gelegt und gewusst, dass dies wahrscheinlich der Moment war, auf den sie lange gewartet hatten.

Zwei Wochen später hatte Nina ihre Chance bekommen, die erforderliche Zeit mit Bravour geschafft – und schon bald war alles Notwendige besprochen. Sie war zum Schuljahresende von Leipzig nach Halle zur Kinder- und Jugendsportschule *Friedrich Engels* gewechselt. Von diesem Zeitpunkt an hatte sie nicht mehr bei ihnen gelebt, sondern im Internat des Sportclubs *Chemie Halle*.

Anfangs hatte er unter der Trennung von seiner Tochter gelitten, denn sie sahen Nina nur selten an Wochenenden. Er selbst hatte der kleinen Nina bei einem Zelturlaub in der mecklenburgischen Seenplatte das Schwimmen beigebracht. *Komm, immer ein Stückchen weiter mit dem Papa ins Tiefe.* Nina hatte keine Furcht gezeigt und schnell gelernt. Aus ihren spielerischen Übungen war bald eine Obsession geworden:

Und er war so stolz gewesen: *Im Kindergarten, wenn die anderen Kinder ihren Mittagsschlaf machten, besuchte Nina bereits das gegenüberliegende Trainingszentrum. Wie ein Profi zog sie schon in Alter von fünf Jahren eine Bahn nach der anderen.*

Doch der Wechsel nach Halle hatte nicht nur Ninas Leben, sondern auch sein Eheleben verändert. *Wir hatten auf einmal sehr viel Zeit füreinander. Zeit, nach der wir uns so lange gesehnt hatten und mit der wir eigenartigerweise auf einmal nichts mehr anzufangen wussten.* Nur noch selten hatten sie die alten Jazzplatten, die er aus dem Westen mitgebracht hatte, auf den Plattenteller gelegt. Die meiste Zeit war jeder auf engem Raum seiner Wege gegangen.

In den ersten zwei Jahren schien Nina nur wenig unter der Trennung von uns zu leiden. Sie konzentrierte sich voll und ganz auf ihren Sport: jeden Tag sechs Stunden Kilometerschinden im Becken. Acht Kilometer pro Einheit. Nach dem Wassertraining ging es im Kraftraum weiter oder sie machten 4 x 400 Meterläufe auf der Aschenbahn und selten war ihr Trainingstag vor acht Uhr abends beendet.

Als er sie zum ersten Mal nach Wochen wiedergesehen hatte, war er erschrocken. Sie hatte sich verändert und ihm entfremdet. Die Schultern waren breiter geworden, und wenn sie etwas Ärmelloses getragen hatte, waren deutlich die Konturen von Bizeps und Trizeps zu erkennen gewesen. *Ihr Brustkorb wuchs, aber ihre Brüste blieben zurück. Sie wurde immer mehr zur Athletin. Doch es gab auch eine Veränderung seelischer Art. Sie entwickelte Ernsthaftigkeit und Professionalität. Sie zeigte einen unglaublichen Ehrgeiz bei allem, was sie tat. Ihre Gesprächsthemen drehten sich ausschließlich um Training und Wettkämpfe, um Material und Sekunden. Sie fieberte auf die Kinder- und Jugendspartakiade in ihrer Heimatstadt.* Früher hatten ihn diese Themen brennend interessiert, aber je euphorischer seine Tochter darüber gesprochen hatte, desto weniger hatte er sich damit anfreunden können. *Ich vermisste sie, aber sie entfernte sich immer wieder ein Stückchen weiter.*

Eines Abends, als sie doch einmal ein Wochenende zu Hause verbrachte, hatte er erneut eine Veränderung an ihr wahrgenommen. Einen Wandel, der allein auf psychischer Ebene stattgefunden hatte. Hedwig schien es nicht bemerkt zu haben, aber er hatte seine Tochter eben besser gekannt. *Ihr lag nicht, wie man so schön sagte, das Herz auf der Zunge und selten sprach sie von sich aus über Dinge, die sie bedrückten.* Im Gegenteil, sie erwartete, dass man es erkannte und es vorsichtig wie einen Kern aus einer empfindlichen Frucht aus ihr herausschälte. *An diesem Abend fehlte ihr das Quäntchen Enthusiasmus in ihrer Stimme, als sie von ihrem Sport sprach.* Nach dem Abendessen hatte er sie schließlich zur Seite genommen, während eines Spaziergangs einen vorsichtigen Vorstoß gewagt. *Sie sprach auf einmal vom psychischen Druck, den sie verspürte und von Heimwehgefühlen, die sie plagten. In den stillen Stunden in ihrem Zimmer überlege sie, mit dem Sport aufzuhören und ein normales Leben, wie jede andere Jugendliche, zu führen. Ihre Familie und ihre alten Freunde, die ihr Wärme gegeben hatten, fehlten ihr von Tag zu Tag mehr.* Obwohl er sie nur zu gerne in ihren täglichen Familienverbund zurückgeholt hätte, hatte er ihr gut zugeredet. Sie war nun schon so weit gekommen und es wäre doch schade, wenn alles vergebens gewesen wäre.

Mit dreizehn Jahren hatte Nina schließlich zur Nationalmannschaft der Sportschwimmer gehört. Sie war regelmäßig zu Wettkämpfen ins Ausland gefahren. Insgesamt verbrachte sie vier

Monate des Jahres im Trainingslager im bulgarischen Belmeken. Sie nahm mittlerweile auch an den internationalen Wettkämpfen teil, die für den Staat große symbolische Bedeutung hatten. *Den Anfang machten die Jugendwettkämpfe der Freundschaft, die damals alle zwei Jahre ausgerichtet wurden und an denen alle Nationen sozialistischer Länder teilnahmen. Dann folgten im August 1984 die Jugendeuropameisterschaften im Sportschwimmen, bei der sie drei Titel errang. Ihre sportliche Karriere zeigte steil nach oben und die Frage stellte sich gar nicht mehr, ob sie mit dem Schwimmen aufhören sollte oder nicht. August 1985: Teilnahme an den Europameisterschaften in Sofia. Ein Jahr später im August 1986 erkämpfte sie sich in Spanien die ersten Weltmeisterschaftstitel: Erstplatzierung in der 4x100 und 4x200 Meter Freistilstaffel, in der ihre Mannschaft einen neuen Weltrekord aufstellte. Übergangslos begann die gezielte Vorbereitung auf die olympischen Spiele in Seoul, die im November 1986 ein abruptes Ende fand.*

22.

Als Adelmeier vor seinem Wagen stand, bemerkte er, dass er noch den Notizzettel von seinem Telefonat mit Ley einstecken hatte. Nachdenklich rief er sich nochmals die Einzelheiten des zweiten Teils ihres Gesprächs in den Sinn. Vielleicht hätte er vorhin in ihrer Ermittlungssitzung diesen Aspekt noch weiter vertiefen sollen.

Es hatte ihn nicht gewundert, dass Professor Ley mit ihm über Doping der DDR-Spitzensportler gesprochen hatte. Aber er war doch erstaunt, wie ausgeklügelt das System war, mit dem Sportler zu Spitzenleistungen getrimmt worden waren, um dem Staat zu Ruhm zu verhelfen. Zweifellos hatte der erste Schritt im Entwickeln von durch und durch perfekt abgestimmten und beinharten Trainingsmethoden bestanden. Doch hatte man sehr schnell erkennen müssen, dass durch bloßes Training rasch die Leistungsgrenzen erreicht waren. Also hatte die DDR-Führung nach einem anderen Weg gesucht. Mit Erfolg.

Ende der Sechziger hatte der Sportmedizinische Dienst eine neue und inoffizielle Abteilung gegründet, mit Sitz in Berlin, Carnikauer Straße 21 - ein unscheinbarer, grauer Bau direkt am Prenzlauer Berg. Hinter verschlossenen Türen war dort das systematische Doping entwickelt worden. Anfangs war es nur um die Festlegung der Einsatzbereiche von so genannten *Unterstützenden Mitteln* gegangen, also um die Verteilung der nur in begrenzter Menge vorhandenen anabolen Pharmaka auf die einzelnen Sportarten. Tischtennis und Wasserball waren dabei kaum berücksichtigt worden. Der weitaus vielversprechendere Schwimmsport aber hatte oberste Priorität genossen.

Selbst diese anfangs noch laienhaften Bemühungen hatten bei den olympischen Sommerspielen 1972 in München schon erste Früchte getragen. Also war umgehend beschlossen worden, das DDR-Doping weiter zu systematisieren und zu perfektionieren. Von da an, und das war die bedeutendste Änderung gegenüber den bereits existierenden Methoden, war die Anabolikamenge auf jeden einzelnen Sportler angepasst worden.

Oral-Turinabol war damals der DDR-Dopingschlager, ein Medikament zum Muskelaufbau. Das in Sportlerkreisen als *blaue Bohnen* oder *blaue Blitze* bezeichnete Mittel hatte den Vorteil, zum einen die gewünschten Resultate zu bringen und zum anderen nur im eigenen Land hergestellt zu werden. Man brauchte also nicht zu befürchten, dass gefährliche Kenntnisse über dieses Präparat außerhalb der Staatsgrenzen existierte.

Die gesamte Logistik war über Kuriere abgewickelt worden, die die Pillen an die so genannten Sektionsärzte verteilten, von denen voraussichtlich Dr. Weißenberger einer war. Diese hatten die Präparate wiederum zusammen mit den Dopingplänen an die einzelnen Trainer der Clubs weitergegeben. Die Trainer hatten die *blauen Bohnen* ihren Schützlingen verabreicht und hatten dabei strengstens darauf achten müssen, die Verpackungen und die Beipackzettel nicht an die Sportler weiterzugeben. Nachfragen der

Sportler waren mit der lapidaren Antwort quittiert worden, es handle sich um Vitamine. Wurden die Fragen unbequemer, musterte man den Sportler einfach aus.

Der Erfolg der Dosierungen war in der Praxis an den Trainingszeiten gemessen worden. Wichen die prognostizierten Leistungen von den tatsächlichen ab, war einfach korrigiert und die Dosis gegebenenfalls nach oben geschraubt worden. Ohne Rücksicht auf gesundheitliche Folgen hatte man den Sportlern die anabolen Konzentrationen zugemutet, von der man sich die größten sportlichen Erfolge erhoffte. Sportler als Objekte, als Investitionen in die dringend benötigte Anerkennung nach innen wie nach außen!

Eine wahrlich menschenverachtende Politik: Niemals waren die Sportler über die Zusammensetzung oder auch nur über die generelle Gefährlichkeit der Präparate informiert worden. Das war der Punkt, der Adelmeier an Leys Ausführungen am meisten schockiert hatte. Ein direkter körperlicher Eingriff. Und es hatte nicht die geringste Möglichkeit zur Gegenwehr gegeben. Sogar Kinder, oft noch in dem gleichen zarten Alter, in dem Sandra auf dem Eis des Schönbuschsees ausgerutscht war, waren dem Dopingterror ausgesetzt worden. Er versuchte, sich vorzustellen, was die Betroffenen empfunden haben mussten, als sie nach der Wende mit diesem schrecklichen Wissen konfrontiert worden waren. Als endlich der gesamte Sumpf trockengelegt war und die Wahrheit ohne Vorwarnung durch die Presse ging. Und allmählich erinnerte er sich wieder an einige dieser Berichte, die durch die Ausführungen Professor Leys nur bestätigt wurden. Ja, die Sportler hatten erst im Nachhinein erfahren, welches Spielchen mit ihnen gespielt worden war.

Regina hielt Marcello von hinten den Ausdruck vor die Nase. *Sammelklage abgewiesen: keine Ansprüche gegen ehemaligen DDR-Trainer!* Marcello nahm ihr das Blatt aus der Hand und begann den Inhalt zu überfliegen. Als er am Ende des Artikels angekommen war, drehte er sich zu ihr um.

„Wurde nach der Wende jeder Trainer der Schwimmclubs vor Gericht gestellt?“, fragte Marcello ungläubig.

Regina schüttelte stumm ihren Kopf. „Ich weiß es nicht. Kommt drauf an, ob sich nach der Niederlage noch jemand zu einer Zivilklage durchgerungen hat."

„Und die Ärzte? Die hatten es doch mindestens ebenso verdient."

Ein weiteres Kopfschütteln folgte, bevor sie sich auf den zweiten Stuhl am Tisch fallen ließ. „Das war auch mein erster Gedanke. Also habe ich kurzerhand bei der Zeitung angerufen. Der verantwortliche Redakteur war sehr hilfsbereit: Es gab zwar einige Anklagen, aber in den meisten Fällen ist nichts dabei herausgekommen. Ein hohes Tier des Sportmedizinischen Dienstes hat man zu einer Zahlung verdonnert – und im Großen und Ganzen war's das schon." Sie machte eine kleine Pause, in der sie auf die Strichmännchen schaute. „Aber das Interessante an diesem Artikel ist das, was nicht in ihm steht."

Marcello nickte ihr auffordernd zu.

„In dem Artikel steht nichts über die Kläger. Aber die Hilfsbereitschaft des Redakteurs war auch noch nicht erschöpft. Er holte für mich die Liste der Kläger aus dem Archiv. Und rate einmal, wessen Name man dort findet."

„Sommer?", riet Marcello.

Regina klatschte laut in ihre Hände. „Bingo. Aber das war erst die halbe Miete. Und jetzt kommt die alles entscheidende Millionen-Euro-Frage: Wer hat in dem Prozess für die Anklage ausgesagt?"

Marcello riss erstaunt die Augen auf. „Etwa der Doktor aus dem Block?"

„Ja, Weißenberger hat damals gegen Lohse ausgesagt!"

Marcello lehnte sich zurück und spielte mit dem Amulett an seinem Hals. „Nur hat seine Aussage wohl wenig genutzt. – Er kam davon."

„Das tut doch nichts zur Sache. Verstehst du denn nicht? Das könnte die andere, die nicht offizielle Verbindung sein, von der Hans vorhin gesprochen hatte. Der Prozess war eine Verbindung der Drei, neben dem *direkten* Sportgeschehen."

Regina sprang von ihrem Stuhl auf und ging nervös auf und ab. „Stellen wir uns doch einmal folgende Szenarien vor. Szenario eins: Bettina Sommer wurde während ihrer aktiven Zeit mit Dopingmitteln voll gepumpt. Ihr Körper ist kaputt. Folglich klagt sie die Verantwortlichen an, sobald sie nach der Wende die Möglichkeit dazu bekommt. Sie erhofft sich Gerechtigkeit. – Nein, mehr noch: Sie erwartet fest, dass ihr durch das deutsche Rechtssystem Gerechtigkeit widerfahren wird. Und was passiert? Nichts! Die Verantwortlichen kommen ungeschoren davon. Vielleicht hat sie Selbstjustiz geübt und sich so Gerechtigkeit verschafft?"

„Das Motiv: Hass und Rache, das könnte passen. Aber", Marcello verzog skeptisch seine Mundwinkel, „es war ein Mann und keine Frau."

„Ein männlicher Helfer. Jemand, der es für sie getan hat."

„Und Szenario zwei?"

„Da bezieht sich das Tatmotiv auf Lohse. Weißenberger hat immerhin gegen Lohse ausgesagt."

„Zu schwach! Lohse ermordet doch nicht jeden, der gegen ihn aussagt. Und immerhin wurde er freigesprochen."

„Wer sagt denn, dass wir die lückenlosen Zusammenhänge kennen? An diesem Punkt ist unsere Fantasie gefordert. Ich spinne den Gedanken nur etwas weiter: Vielleicht gibt es noch einen anderen Grund, weshalb Lohse unseren Arzt hassen könnte? Er könnte beispielsweise bei dem Prozess nicht alles ausgesagt haben und ihn jetzt dafür erpressen. Ein Deal, der Lohse zu lästig wurde."

Marcello begann sich langsam mit Reginas Sichtweise anzufreunden. Sie kannten wirklich nicht alle Zusammenhänge und konnten nur Vermutungen auf der Basis dieser Teilstücke anstellen. „Fragen wir ihn doch selbst", schlug er vor. Er hielt den Hörer an sein Ohr und wartete, bis sich nach dem fünften Klingeln eine Frauenstimme meldete.

23.

An der Einmündung zum Heckmannweg erhaschte er gerade noch einen Blick auf die Rücklichter eines alten Mazdas. Er hoppelte mit dem typischen Geräusch einer Fehlzündung um die nächste Straßenecke. Die hässlichen Vorboten einer zu Ende gehenden Freundschaft, dachte Adelmeier und schon waren seine Gedanken bei seiner Tochter und ihrem alten Auto. Drei Häuser vor Blumes Wohnung parkte er den Volvo an einem dunkelgrünen Holzzaun.

Adelmeier las das Klingelschild neben der Haustür. Wenn die Reihenfolge stimmte, musste Blume unter dem Dach wohnen. Die ockerfarbige Fassade verströmte eine warme und angenehme Atmosphäre. An der Ostseite rankten weiße Kletterrosen und violett blühende Klematis über den aufgeheizten Backstein. Adelmeier konnte regelrecht das Erdige fühlen. Blume wohnte in einem der schönen, mittlerweile denkmalgeschützten Arbeiterhäuser aus der Gründerzeit, die von den Carl Heckmannschen Kupfer- und Messingwerken einst als Sozialsiedlung angelegt worden waren. Adelmeiers Großonkel Rudi hatte bis zu seinem Schlaganfall gleich nebenan im Güldnerweg gewohnt. Seine Mutter hatte ihm als Kind immer erzählt, die Häuser wären mit Kohle- oder Holzöfen beheizt worden. Ob das immer noch so war? Adelmeier konnte es sich nicht vorstellen.

Neben einem Magnolienbaum führte eine fünfstufige Holztreppe auf eine kleine Veranda der unteren Wohnung. Aus der offenen Tür tönte leise Musik. Es waren die letzten Akkorde von Peter Maffays *„Sonne in der Nacht"*. Ein lauter Jingle kündigte die Verkehrsnachrichten an. Adelmeier schaute zur Dachgeschosswohnung hinauf. Die Fenster waren geschlossen. Er klappte die Bügel seiner Sonnenbrille ein und steckte die Brille nachlässig in seine Hemdtasche. Adelmeier drückte auf den oberen Klingelknopf. Er wartete einen Moment und fuhr mit dem Handrücken über seine klebrige Stirn. Er wollte gerade zum zweiten Mal klingeln, als ihn eine Frauenstimme rief:

„Bei Blume werden Sie Pech haben!“ Eine stramme Mittdreißigerin in einer geblümten Schürze winkte aus der Verandatür. „Kommen Sie. Wenn ich hier noch länger stehe, hängen die Pfannkuchen an.“

Die Frau machte auf dem Absatz kehrt und verschwand hinter einem bunten Perlenvorhang. Die Verkehrsnachrichten waren mittlerweile vorüber und eine Moderatorin kündigte die Fortsetzung des Mittagsmagazins an. Als er den Kopf durch den Vorhang schob, war es, als würde er ihn direkt in die Küche seiner Großmutter stecken. Der Duft gebackener Pfannkuchen hing schwer in der Luft.

„Nicht nur den Kopf! Wir beißen nicht!“

Erst jetzt entdeckte Adelmeier auf der Eckbank ein kleines Mädchen, das ihn vorwurfsvoll mit ihrem Nutella verschmiertem Mund anblickte.

„Herr Blume hat heute Morgen mit uns das Haus verlassen.“ Mit einem geübten Schlenker wendete sie die feste Teigmasse in der Pfanne.

„Hat er gesagt, wann er wieder zurückkommt?“

„Warum sollte er? Vielleicht muss er heute arbeiten. Ich lege ihm gerne einen Zettel auf die Treppe.“

„Nicht nötig, nur eine Versicherungsangelegenheit“, brummelte Adelmeier und zog eilig seinen Kopf aus dem Gewirr von Perlenschnüren.

Eine halbe Stunde später waren Adelmeier und Marcello bereits auf dem Weg nach Frankfurt. Vorbei an den sechs Hochhäusern und dem schmucklosen Mainparksee mit seiner Wohnwagensiedlung direkt neben der Autobahn. Seine Kollegen hatten ihn nur kurz über ihren Anruf bei Lohse unterrichtet. Er hatte sofort entschieden, dass jemand dorthin fahren müsse, aber nicht bestimmt, wer dies übernehmen solle. Zu seiner Verwunderung hatte es Regina sofort vorgezogen, die Stellung im Präsidium zu halten. Sie wollte prüfen, ob Marcellos Liste die Bettina Sommer enthielt, die früher für die DDR geschwommen war.

„Wo geht denn hier die Klima an?“, fragte Marcello und blies demonstrativ Atemluft in seinen Ausschnitt.

„Ha, Klima", lachte Adelmeier und schlug dabei aufs Lenkrad.

„Nee?", fragte Marcello ungläubig. „Und warum haben wir dann deinen Wagen genommen?"

Adelmeier blickte erstaunt zu seinem Kollegen. „Weil wir nur eine Bekannte besuchen. Keine hessischen Kollegen, kein Schriftkram."

Sybille Lohse war eine Frau von hochgewachsener Statur. Nichts für eine Jockey-Karriere, aber auch nichts, um es in die Modelriege zu schaffen. Neben ihrer Körpergröße war das Auffälligste die Fülle blonder Korkenzieherlocken. Wie sie so im Türrahmen stand, erinnerte sie an die *Drei-Wetter-Taft*-Werbung. *London, Paris, Rom*, schoss es Adelmeier durch den Kopf.

„Danke, dass Sie sich bereit erklärt haben, uns zu empfangen", sagte Adelmeier und streckte ihr seine Hand entgegen.

Frau Lohse quittierte seine Artigkeit mit einem ebenso artigen Lächeln und führte sie zu einer Sitzgruppe aus Segeltuch. Während sie kurz in der Küche verschwand, begab sich Adelmeiers Blick auf eine Reise durch das Wohnzimmer. Hier war, anders als bei Dr. Weißenberger, alles aufs Penibelste in Schuss. Auf dem Boden sah man noch die Streifen, die der Staubsauger hinterlassen hatte und die Einrichtung zeugte zumindest von einem halbwegs guten Geschmack. Alles passte zusammen und hatte offensichtlich seinen festen Platz. Nur ein kleiner Bilderrahmen lag umgeklappt auf einem rustikalen Regalboden vor einem Wald von Fotografien. Ein Schwarz-Weiß-Bild zeigte eine Frau, die einem rennenden Kind im Badeanzug hinterherschaute. Daneben das Portrait eines Mannes mit fernem Blick in Wehrmachtsuniform und ein Haus mit einem winzigen umzäunten Vorgarten. Gerade, als Adelmeier aufstehen wollte, kehrte Frau Lohse aus der Küche zurück und servierte drei dampfende Teebecher. Noch in Gedanken bei dem umgedrehten Foto steckte Adelmeier den Löffel in die Tasse und rührte.

„Das Umgeklappte, zeigt das Ihren Mann?" Adelmeier blickte zu dem Regalboden, in dem der Rahmen lag. „Wir müssen uns leider vergewissern, dass wir über die richtige Person sprechen."

Frau Lohse drückte sich aus ihrem Sessel. Sie glättete sorgfältig ihr Kleid, bevor sie einige Schritte auf die Regalwand zu machte und das Bild in die Hand nahm.

Die Aufnahme zeigte zweifellos denselben Mann wie das Foto in Weißenbergers Wohnung. Sibylle und Victor Lohse lachten Wange an Wange in die Kamera, während er einen Arm um ihre Schulter gelegt hielt. Ein typisches Urlaubsfoto. Lohses gelbes *I love Mauritius* T-Shirt spannte über der Brust, sodass die liebesroten Buchstaben arg in die Breite gezogen waren.

„Acht Jahre ist es jetzt schon her - die Aufnahme auf dem Katamaran. Ohne die Reisetabletten hätte ich das Auf und Ab keine zehn Minuten durchgehalten. Ein Ausflug gleich am vierten oder fünften Tag unserer Flitterwochen", erklärte sie und lächelte verlegen, als müsste sie sich des Glücks schämen, das die Fotografie ausstrahlte. Dann schob sie noch eilig hinterher: „Mit den Tabletten war es dann kein Problem mehr. - Komisch, was so eine winzige kleine Pille ausmachen kann."

Adelmeier nahm einen Schluck. Der Tee war pechschwarz und schmeckte bitter. „Hat sich Ihr Mann in der Zwischenzeit bei Ihnen gemeldet? Wir würden ihm gerne einige Fragen stellen."

„Da haben wir ja etwas gemeinsam." Frau Lohse zog ihre Augenbrauen in die Höhe und blies ein ärgerliches Schnauben durch ihre halb offenen Lippen.

Adelmeier überlegte einen Moment und schaute auf den Ehering, der noch an ihrem rechten Ringfinger steckte. „In acht Jahren entwickelt man doch ein Gespür füreinander. Ein Gespür, wo ein Partner am ehesten hingehen könnte?"

Es entstand eine kleine Pause, bevor Sibylle Lohse antwortete: „Sie haben Recht. In acht Jahren Ehe entsteht eine Art Band. Und obwohl man immer glaubt, es sei stärker als alles andere, kann es irgendwann einmal reißen. Man sieht es schließlich auch an den Scheidungsstatistiken. Nur konnte ich die Fassungslosigkeit der Betroffenen nie nachvollziehen. Ich ahnte auch, dass es bei uns irgendwann einmal zu Ende gehen könnte. Das Unstete passt zu Victors Charakter. Aber ich dachte fest, dass ich selbst kleine Risse im Voraus erkennen würde."

Es entstand eine weitere kurze Pause, in der sich Frau Lohse mit ihren Handflächen die Locken zurechtstupste. „Es ist vielmehr das wie. Zwei schäbige Postkarten und nicht einmal ein Anruf. Urlaubskarten! Als wollte er mir damit zeigen, wie gering er mich schätzt. Und urplötzlich haben Sie das Gefühl, acht Jahre mit einem Fremden gelebt zu haben. Wenn ich nachts aufwache, gehe ich alle Möglichkeiten durch. Es ist wie ein Rätsel, in dem ich nicht einmal über die erste Hürde komme. Es gibt viele Möglichkeiten und alle sind in gleichem Maße realistisch und plausibel."

Adelmeier dachte an die zahlreichen Nächte zurück, als er sich im Morgengrauen von einer Seite auf die andere gewälzt hatte, sein Verstand noch halb betäubt vom Alkohol.

Bevor er sich weiter in seinen eigenen Erinnerungen verlieren konnte, griff Frau Lohse in eine Tischschublade und holte zwei großformatige Postkarten heraus. „Die zweite Karte aus London kam erst gestern. Ihm geht es gut. Davon zeugen auch die Bankauszüge."

Adelmeier las die Postkarte, die den Eiffelturm zeigte, während Marcello sich der aus London widmete. Beide Karten hatten sinngemäß einen ähnlichen Inhalt: Victor Lohse drückte sein Bedauern aus, dass er ein Ende ihrer Ehe sehe. Er hätte nicht die Kraft und den Mut, es ihr ins Gesicht zu sagen. Lange Überlegungen wären diesem Schritt vorangegangen und daher mache jeder Versuch, ihn umzustimmen, keinen Sinn. In der ersten Hälfte der Karte warb er - soweit dies möglich war - um Verständnis. Adelmeier schluckte, als er zu Ende gelesen hatte. Der zweite Teil beider Postkarten enthielt - und dies irritierte Adelmeier - eine indirekte Drohung: Sibylle Lohse dürfe weiterhin über ihr gemeinsames Bankkonto verfügen, solange sie seinen Schritt akzeptierte und nicht nach ihm suchte.

„Auch wenn er mir jetzt fremd ist, weiß ich genau, dass er lügt. *Lange Überlegungen*. Victor ist kein Intellektueller. Diese Überlegungen sind bei Victor rein hormoneller Art. Auf dem neuesten Bankauszug wird ein Betrag von einer Damenparfümerie in Paris abgerechnet."

„Und Sie geben einfach auf?"

„Sie meinen, ich soll kämpfen?" Frau Lohse schaute in einen Wandspiegel, der ihren Blick direkt zu Adelmeier reflektierte. „Wofür? Außerdem würde ich ihn nicht finden und wenn ...? Das würde in einer Katastrophe enden."

Adelmeier musterte Frau Lohse lange durch den Spiegel. Auf einmal wirkte sie erschöpft und fahrig. Bevor sie ihn in seiner Beobachtung ertappen konnte, widmete er sich wieder seinem Tee.

„Wann haben Sie Ihren Mann das letzte Mal gesehen?" Marcello übernahm den sachlichen Teil der Befragung.

Sie drehte sich wieder vom Spiegel weg und als sie zum Sprechen ansetzte, gab ihr Adamsapfel einen leisen quiekenden Laut von sich. „Donnerstag vor einer Woche. Ich bin für einige Tage zu meiner Mutter aufs Land gefahren. Wir haben uns noch ganz normal verabschiedet."

Seit Donnerstag war Lohse allein und am darauf folgenden Sonntag findet man die Leiche von Dr. Weißenberger ... In seine Überlegungen hinein, hörte Adelmeier Marcellos nächste Frage. „Hatte er Kontakte nach Aschaffenburg?"

Frau Lohse strich sich eine Strähne aus der Stirn und holte ein Papiertaschentuch aus der Schublade. „Aschaffenburg?", wiederholte sie und schnäuzte in ihr Tuch. „Wenn mich nicht alles täuscht, kam von dort der Arzt, mit dem Victor befreundet war. Sie trafen sich ab und an. Alte DDR-Seilschaften sind unzertrennbar, sagte Victor immer."

Marcello war der Wortlaut ihrer Äußerung nicht entgangen. „Sie sagten *befreundet war* ..."

„Wenn Sie vermuten, dass Victor zu einem Gefühl wie Freundschaft nicht fähig ist ...?"

„Nein. Es war die Vergangenheit – befreundet *war*. Weshalb sind sie keine Freunde mehr?" Marcello hatte Recht. Warum hatte sie die Vergangenheitsform benutzt? Hatte sie von Weißenbergers Tod erfahren? Oder war die Freundschaft schon vorher auseinander gebrochen?

Nach einem kurzen Moment, in dem sie nachzudenken schien, nickte Frau Lohse. „Ab der Gerichtsverhandlung fiel kein gutes Wort mehr über diesen Arzt. Victor musste wohl einsehen, dass seine alte Seilschaft plötzlich nichts mehr wert war. Es war das einzige Mal, dass ich so etwas wie Enttäuschung bei ihm ausmachen konnte. – Menschliche Enttäuschung, die sich schließlich in schäumende Wut wandelte."

Auf Adelmeiers Nachfrage hin holte Frau Lohse den Kontoauszug, den sie vorher erwähnt hatte. Die beiden Barabhebungen in Paris und der Einkauf in der Damenparfümerie am Gare du Nord stachen sofort ins Auge. Doch irgendetwas störte Adelmeier daran. Offensichtlich war Lohse geradezu darauf aus, seiner Frau verständlich zu machen, er sei mit einer anderen durchgebrannt. Wenn er das aber nur vortäuschen wollte, um von einer Flucht abzulenken, warum hinterließ er dann mit den Geldabhebungen und den Postkarten so deutliche Spuren, die auf seine Fährte führen würden?

Bevor sie sich von Frau Lohse verabschiedeten, baten sie um die Bankauszüge, die Postkarten und eindeutige Schriftproben von ihrem Mann für die Kriminaltechnik. Dann verließen sie das Haus mit dem klammen Gefühl, dass dies noch nicht das letzte Kapitel in Frau Lohses Eheleben war.

In Adelmeiers Wagen streckte Marcello die Beine weit in den Fußraum. Er gähnte herzhaft, bevor er aussprechen konnte, was ihm durch den Kopf ging: „Lohse verschwindet und wie der Zufall es so will, wird Weißenberger zwei Tage später tot in seiner Wohnung aufgefunden!"

„Glaubst du an Zufälle?"

„Kein Bulle glaubt an Zufälle. Es wird doch immer wahrscheinlicher, dass das Motiv irgendwie mit der Gerichtsverhandlung zusammenhängt. Und es ist doch mehr als auffällig, dass sich Lohse unter so mysteriösen Umständen absetzt."

„Warum mysteriös?", fragte Adelmeier nach.

„Findest du es etwa normal, dass ein Mann, der nach einigen Ehejahren einfach verschwindet, sich nur mit Postkarten verabschiedet?"

„Manche gehen nur mal kurz Zigaretten ziehen. Man sagt Männern ja Feigheit nach. Ein bisschen abgedroschen, aber es stimmt.

Das könnte die Erklärung für die Postkarten sein. Aber prinzipiell hast du Recht. Die Tatsache, dass er ausgerechnet zu diesem Zeitpunkt verschwindet, macht ihn höchst verdächtig."

„Höchst verdächtig", echote Marcello. „Für mich hat unser Täter nach dem heutigen Tag einen Namen und ein Gesicht!"

Adelmeier schaute noch einen Moment nachdenklich auf die rötlich verputzte Hauswand, vor der sie parkten, bevor er den Schlüssel in das Zündschloss steckte und den Wagen startete.

Wie ein Mantel lag der Schatten des großen Kastanienbaumes auf Reginas Ford KA, als sie kurz vor sieben auf den Parkplatz des Präsidiums einbogen. Regina hatte sie bereits gesehen und erwartete sie in Adelmeiers Büro, um sich von ihrem Besuch in Frankfurt berichten zu lassen.

„Klingt gewaltig nach Etappensieg", bemerkte sie freudig und Adelmeier nickte.

„Währenddessen bin ich auch ein Stückchen weitergekommen. Zuerst das Negative: Leider gibt es über Siegfried Blume nichts Neues. Er hebt immer noch nicht ab. Ich habe es stündlich probiert."

„Kein Handy auf ihn angemeldet?"

„Nein. Er ist einer der wenigen nur mit einem Festanschluss."

Adelmeier machte eine halbe Drehung auf seinem Stuhl und legte seine Füße auf den Rand des Papierkorbs. „Versteh ich nicht. Mittlerweile rennen doch bereits Zehnjährige mit den Dingern rum. Wir brauchen den Jungen ebenso dringend wie Lohse. Ohne ihn ist Lohse nur die Hälfte wert. Wir müssen ihm das Foto vorlegen, um zu erfahren, ob er ihn an dem fraglichen Abend zusammen mit Weißenberger gesehen hat. Wir lassen den Heckmannweg ab sofort observieren."

Regina machte sich eine kurze Notiz, ehe sie wieder das Wort ergriff. „Und jetzt das Positive: Auf der *Sommer-Liste* hatte ich schon beim vierten Eintrag Erfolg. Ich hatte gleich ihren Vater am Telefon. Ein auskunftsbereiter Mann. Die letzten Jahre wohnte er mit seiner Tochter in einem Düsseldorfer Vorort." Regina machte eine kleine Pause, in der sie ihre Kollegen abwartend anblickte.

„Wohnte. Mittlerweile wohnt er dort alleine. Seine Tochter ist vor zwei Jahren gestorben. Am Telefon spricht er ganz natürlich über ihren Tod."

„Warum auch nicht?", unterbrach Marcello.

„Der Mann wurde während der letzten fünfzehn Jahre nicht gerade mit Geschenken überschüttet. Wir kamen miteinander ein wenig ins Gespräch. Zuerst starb seine Frau an Krebs. Das muss schon kurz vor der Wende gewesen sein und dann, einige Jahre später, wurde das Nierenleiden seiner Tochter diagnostiziert. Genetischer Defekt. Einige Jahre Dialyse und vergebliches Warten auf eine Spenderniere."

Es war einige Augenblicke still in Adelmeiers Büro.

„Lohse ist demnach die einzige lebende Person auf dem Foto", schloss Adelmeier und blickte in die Gesichter seiner Kollegen. „Ich denke, wir sollten jetzt handeln. Wir geben heute noch die Fahndung nach Lohse heraus und informieren Interpol." Adelmeier nahm seine Füße wieder vom Papierkorb. „Aber trotzdem würde ich gerne einmal persönlich mit diesem Sommer reden. Morgen melden wir uns deswegen bei den Düsseldorfer Kollegen."

Ein Lächeln spielte um Reginas Mundpartie. „Zufälle gibt's."

Marcello zwinkerte Adelmeier zu und zog hinter Reginas Rücken eine Grimasse.

„Sommer war am Telefon sehr freundlich – und gesprächig. Ich hatte das Gefühl, es hat ihm gut getan, dass sich jemand für ihn interessierte. Er macht häufiger kleine Reisen zu seinen Verwandten. Morgen fährt er übrigens zu einer Tante nach Ingolstadt – auf der A3 direkt an uns vorbei. Und wenn ich ganz nett *bitte* sage, macht er bestimmt gerne einen kleinen Abstecher nach Aschaffenburg."

„Wenn du nicht *zu* nett sein musst – mir soll es nur recht sein." Adelmeier wollte gerade zum Telefonhörer greifen, um die Fahndung herauszugeben, als er in der Bewegung innehielt.

„Waren wir überhaupt schon mal zusammen aus?"

Seine Kollegen schüttelten stumm die Köpfe.

„Nicht einmal auf ein läppisches Bier?"

Erneutes Kopfschütteln. „Und bei unserem Grillfest kam Weißenberger dazwischen", murmelte Adelmeier in sich hinein.

„Also, auf meinem Nachhauseweg liegt ein kleines italienisches Restaurant mit einem gemütlichen Garten ..."

Und bevor er eine Einladung aussprechen konnte, wurde aus dem Kopfschütteln bereits ein freudiges Nicken.

24.

Am Sonntag quälte Adelmeier am späten Morgen seine noch müde Tochter aus den Federn und fuhr mit ihr gegen Mittag zu seiner Mutter. Zu seinem Ärger bemerkte er erst kurz vor ihrer Ankunft, dass er den Mineralwasserkasten vergessen hatte. Mürrisch wendete er auf den Parkplätzen vor dem Rathaus und fuhr wieder über die Brücke in den nahen BP-Shop.

Die Kochkünste seiner Mütter bargen, wie auch das letzte halbe Jahrhundert zuvor, keine Überraschungen. Der Krustenbraten duftete und schmeckte wie immer vorzüglich. Während Adelmeier nach dem Essen am Küchentisch in der Sonntagszeitung blätterte, zogen sich die beiden Damen zurück ins Wohnzimmer, wo seine Mutter die gebundenen Alben der Familie aufbewahrte.

Den restlichen Tag wechselte Adelmeier, trotz des sommerlichen Wetters, zwischen seinem Puzzle im Arbeitszimmer und dem Computer im Wintergarten. Die bestehende Zimmeraufteilung war im Grunde unsinnig. Der große Tisch, auf dem er seine Puzzles zusammensetzte, stand im dunklen Arbeitszimmer. Die kleine Computeranlage hingegen war im lichtdurchfluteten Wintergarten installiert und er musste stets die Augen zusammenkneifen, wenn das Sonnenlicht in einem ungünstigen Winkel auf den Bildschirm fiel. Er beschloss, die beiden Zimmer einfach zu tauschen, sobald er das Projekt mit den apokalyptischen Reitern zu Ende gebracht hatte.

Die Fahndung nach Victor Lohse verlief bislang erfolglos. Weder gab es innerhalb Deutschlands eine aktuelle Spur, noch erhielten sie einen Hinweis auf seinen Aufenthaltsort jenseits der Landesgrenzen. Aufgrund der Postkarten wussten sie lediglich, dass er sich in der letzten Woche irgendwann in Frankreich und in Großbritannien aufgehalten hatte. Aber was bedeutete das schon? Im Grunde ließ es keinerlei Rückschlüsse über seinen jetzigen Verbleib zu. Er konnte noch in London oder schon wieder in Deutschland oder in einem ganz anderen Land sein. Adelmeier seufzte. Die seit dem Schengener Abkommen offenen Grenzen erschwerten die Fahndung noch zusätzlich. Durch die nahezu wegfallenden Kontrollen bestand nicht einmal die kleine Hoffnung, dass Lohse ihnen bei einem Grenzübertritt ins Netz ging.

Ein weiterer Knackpunkt: Es gab kein Fahrzeug, nach dem man hätte fahnden können. Lohses Wagen war in der Tiefgarage des Fitnessstudios aufgefunden worden. Wie bewegte sich Lohse auf seiner Flucht fort? Und dass er auf der Flucht war, bestätigten die Recherchen in seinem Umfeld, die noch keinerlei Hinweis auf eine Geliebte ergeben hatten. Die Überprüfung der Passagierlisten der Fluggesellschaften und die Buchungen bei Mietwagenfirmen brachten auch keine Resultate. Adelmeier befürchtete, dass das Auffinden Lohses für immer eher eine Sache des Zufalls bleiben würde.

Siegfried Blume entpuppte sich als ebenso unauffindbar wie Lohse. Die Kollegen schoben Schicht für Schicht vor seinem Haus, doch Blume war schon den dritten Tag nicht mehr in seine Wohnung zurückgekehrt. Im Baumarkt blieb er ohne weitere Entschuldigung fern. Frau Lamprecht musste ihrem Enkel mitgeteilt haben, dass sie ihn suchten. Etwas anderes ergab keinen Sinn.

Adelmeier überlegte, was er im gleichen Alter an der Stelle des Jungen getan hätte. Gewartet, dass die Polizei auf ihn zukam und ihm wegen der Graffiti Schwierigkeiten bereitete? Wohl kaum. Wahrscheinlich hätte er ähnlich wie Blume gehandelt und wäre untergetaucht. Aber welchen Vorteil brachte das auf Dauer? Er konnte doch nicht hoffen, dass sie ihn einfach vergaßen. Wahrscheinlich tat er das auch nicht. Er war einfach abgehauen, ohne vorher darüber nachzudenken. Eine Angstreaktion. Panik. Den Kopf in den Sand und einfach weg. Adelmeier wusste, dass Blume das nicht lange durchhalten konnte. Und irgendwann würde sein Verstand ihm sagen, dass das Versteckspiel keinen Sinn machte.

Ein kaum wahrnehmbares Klopfen unterbrach ihn in seinen Gedanken. Regina reckte ihren Kopf durch den Türspalt und teilte ihm mit, dass Herr Sommer auf einem Stuhl im Gang auf ihn wartete.

Sandra Adelmeier lenkte ihren silbergrauen Mazda über die gewellten Landstraßen des Kahlgrunds. Obwohl nur eine halbe Fahrstunde von Aschaffenburg entfernt, war sie noch nie hier gewesen. Die Landschaft entfaltete sich in großen weiten Hügeln. Überall an den Hängen entdeckte sie arbeitende Bauern mit ihren Traktoren. Auf den Wiesen standen Apfelbäume, deren Äste sich unter der Last von unreifen Früchten bogen.

Der Mazda kroch einen kleinen, steilen Berg hinauf und sie erschrak immer, wenn das Fahrzeug beim Herunterschalten eine Art von Hustenanfall bekam. Sandra war sich sicher, dass das knallende Geräusch nicht von allein verschwinden würde. Im schlimmsten Fall stünde eine Neuanschaffung ins Haus. Ihr Vater würde sich freuen. Aber sie brauchte schließlich ein Auto, um an die Uni zu kommen.

Der Wagen erreichte die Bergkuppe und gewann auf der kurzen ebenen Strecke rasch an Geschwindigkeit. Die weiten Obstbaumwiesen wurden nur durch große Ackerflächen durchbrochen. Jeder Baum, jede Frucht, jeder Strauch wirkte im hellen Sonnenlicht sauber und rein. Und jeder noch so kleine Halm schien hier draußen seine Ordnung zu haben. Auf einmal wollte sie an der Reinheit dort draußen teilhaben. Als sie das Fenster herunterkurbelte, strömte kräftige Landluft ins Innere und riss an ihren Haaren.

Nach einer Kurve tauchte plötzlich eine Geflügelfarm auf: *Adelhofers Geflügelfarm stand* auf dem hellen Schild in geschwungener Schrift. Eine Vielzahl weißer Punkte auf der Wiese bedeutete wohl, dass sich die Tiere wenigstens frei bewegen konnten. Adelhofer. Eine Namensähnlichkeit zu ihrem, die in der fränkischen Gegend häufig war. Wenn es damals nach Lars gegangen wäre, würde sie heute einen anderen Namen tragen. Er hatte sie – sie musste gerade zwölf gewesen sein – während einer Wanderung durch das Silkeberger Seen-Hochland darauf angesprochen. Lars hatte, wie er es häufig auch bei Spaziergängen über den Wochenmarkt tat, einen Arm um ihre Schultern gelegt. Eine Geste, die ihr niemals unangenehm war und über die sie ihren Freundinnen gegenüber immer ein bisschen Stolz empfand. Lars war nicht in erster Linie der neue Mann ihrer Mutter, sondern im Umgang mit ihr ein Freund. Er mischte sich auch nur selten in Zwistigkeiten mit ihrer Mutter ein und wenn, dann nur um der mütterlichen Strenge ein wenig die Schärfe zu nehmen. Auf einmal war seine Stimme durch das feine Rauschen der Bäume gebrochen. Was sie denn davon hielte, wenn sie auch nach außen hin den letzten Schritt zu einer normalen Familie gingen. Sie hatte ihre sich synchron bewegenden Beine beobachtet und gefragt, was denn der Unterschied zwischen einer normalen Familie und der ihren sei. Im Grunde keiner, aber er würde sich trotzdem sehr darüber freuen, wenn sie seinem Herzenswunsch zustimme. Dann hatte er ihr erläutert, dass mit ihrer Zustimmung alles nur eine reine Formalität sei.

Auf einmal hatten sich ihre Beine nicht mehr synchron bewegt. Sie war aus dem Tritt gekommen und auch ein wenig froh, den warmen Arm nicht mehr auf ihrer Schulter zu spüren. Natürlich hätte sie in Dänemark bestimmte Vorteile durch den Namen und die dänische Staatsbürgerschaft gehabt. Aber sie hatte sich dagegen entschieden. Und damit war das Thema auch ein für alle Mal vom Tisch. Der Grund für ihre Entscheidung hatte nichts mit Rationalität zu tun. Irgendwie hatte sie es nicht gewollt. Sie hatte vielmehr aus einem Gefühl heraus gehandelt. Obwohl sie zu ihrem Vater in jener Zeit kaum Kontakt hatte – nahm man die wenigen Telefonate, Schecks und gebrochene Versprechungen aus – war es ihr doch falsch erschienen, sich von Lars adoptieren zu lassen.

Mittlerweile verstand sie, um was es damals wirklich gegangen war: Allein schon durch das Aussprechen seiner Bitte war durch das Verhältnis Vater, Lars und sie ein kleiner Ruck gegangen. Ein Dreieck, in dem sich die Winkel und Schenkel nur um Nuancen verschoben. Aber genau diese Bewegung war es, die es ihr als kleinem Mädchen verständlich gemacht hatte, dass Lars nicht einfach nur Lars, sondern auch so etwas wie ein Ersatz war. Dann tat sie etwas, was sie zuvor niemals getan hatte: Sie betrachtete Lars und ihren Vater aus demselben Winkel. Nun standen sie auf einmal in Konkurrenz und es kam ihr so vor, als wünsche man von ihr, die beiden auszutauschen.

Und wenn sie jetzt - Jahre danach - alle Pseudogründe ihres Umzuges beiseite schob, wusste sie, dass die wahren Gründe ihrer Rückkehr in ihre Heimat mit genau dieser Bewegung zu tun hatten. Sie lächelte in sich hinein und war froh über diese Entscheidung. Doch war sie sich auch bewusst, dass sie damit auch ein hohes Risiko fuhr: Sie tauschte ihr gewohntes Umfeld mit Familie und Freunden gegen etwas Ungewisses. Ein fröhliches und unkompliziertes Leben in eines mit einem brummigen Junggesellen.

Sie erinnerte sich an den ersten Tag in Deutschland. Ihr Vater hatte sichtlich angespannt in einer scheußlichen Cordhose und einem Strauß gelber Rosen am Gleis 8 des Aschaffenburger Hauptbahnhofs gestanden. Ihr Umgang in den ersten Tagen und Wochen war tatsächlich etwas holprig. Sie fühlte auch noch heute, dass sie aufpassen musste, um sich nicht von ihm aushorchen zu lassen. Anfangs störten sie seine vermeintlich absichtslosen Fragen. Doch gerade dieses Verdeckte und doch Durchschaubare begann mit der Zeit eine gewisse Komik zu entwickeln. *Haben denn die Biergärten noch so lange auf?* Das gestiegene Interesse an ihrem Lebensstil und ihren Vorlieben. Pearl Jam, Soundgarden - er warf alles durcheinander und konnte sich keine Bandnamen merken. Sie stellte sich ihren Vater vor, wie er tatsächlich auf einer ihrer Partys stand, Nirwana hörte und von irgendwoher den würzigen Duft von Marihuana roch. Der Wagen fuhr durch eine lang gezogene Rechtskurve und sie musste bei dem Gedanken laut auflachen - obwohl ihr in diesen Tagen alles andere als zum Lachen war. Sie wusste, dass sich ihr Vater an einem schwierigen Fall den Kopf zerbrach. Und sie spürte immer die Achterbahn in ihrer Magengegend, wenn sie daran dachte, wie stark sie ihm bei der Lösung seines Problems helfen könnte.

Als sie den Scheitel der nächsten scharfen Kurve passiert hatte, tauchte endlich der Schlot der alten Ziegelei auf. Er erhob sich markant und stolz aus dem Landschaftsbild. Beim Näherkommen zeichneten sich die Details des verlassenen Backsteingebäudes immer schärfer ab. Eine alte Fabrik, abgekoppelt von jeglicher Zeit, in der Mittagssonne. Als sie auf dem Parkplatz aus ihrem Wagen stieg, huschte eine zottelige Katze in einen nahen Brombeerbusch. Ohne den Mazda zu verschließen, eilte sie auf das eiserne Schiebetor zu, hinter dem Siegfried Blume sie erwartete.

Obwohl in seinem Blick etwas wie Spott lag, strahlte Sommer eine natürliche Freundlichkeit aus. Darauf bedacht, dass der Stoff seines Sommeranzugs keine unnötigen Falten bekam, hängte er sein Jackett sorgfältig über die Rückenlehne des Besucherstuhls. Adelmeier fiel sofort auf, dass er sein Hemd trotz der großen Hitze akkurat bis zum obersten Knopf geschlossen trug.

Nachdem sie sich kurz vorgestellt hatten, bot Adelmeier seinem Gast eine Erfrischung an. Sommer bedankte sich und begann – einer beruflichen Routine folgend? – sofort mit Smalltalk. Belangloses Zeug über das Reisen in Europa. Adelmeier ließ sich in Sommers Plappereien entführen, sodass er beinahe vergaß, seinem Gast ein Getränk zu bringen. Als er einen Moment später mit dem Glas an seine Seite trat, bemerkte er einige Krümel auf der Tischoberfläche. Er erinnerte sich, dass Marcello bei ihrer letzten Besprechung Kekse geknabbert hatte und wischte die Reste ärgerlich beiseite. Sommer erzählte inzwischen von einem Ausflug mit seiner Tochter nach Passau. Ganz zauberhaft die Drei-Flüsse-Stadt mit ihrem beeindruckenden Dom. Das einzig Beschwerliche sei das viele Kopfsteinpflaster.

Adelmeier lehnte sich zurück und ließ Sommer reden. Ihm war es nur recht, dass sein Gegenüber kein verklemmter Stockfisch war, der bei der Polizei vor Ehrfurcht erstarrte. Die entspannte Atmosphäre würde das anschließende Frage-Antwort-Spiel nur erleichtern. Ohne ihn zu unterbrechen, überließ er ihn seinem Fluss.

Schon bald spannte Sommer den Bogen zu der Zeit, als er mit seiner Familie noch in der DDR gelebt hatte. Anfänglich irritierte Adelmeier, wie Sommer über die DDR sprach. Er schlug einen anderen Ton gegenüber dem Regime an, als die meisten anderen ehemaligen DDR-Bürger. Kein Wort der Kritik und wenn Adelmeier ihn recht verstand, hatte er sich durch und durch wohl in Deutschlands Osten gefühlt. Während Sommer entspannt weiter über seine Wahlheimat plauderte, wich auch allmählich der anfängliche Spott aus seinen Augen. Stolz schilderte er die enormen Erfolge seiner Tochter, sie sei in ihrem Sport eine Klasse für sich gewesen. Und jetzt begann Adelmeier auch zu begreifen, weshalb Sommer sich in der DDR so wohl gefühlt hatte: Es war die Sonderstellung, die den Sommers Privilegien verschaffte, von denen andere DDR-Bürger nur träumen konnten.

Doch dann war der Traum leider zu Ende gewesen. Sommer legte seinen Kopf zurück und strich sich mit einem Finger durch seinen schnurgeraden Scheitel. Mit der ruhigen Stimme dessen, der schon ein wenig Abstand hatte, erzählte er, was Adelmeier bereits wusste: Sommers Frau war einem Krebsleiden erlegen und dann musste Sommer noch den zweiten Schicksalsschlag einstecken. Ein angeborener Organdefekt wurde an Ninas Nieren diagnostiziert. Das bedeutete auch das Ende ihrer sportlichen Karriere. Und das Ende der Privilegien. Doch für Sommer war das bedeutungslos. Ihn interessierte nur noch eines: die bestmögliche medizinische Versorgung seiner Tochter. Sobald die Grenzen offen waren, trieb es ihn, seiner Aussage nach, mit seiner Tochter sofort in die Villa seines Vaters. Düsseldorf bot bessere Behandlungsmöglichkeiten und zudem waren die Lebensumstände in der geräumigen Villa - auch hinsichtlich der schweren Krankheit - einfach angenehmer.

Als Adelmeier den Eindruck hatte, alles Wichtige über Sommers Familienleben erfahren zu haben, lenkte er das Gespräch auf Victor Lohse. Sommer schilderte ihn ebenso wie Professor Ley als üblen Menschenschinder. Seine Charakterisierung hatte nichts Überraschendes. Adelmeier konnte sich bildhaft vorstellen, wie Lohse in einer Trainingshose am Beckenrand stand und mit angeschwollenem Hals Kommandos brüllte. Doch als Sommer auf Dr. Weißenberger zu sprechen kam, verließ Adelmeier seine Vorstellungskraft. Irgendetwas wollte nicht in sein bisheriges Bild von dem Arzt passen. Er wusste nur noch nicht was.

Bereits seit langem kümmerte sich kein Gärtner mehr um das sprießende Unkraut. Das Fabrikgelände lag verlassen in der Mittagssonne und es hatte den Anschein, als verirrte sich höchstens einmal ein Wanderer auf das allein stehende Gelände. Rost fraß an den Toren und im Laufe der Jahre oder Jahrzehnte waren die Fensterscheiben Opfer der Witterung geworden. Überall klebte an den scharfkantigen Scheibenresten dicker Staub und Dreck. Sandra stemmte sich mit aller Kraft gegen das große Rolltor. Endlich gab es mit einem leiernden Ton nach. Das Innere des Gebäudes machte einen ebenso verwahrlosten Eindruck wie die Außenanlagen. Ein heller Sonnenstrahl begleitete sie durch die schmale Öffnung in das hohe und lange Gebäude, die ehemalige Lagerhalle. Am unverputzten rötlichen Backstein hingen meterhohe Vorhänge von Spinnenweben. Die dunklen Fäden tanzten in der Brise, die durch die kaputten Fenster zog.

Sie sah sein neues Werk gleich an der Längsseite. Das drei Meter große silberne Herz bedeckte ungefähr ein Drittel der Wandfläche. Sie wunderte sich, wie er ohne Leiter die oberen Stellen erreicht hatte. Durch die dunkle Schattierung an den Rändern bekam das Herz seine dreidimensionale Form. Ein Geflecht von gesprayten Ranken schlang sich über die Oberfläche. Es sah aus, als wuchs rotblättriger Wein über das Organ. Wenn es nicht von ihm gewesen wäre, hätte sie das Herz kitschig gefunden. Einen Moment überlegte sie, ob die Wahl dieses Motivs etwas mit ihr zu tun haben könnte.

Auf dem Boden unterhalb des Graffiti lagen noch drei Dosen und einige verklebte Lappen. Sie ließ ihren Blick weiter durch die Halle schweifen. Am Fuß einer alten Werkbank entdeckte sie sein spartanisches Nachtlager: Der dunkelgrüne Schlafsack, der schon einige Mühlbergfestivals überstanden hatte, lag ausgebreitet neben einer befleckten Isomatte. Feiner roter Staub von den zerbrochenen Ziegelresten überzog die Schlafstätte. Auf einem Campingkocher stand noch ein angelaufener Topf. Sie fragte sich, wie ihr Freund in dem Chaos schlafen konnte. In einer Ecke stapelte sich der Abfall der letzten drei Tage: verbeulte Konservendosen, leere Volvicflaschen und gebrauchtes Pappgeschirr. Mit einem

Blick auf den herumliegenden Müll beschloss sie, diesen erst einmal nach draußen zu bringen. Sie schaute sich noch einmal in dem menschenleeren Raum um und lauschte. Doch von außerhalb vernahm sie nur das ferne Brummen eines Motorrades. Dann erspähte sie einen großen blauen Müllsack. Als sie ihn zur Hälfte gefüllt hatte, hörte sie aus der Richtung des Schiebetores ein leises Pfeifen.

25.

„Wie gut kannten Sie Dr. Weißenberger?" Adelmeier rückte seinen Stuhl einige Zentimeter nach hinten und schlug seine Beine übereinander.

Sommer schaute nur flüchtig von der Tischplatte auf und für einen Moment trafen sich ihre Blicke. Sommers wässerige Augen blickten teilnahmslos.

„Er war Ninas Mannschaftsarzt. Und in dieser Funktion haben wir ihn damals kennen gelernt. Später dann, als Ninas Krankheit zum Ausbruch kam, hat er versucht, uns durch seine Kontakte zu helfen."

Adelmeier beugte sich über den Tisch und schenkte seinem Gast etwas Wasser nach. Dann lehnte er sich in seinen Bürostuhl zurück und schaute Sommer stumm an. Aus seiner langjährigen Erfahrung wusste er, dass dies oft der beste Weg war, um an die Informationen zu kommen, an denen er am meisten interessiert war. Als das Schweigen bereits einige Sekunden angehalten hatte, hüstelte Sommer trocken in die Innenfläche seiner Hand, bevor er fortfuhr:

„Bereits als Kind hatte Nina fürchterliche Angst vor Ärzten. Warum, konnten wir uns nur schwer erklären. Es gab keines dieser traumatischen Erlebnisse. Als sie zwei, oder vielleicht auch schon drei war, mussten wir einmal wegen einer Angina zum

Arzt." Sommer lachte leise in sich hinein. „Sie können sich nicht vorstellen, was das für ein Theater war. Als wir aus dem Warteraum gerufen wurden, begann sie sofort wie am Spieß zu brüllen und stellte ihre Beinchen im Türrahmen quer. Es war schon eine kleine Prozedur, bis wir sie endlich im Behandlungszimmer hatten. Doch dort wurde ihre Panikreaktion noch schlimmer. Sie fegte zornig alle Instrumente vom Ärztetisch und als der Doktor schließlich in ihren Mund schauen wollte, biss sie dem armen Kerl kräftig in die Hand."

Sommer lächelte. Und dieses Mal hatte Adelmeier den Eindruck, dass in dem Lächeln auch ein Quäntchen Stolz mitschwang.

„Aber warum erzähle ich Ihnen das alles? Sie wollten schließlich etwas über Dr. Weißenberger erfahren." Sommer lehnte sich achtlos zurück und Adelmeier befürchtete, dass der Stoff des Jacketts nun doch einige Falten abbekam.

„Ninas Angst wurde im Alter nicht etwa besser. Im Gegenteil, sie verschlimmerte sich. Zwar reagierte sie nicht mehr so zornig und heftig, doch dafür sträubte sie sich innerlich noch mehr. Ich bemerkte es immer an ihrem ängstlichen Blick und an ihrer fipsigen Stimme. Doch das änderte sich, als sie in die Schwimmmannschaft kam. Untersuchungen, sogar Injektionen waren plötzlich kein Problem mehr. Das Unvorstellbare war passiert: Für Nina ging nicht mehr eine Welt unter, wenn eine Spritze ihre Haut durchstach. Und das hatte nichts mit Tapferkeit zu tun. Anfänglich hingen wir kurzzeitig dem bösen Verdacht nach, Weißenberger könnte ... aber diesen Gedanken verwarfen wir schnell und schämten uns später sogar dafür."

Adelmeier blickte nachdenklich aus dem Fenster. Diese Schilderung deckte sich nicht ganz mit den Aussagen Leys und Schneiders. In der Klinik in Halle galt Weißenberger als ein verschlossener Typ, der mit seinen Patienten nur mit Mühe zurechtkam. In der Sportmannschaft sollte er dann scheinbar aufgetaut sein und sich zu einem einfühlsamen Helfer gewandelt haben, dem es sogar gelungen war, seinen Patienten unüberwindbare Ängste zu nehmen? Diesen Wandel konnte Adelmeier ja vielleicht noch nachvollziehen. Doch warum war dann in Aschaffenburg wieder eine Rückentwicklung erfolgt?

„Befürchteten Sie, dass es den Mädchen gegenüber ...?"

Sommer blickte Adelmeier kurz über den Tisch hinweg an. „Ja, es mag nahe liegen, an Missbrauch zu denken. Aber meine Frau und ich waren uns - was das anbetraf - einig. Es gab für uns keinen Zweifel an seinem korrekten Verhalten."

Adelmeier hätte nur zu gerne erfahren, weshalb Sommer sich so sicher sein konnte, doch er wollte jetzt nicht nachhaken und riskieren, dass das Gespräch kippte. „Sie sprachen von Injektionen, die den Schwimmerinnen verabreicht wurden?"

Sommer verzog sein Gesicht und eine tiefe Falte grub sich in seine Stirn. „Injektionen?"

„Ihre Tochter hatte auf einmal keine Angst mehr vor Spritzen. Waren im Rahmen ihres Trainings welche nötig?" Adelmeier kam seine Frage mit einem Mal plump vor und deshalb schob er schnell noch erklärend hinterher: „Ich bin in sportmedizinischen Angelegenheiten nicht besonders bewandert."

Sommers Miene hellte sich auf und die Falte auf seiner Stirn verschwand ebenso schnell, wie sie gekommen war.

„Er war für die Fitness und Gesundheit unserer Sportler zuständig. Dazu gehörte auch die medikamentöse Versorgung. Er verabreichte der Mannschaft Vitamine, Aufbauspritzen und natürlich auch mal ein entzündungshemmendes Präparat, wenn es nötig war."

„Was wussten Sie über die Zusammensetzung dieser Präparate?"

Sommer stockte und an der sich wieder eingrabenden Stirnfalte konnte Adelmeier erkennen, wie sich seine Stimmung veränderte. Er fixierte Sommers Gesicht, das nun eigentümlich steif aussah, und Sommer starrte mit seinen wässerigen Augen zurück. Auf einmal wirkten sie kalt.

„Reden wir jetzt über Doping?"

„Ich denke, es gehörte dazu."

Sommer wechselte wieder zu seinem spöttischen Lächeln. „Sie haben sich auch bei den Märchenerzählern aus der Presse informiert? Ist das der Grund, weshalb ..."

„Nein, wir müssen und wollen die Umstände von Dr. Weißenbergers Tod klären. Das ist alles."

„Das ist alles", wiederholte Sommer lakonisch.

Adelmeier schlug mit seiner flachen Hand auf den Tisch und das Holz gab einen dumpfen knallenden Ton von sich. „Was für ein Gefühl war es denn, als Sie erfuhren, dass Ihre Tochter vom DDR-Staatsapparat missbraucht worden war? Ein Schock? Wut? Das kann doch nicht spurlos an Ihnen vorbeigegangen sein? Ohne ihr Wissen, vollgepumpt mit all dem Zeug – ein Instrument!"

Von den lauten Worten überrumpelt, blickte Sommer erschrocken auf. Adelmeier nutze den Moment, um sich zu erheben und einige Schritte im Zimmer auf und ab zu gehen. Das einzige Geräusch im Raum kam von seinen quietschenden Sohlen auf dem PVC-Boden. Er spürte, dass Sommer ihm die ganze Zeit über nachsah, und als er sich wieder zu ihm wandte, bemerkte er immer noch eine große Betroffenheit in seinem Gesichtsausdruck.

Sommer konnte Adelmeiers strengem Blick nicht gut standhalten, er fischte einen Kugelschreiber aus der Innentasche seines Jacketts. Verlegen spielte er mit ihm zwischen Zeige- und Mittelfinger. Adelmeier kam es eine Ewigkeit vor, bis Sommer mit flüsternder Stimme die Stille brach: „Sie war kein Instrument. Sie war eine großartige Sportlerin. Sie hatte es überhaupt nicht nötig, irgendwelchen Dreck zu nehmen."

Nach einem kurzen Moment legte Sommer den Stift aus der Hand und fuhr mit festerer Stimme fort: „Es kursieren in den Medien viel zu viele Schauermärchen über das Doping. Sie glauben doch nicht, dass alles möglich war, was darüber geschrieben wurde? Das konspirative Vorgehen? Alles, ohne dass es jemand mitbekam? Die Mädchen mit den tiefen Stimmlagen? Nina hatte immer eine sehr weibliche Stimme."

Adelmeier setzte sich wieder auf seinen Stuhl und bemühte sich um eine versöhnliche Miene. „Alles Lug und Trug? Und die Verhandlungen?"

„Der beste Beweis. Was ist denn dabei herausgekommen? – Nichts."

„Zumindest eine Verurteilung hat es gegeben."

„Gedopt wurde wie in jeder anderen Nation auch. Ich wehre mich nur dagegen, dass die Sportler dazu missbraucht und instrumentalisiert worden seien. Ohne ihr Wissen! Das ist doch wohl nicht vorstellbar!"

„Woher kommen dann solche Behauptungen?"

Sommer klatschte in die Hände und rollte seine Augen nach oben. „Was weiß ich? Vielleicht musste das Sommerloch dafür herhalten?" Dann lächelt er wieder spöttisch in sich hinein. „Doch am wahrscheinlichsten erscheint mir, dass der Westen ein schlechter Verlierer war. Man wollte sich nicht eingestehen, der DDR sportlich unterlegen zu sein. Und so kommt der Vorwurf des staatlich gelenkten Dopings gerade recht."

Adelmeier wunderte sich. Warum verharmloste Sommer das Doping? Es war schließlich eine bewiesene Sache. Sommer erschien wie ein verblendeter Sektenjünger, jeglicher Kritik unaufgeschlossen. Adelmeier ließ sich seine Worte nochmals durch den Kopf gehen und versuchte, sich in seine Lage zu versetzen. Empfand er wie so viele ehemalige DDR-Bürger nach der Wende, die sich durch die arrogante Haltung des Westens gekränkt und diskriminiert fühlten? Und hielt er gerade aus der daraus entstehenden Gegenposition heraus an dem Märchen des lupenreinen Sports fest? Oder hatte er andere Gründe? Rein persönliche? Was würde er an seiner Stelle glauben oder vielmehr glauben wollen, wenn Sandra das gleiche Schicksal erlitten hätte? Zuerst die erfolgreiche Karriere als Spitzensportlerin, dann der tragische Tod, wegen eines unheilbaren Organdefektes.

Es war verständlich, dass Sommer wegen der sportlichen Leistungen sehr stolz auf seine Tochter war. Wie würde er reagieren, wenn er dann irgendwann erführe, dass diese Leistungen doch nicht so großartig waren, wie sie erschienen, da sie nur mithilfe unerlaubter Mittel zustande gekommen waren? Wahrscheinlich – und da begann er Sommer allmählich zu verstehen – würde er auch nicht glauben wollen, dass ihre ganzen sportlichen Erfolge auf einem Schwindel basierten. Wie Sommer würde er die Realität, die an dem Status seiner Tochter kratzte, einfach als Lügenkonstrukt von sich weisen. Auch er würde in seiner Tochter nicht die

Sportlerin sehen wollen, die ihren Ruhm Anabolika zu verdanken hatte. Für ihn würde sie ebenfalls die großartige Schwimmerin bleiben, deren Erfolg ausschließlich auf hartem Training und Entbehrungen basierte.

Sommer machte allmählich wieder einen aufgeräumten Eindruck. Er war ein Mann, der bereits viele harte Schicksalsschläge einstecken musste, aber trotzdem mit seinem Leben nicht haderte. Und diese Haltung war es, die Adelmeier allmählich zu gefallen begann.

Nachdem Sommer gegangen war, stellte Adelmeier das leere Wasserglas in das Spülbecken und machte sich endlich daran, seinen Schreibtisch aufzuräumen.

Blume eilte mit großen Schritten auf seine neue Freundin zu. Seine weißen *Asics* waren mit dem gleichen rötlichen Staub bedeckt wie alles andere in Bodennähe. Und wie immer, wenn er lief, steckten seine Hände tief in den weiten Hosentaschen seiner *G-Star*. Als er näher kam, entdeckte sie auf seinem T-Shirt noch deutliche Farbreste des Silberlacks. Nach einem kurzen Begrüßungskuss lächelte er und schaute direkt auf das Herz.

„Hey Chep, alles bekommen?“ Wie er vor einigen Wochen auf *Chep* gekommen war, konnte er ihr selbst nicht erklären. Er hatte von einem Moment auf den anderen damit begonnen und sie nie mehr bei ihrem richtigen Namen genannt. Als sie einen Grund wissen wollte, hatte er einfach nur die Schultern gezuckt und breit gegrinst.

„Keine Sorge, es ist alles im Rucksack!“

Sandra freute sich, ihren Freund nach so langer Zeit wiederzusehen - drei Tage waren in ihrer frischen Verliebtheit eine verdammt lange Zeit. Aber es war keine ungetrübte Freude. In dem mulmigen Gefühl schwang etwas mit wie Schuleschwänzen, im Café sitzen - und draußen an der Scheibe läuft ahnungslos die Mutter mit den Einkäufen vorbei.

Sie lächelte ein wenig befangen und stellte den kleinen Wanderrucksack ihres Vaters ab. Anschließend fischte sie drei Spraydosen, fünf Packungen Tuc-Kekse, Lauchcremesuppe in Dosen und verschiedene Toilettenartikel aus der Öffnung.

„Das Wasser ist noch im Kofferraum."

Blume stand breitbeinig vor ihr und beobachtete, wie sie weitere Nahrungsmittel aus dem Rucksack beförderte. „Absolut fett – Danke!" Er malte mit seinem Turnschuh einen kleinen Kreis in den roten Staub. „Nicht gerade gemütlich hier. Ich dachte, wir setzen uns ein bisschen nach draußen unter die Apfelbäume."

Sandra antwortete nicht und hoffte, dass er noch irgendeine Bemerkung zu dem Herz machte, bevor sie die Halle verließen. Doch stattdessen wechselte Blume das Thema in eine Richtung, die Sandra gar nicht gefiel.

„Ich habe vorhin vom Dorf aus mit Oma gesprochen. Sie macht sich Sorgen. Und Lebensmittel hat sie auch keine mehr."

Sandra sortierte ihre Einkäufe auf der Werkbank und tat, als hätte sie die versteckte Bitte überhört. „Was macht dein Renault? Ich habe ihn nirgends gesehen."

Blume schnippte eine Münze, die er die ganze Zeit über in der Hand gehalten hatte, in die Höhe. „Ist in Mikes Garage. Aber es ist nicht wegen der Karre, dass ich nicht zu ihr kann. Verstehst du nicht? Die sitzen garantiert mit Lunchpaketen und Thermoskanne vor Omas Tür. Der Anruf war schon Risiko genug."

„Aber ich soll mich dort blicken lassen?"

„Wieso? Die Bullen kennen dich doch nicht. Es kann dir doch niemand verbieten, eine alte Dame zu besuchen."

„Ich überleg's mir mal", wiegelte sie ab und stürzte sich wieder auf den Abfall. Als wäre das Thema damit fürs Erste vom Tisch, stapelte sie leere Dosen ineinander und verknotete den blauen Sack. Als sie ihn vor die Halle bringen wollte, hielt Blume sie an ihrem Arm fest.

„Hey, was ist mit dir los, Chep? Was musst du dir erst mal überlegen?"

„Ich hab Stress an der Uni und kann es mir nicht leisten, andauernd zu fehlen." Sie löste sanft seinen Griff und setzte ihren Weg nach draußen fort. Als sie nach einigen Augenblicken wieder in die Halle zurückkehrte, schaute sie verlegen an Blume vorbei. Nachdem sie sich einen weiteren dieser idiotischen blauen Säcke gegriffen hatte, stellte Blume sich ihr in den Weg.

„Es dreht sich hier nicht um einen Besuch bei meiner Oma oder um deinen Stress an der Uni. In Wahrheit geht es doch um etwas völlig anderes." Blume ließ seine Worte wirken und malte mit seiner Fußspitze wieder etwas in dem roten Staub. Mit einem Schlag erkannte Sandra, worauf er anspielte. Doch anstelle klärender Worte brachte sie nur ein trockenes Kopfschütteln hervor.

„Okay, dann sag mir mal, was du an Kohle von mir bekommst." Er trat zur Seite und zog einige lose Scheine aus seiner Hose.

Sandra spürte die plötzliche Trockenheit in ihrem Mund und schluckte. Auf einmal sah sie ihn wieder vor sich, wie er an jenem ersten Nachmittag nur in seinem Slip in ihrer Badezimmertür stand und lächelnd eines von Paps unzähligen Salbendöschen in die Höhe hielt. „Kosmetik- oder Pharmavertreter?", hatte er gefragt. Sie hatte nur ihren Kopf geschüttelt und ihn zurück ins Zimmer gezogen. Schon an jenem ersten Tag hatte sie nicht mit ihm über den Beruf ihres Vaters reden wollen. Sie stand immer noch am selben Fleck und brachte keinen Ton heraus. Vor ihr die volle Werkbank mit den Lebensmitteln, neben ihr, immer noch etwas unbeholfen, Blume mit seinen Geldscheinen. Auf den ersten Blick wirkten sie wie zwei zu große, schüchterne Kinder, die Kaufladen spielten.

„Es ist wegen meines Vaters", brach Sandra das Schweigen.

„Deines Vaters?" Als Blume zu begreifen schien, entspannte sich seine Gesichtsmuskulatur und machte den Weg für ein ungewolltes Lächeln frei. „Wenn es weiter nichts ist? Ich werde mich ihm von meiner besten Seite präsentieren. Im Notfall nehmen wir Oma mit."

Sandra ließ die Mülltüte aus ihrer Hand gleiten und schüttelte erneut den Kopf. „Okay, ich weiß nicht, wie ich dir das jetzt am besten erkläre ... Wir haben noch nie über meinen Vater gesprochen." Sie hielt inne und nahm einen langen Schluck aus der Wasserflasche, die auf dem Boden stand.

„Komm Chep, ich hatte schon einige schwierige Fälle. Vom Kommunalpolitiker bis zum Häuslebauer mit eigener Baufirma."

Sandra fühlte einen kleinen Stich – die kleine Spitze der Eifersucht, die sie immer spürte, wenn ein Partner von seinem früheren Liebesleben sprach.

„Und wie sieht es mit Beamten aus?"

„Was ist an denen so anders?"

„Bullen?"

„Was für Bullen?"

„Kriminalhauptkommissare."

„Und das sagst du mir erst jetzt?"

„Noch schlimmer." Sandra merkte, wie es um ihre Augenränder plötzlich nass wurde.

Blume hatte sich mittlerweile eine Zigarette zwischen seine Lippen gesteckt und fummelte hektisch am Stellschräubchen des Feuerzeugs.

„Er ist *der* Bulle."

Blume schien immer noch nicht richtig zu verstehen. „Chep, welcher Bulle?"

Ihr Körper erzitterte einen kurzen Moment, bevor sie antwortete: „Der Boss von denen mit den Lunchpaketen und der Thermoskanne."

Blume starrte einen Moment durch eine der zerbrochenen Fensterscheiben. Dann zog er mit verkniffen Lippen an der Zigarette. „Ist dir klar, was das bedeutet?"

Sandra nickte stumm und blickte dem dicken Rauch hinterher, der in dichten Schwaden in der Luft stand.

„Und jetzt?"

„Ich weiß es nicht", antwortete Sandra und wischte mit dem Handrücken über ihre glänzende Wange.

Am Abend hatte sich die Ermittlungslage nicht geändert. Blume blieb den dritten Tag verschollen und die Fahndung nach Lohse weiterhin ohne Ergebnis. Aber trotzdem hatte er das Gefühl, nach dem Gespräch mit Sommer einen Schritt weiter zu sein. Und seine Kollegen, denen er sofort und ausführlich von der Unterredung berichtet hatte, teilten seine Meinung. An ihrer Grundeinschätzung hatte sich nichts geändert. Es gab keine neuen Spuren oder Verdächtigungen, denen sie nachgehen müssten. Das Foto war und blieb ihr Ausgangspunkt und zwei der darauf abgebildeten Personen lebten nicht mehr. Auch nach dem Gespräch mit Sommer blieb Adelmeier bei seiner Meinung, dass Lohse der Mann war, den sie suchten.

Adelmeier balancierte umständlich auf einem Bein, als er mit dem anderen das Gartentor auftrat. Die Dose mit der Lasur stellte er sofort neben dem Holzzaun ab. Als er kurze Zeit später, nach dem Wechseln seiner Kleidung, ihren Verschluss mit dem Schraubendreher aufhebelte, stieg ihm ein scharfer Geruch tief in die Nase.

Nach einer guten halben Stunde schmerzten Adelmeiers Kniegelenke. Er wollte sich eine kleine Pause vom Streichen gönnen und aus dem Keller Terpentin zum Einweichen des Pinsels holen. Zum Ausdrücken der Terpentinreste aus dem Pinsel benutzte er einen Flyer, den er aus seinem Briefkasten gefischt hatte und in dem dummerweise noch die Telefonrechnung der Deutschen Telekom steckte, wie er nun - leider ein wenig spät - feststellte. Brauner Saft lief auf das Umweltpapier. Mit zwei Fingern zog er den Brief aus der Gefahrenzone und riss den Umschlag auf.

Erstaunlicherweise war der Rechnungsbetrag nur gering gestiegen, seit Sandra bei ihm wohnte. Er blätterte auf die zweite Seite, auf der die Einzelgespräche gelistet waren, fast alles Cityverbindungen. Adelmeier überflog die angewählten Telefonnummern, eine der Telefonnummern kam ihm bekannt, aber nicht vertraut vor. Während er den Pinsel weiter drückte und quetschte, dachte er nach. Dann eilte er in sein Schlafzimmer und fummelte mit seinen schmutzigen Fingern ein Papierstück aus seiner Hosentasche. Er verglich die Nummern zweimal miteinander. Kein Zweifel, sie waren identisch. Die Nummer, die auf dem Zettel des Baumarktes vermerkt war, war dieselbe, die mehrmals auf seiner Telefonrechnung stand.

Für einen kurzen Moment konnte er die Information nicht einordnen. Sie verwirrte ihn. Wie kam Blumes Telefonnummer auf seinen Einzelnummernnachweis? Er hatte nicht versucht, ihn von hier aus anzurufen. Und selbst wenn, er hatte ihn ja nie erreicht, also waren auch keine Kosten entstanden, die von der Telekom in Rechnung gestellt werden könnten. Adelmeier wusste ja nicht einmal, wie sich Blumes Stimme anhörte. Er kontrollierte ein weiteres Mal Ziffer für Ziffer. Es war Blumes Nummer, die er schon im Präsidium auf ihre Richtigkeit kontrolliert hatte. Er überprüfte die Daten, an denen die Gespräche geführt wurden. Das erste war Anfang Juli – zu einem Zeitpunkt, als Weißenberger noch gar nicht tot war.

Die offensichtliche und einzig plausible Lösung blieb ihm lange verborgen. Wahrscheinlich wollte er diese Lösung nicht zulassen und wehrte sich so lange, bis alle anderen Möglichkeiten erschöpft waren. Doch dann ergab alles einen Sinn: Sandras gestiegenes Interesse für seine Arbeit, ihre detaillierten Fragen, das ähnliche Auto in Blumes Straße. Adelmeier blickte niedergeschlagen aus dem Fenster. Zuerst musste er unbedingt mit Sandra reden. Es blieb ihm nichts anderes übrig, als ihre Heimkehr abzuwarten. Zeit, sich über seine Gefühle klar zu werden. Kummer, Sorge, Wut, Enttäuschung ...?

Auf einmal verspürte er das Bedürfnis, mit Anna zu sprechen. Adelmeier war gerade auf dem Weg in die Küche, als er draußen das typische Brummen des Mazdamotors hörte.

26.

Er saß mit einem Noilly Prat an einem Holztisch und blickte in die Richtung des frisch gepflanzten Rosenstocks. Dort hatte er Lohse begraben. Er stellte sich vor, wie sich im Laufe der Jahre allerlei Erdgetier seinen Weg durch Lohses Körper bahnte. Auf ein Tuch oder gar einen aufwendigen Sarg hatte er gänzlich verzichtet. Wozu auch? Er wollte es den Fäulnis- und Verwesungsprozessen so einfach wie möglich machen. Ihnen keine unnötigen Steine in den Weg legen. Vielleicht würde sich auch die Wurzel der Rose durch die weißen Knochen von Lohses Brustkorb bohren. Bei dieser Vorstellung zuckte sein Körper kurz, dann führte er genüsslich sein Glas an die Lippen. Alkohol vertrug sich nur schlecht mit seinen Schüben, aber er genehmigte sich diesen wohlverdienten Drink, nachdem er nun das letzte Kapitel seiner Inszenierung beendet hatte.

Er glaubte, die Feuerprobe bestanden zu haben, und konnte sich nicht vorstellen, in Zukunft nochmals von dem Kommissar aus Aschaffenburg zu hören. Zugegebenermaßen ein sympathischer Mann, dem durchaus ein Erfolg zu gönnen gewesen wäre. Aber das war wohl eher unwahrscheinlich. Mit der Möglichkeit, dass Weißenbergers Tod als Mord enttarnt würde, hatte er gerechnet. In seiner Planung konnte er unmöglich vorhersehen, welche Ergebnisse die Obduktion zutage brachte. Aber das war ohne Bedeutung für das Gelingen seines Werkes. Schließlich diente ihm Lohse als ein auf alle Ewigkeit verschollen bleibender Verdächtiger.

Seine Gedanken wanderten zurück zu dem Gespräch und im Geiste ging er nochmals Satz für Satz durch. Bei einigen Fragen hatte er schlichtweg gelogen. Sorgfältig überdachte und zurechtgelegte Lügen, die in der Summe ein verzerrtes Bild der damaligen Situation ergaben. Ein Bild, das dazu beitrug, ihn überhaupt nicht erst in die Liste der Verdächtigen aufzunehmen. Er fühlte, dass ihm der Kommissar geglaubt hatte. Anfangs hatte er einen Moment lang befürchtet, er würde ihn durchschauen. Seine skeptischen Fragen, als er von der Kompetenz und den menschlichen Fähigkeiten Weißenbergers geschwärmt hatte. Natürlich war diese Behauptung falsch gewesen, aber das konnte der Kommissar kaum wissen. Er durfte keinen Verdacht in ihm wecken, deshalb hatte er Weißenberger loben und das DDR-Staatsdoping leugnen müssen. Der Polizist hatte insistiert und versucht, sein spärliches Pressewissen in das Gespräch einzubringen. Aber schließlich hatte er ihm seine Naivität abgenommen. Nun musste er sich auf diese Fakten konzentrieren: Weißenberger war ermordet worden und Lohse war flüchtig.

Sommer trank einen Schluck aus dem hohen Glas und ließ den Geschmack eine Weile in seinem Mund nachwirken.

Gut, er hatte gelogen. Aber in einigen Punkten hatte er ihm doch die Wahrheit erzählt. Victor Lohse war ein Schwein. Ninas Schilderungen waren ihm für immer ins Gedächtnis gebrannt. Anfangs hatte er gedacht, sie übertreibe. Der harte Drill, die unmenschlichen Trainingseinheiten. Aber das war nicht das Schlimmste. Als Nina zu ihm nach Düsseldorf gekommen war, hatte sie ihm alles peu à peu erzählt.

Bevor das Motorengeräusch stotternd erstarb, gab der Wagen wieder dieses Knallen von sich. Adelmeier legte den Telefonhörer beiseite und blickte auf das noch offene Gartentor. Kurz darauf spazierte seine Tochter mit ihrem blonden Pferdeschwanz hindurch. Ihr gebundenes Haar wippte fröhlich bei jedem Schritt. Sie machte einen unbekümmerten Eindruck und eigentlich fehlte nur noch, dass sie pfiff. Er überlegte, ob er sie sofort mit der Telefonrechnung konfrontieren sollte. In wenigen Momenten würde seine Tochter durch die offene Terrassentür treten. Adelmeier kramte nach geeigneten Worten, mit denen er ihr sein Wissen entgegenschleudern konnte. Nach schroffen Formulierungen, um sie gleich wieder zu verwerfen. Er wurde nervös. Seltsam, obwohl er sich in der Position eines Anklägers befand, war es, als schiebe *ihn* jemand auf eine Klippe zu. Am liebsten hätte er sich umgedreht und wäre einfach vorne durch die Haustür davongelaufen.

„Wo ist denn das Schild mit *Vorsicht frisch gestrichen*?"

„Bin noch nicht mit dem Streichen fertig", brummte er in sich hinein und knickte die Telefonrechnung in der Mitte.

„Ich habe wahnsinnigen Durst." Sandra drehte sich zum Kühlschrank und Adelmeier war froh, seiner Tochter nicht mehr ins Gesicht sehen zu müssen.

„Wie geht es in eurem Fall voran?" Dann hörte Adelmeier nur noch das Gluckern der Wasserflasche. Sie hatte noch nicht abgesetzt, als er ihr antwortete.

„Fabelhaft, wie man es von der Polizei erwartet. Wir machen Fortschritte."

Mit ihrem Handrücken wischte sie über ihre glänzenden Lippen. Einige Tröpfchen rannen ihr Kinn hinunter. „Habt ihr euren Mann auf dem Foto gefunden?"

„Weshalb Lohse? Warum fragst du nicht nach dem Jungen?"

Sandra stellte die Flasche auf den Küchentisch und öffnete nochmals den Kühlschrank. Sie steckte den Kopf weit hinein und durchforstete die Einlegeböden. „Hast du den Käse gegessen?"

„Weichst du nur aus oder suchst du da drinnen nach einer Antwort?"

Sandra drehte ihren Kopf wie in Zeitlupe vor der offenen Kühlschranktür zur Seite. Ihre linke Gesichtshälfte wurde von der Innenbeleuchtung angestrahlt und ihre Haut leuchtete grünlich. Sie blickte ihn einen Moment aus schmalen Augen an. „Okay, dann stelle ich die Frage nochmals: Habt ihr Lohse oder euren Sprayer gefunden?"

Sie stand immer noch an der geöffneten Tür und wartete auf eine Antwort.

„Wir stehen kurz davor, den Jungen zu finden."

Sandra konnte ihre Verblüffung nun nicht mehr verbergen. Die Kühlschranktür fiel mit einem Klack ins Schloss und sie starrte ihn mit halb offenem Mund an.

„Was schaust du so? Traust du uns das etwa nicht zu? Das ist schließlich unser Job."

„Nein, natürlich nicht. Äh ... ich meine, natürlich traue ich euch das zu." Sie rieb ihre trockenen Hände an einem Geschirrhandtuch noch trockener und wandte sich dabei von Adelmeier ab. Einige Sekunden verharrte sie schweigend in dieser Stellung. Adelmeier saß am Küchentisch und seine Augen bohrten sich in ihren reglosen Rücken. Ihr dünnes Sommerkleid hing an winzigen Spaghettiträgern. Ihm schien es, als hielte sie den Atem an. Nach einem weiteren unerträglich stillen Moment flüsterte Sandra. „Wo habt ihr ihn denn gefunden?"

Adelmeier schlug so heftig mit der flachen Hand auf den Küchentisch, dass eine Vase mit Trockenblumen scheppernd umfiel. In den Knall hinein brüllte er: „Noch gar nicht! Ich warte darauf, dass du mich zu ihm führst!"

Einen Moment lang war es wieder still. Doch dann kam Bewegung in den Körper seiner Tochter. Erst begann ihr Rücken ganz langsam zu beben. Sanft, beinahe unmerklich, dann immer heftiger, bis sich das Beben zu einem unrhythmischen Zucken auswuchs.

Die Schulterblätter bewegten sich wie Wellen auf einem unruhigen Meer. Adelmeier beobachtete das seltsame Spiel der Schulterpartie. Zusammen mit dem leisen Schluchzen kam ihm dieser Auftritt absurd vor. Auf einmal empfand er auch nichts mehr. Das Schluchzen war wie eine fremdartige Musik und das Zucken eine Art Bauchtanz mit den Schultern. Es schien, als könne diese Szene niemals auf normalem Wege enden. Als bedürfe es eines Regisseurs, der auf einmal *Klappe* schreit. Und plötzlich durchschnitt tatsächlich eine ihm fremde Stimme das jämmerliche Weinen.

Im Nachhinein konnte er sich nicht mehr erinnern, was der Junge gesagt hatte, den er bislang nur von einem Foto her kannte. Er löste sich aus dem Türrahmen und ging auf ihn zu. Völlig perplex bemerkte er an der Stelle, an der der Junge für einen Moment gestanden hatte, rötlichen Dreck, der wie feiner Kalaharistaub aussah. Als Blume dann direkt vor ihm stand, streckte er ihm so ungezwungen seine Hand entgegen, als wollte er sich ihm nur kurz vorstellen, bevor er seine Tochter zu einem Picknick abholte.

In diesen frühen Abendstunden war kaum Verkehr in den Straßen Aschaffenburgs. Viele waren wohl auch schon in die Sommerferien gefahren. Adelmeier war mit den beiden auf dem Weg ins Präsidium. Natürlich lag das Foto aus Weißenbergers Wohnung nicht bei ihm zu Hause, sondern in der obersten Schublade seines Büroschreibtischs. Sie klebten wortlos in ihren Sitzen und starrten jeder aus einem anderen Fenster. Das einzige Geräusch kam von Blume, der mit dem Schlüsselbund spielte, das an einer langen Metallkette aus seiner Jeans baumelte. Das helle Klappern nagte an Adelmeiers Nerven.

Ein kurzer Blick in den Rückspiegel genügte, um zu erkennen, wie durcheinander seine Tochter noch war. Sie hatte sich die *Beichte* wohl anders vorgestellt: Lange um den heißen Brei reden, in einem Gespräch, in dem sie ihn wie einen alten, behäbigen Trottel vorsichtig auf das vorbereitete, was kommen sollte. Und wenn sich dann der erste Groll gelegt und er die bittere Pille geschluckt hätte, hätte sie Blume wie ein Kaninchen aus dem Hut gezaubert. Doch nun kauerte seine kleine Tochter wie ein zusammengeknautschter Regenmantel in ihrem Sitz und schnäuzte in regelmäßigen Abständen in ein Papiertaschentuch. Sobald Adelmeier versuchte, Augenkontakt aufzunehmen, senkte sich ihr Blick, als wäre sie soeben ihrer Majestät begegnet.

Er hatte im ersten Moment gar nicht begriffen, was geschah, als Blume in seiner Küche stand und ihm seine Hand entgegenstreckte. Reflexartig hätte er ihm beinahe mit einer Ohrfeige geantwortet. Dabei hatte er noch niemals einen Menschen geschlagen. Erst allmählich verstand er, dass es Sandra und Blume waren, die die Initiative ergriffen hatten. Doch für große Diskussionen und Moralpredigten war keine Zeit gewesen. Ohne sich mit langen Erklärungen aufzuhalten, hatte er das Traumpaar einfach durch die Tür hinausgeschoben.

Nun schielte er zu Blume hinüber auf den Beifahrersitz. Er bezweifelte, dass er an seiner Stelle den Mut aufgebracht hätte, in die Wohnung des Polizisten und gleichzeitig Vaters seiner Freundin zu gehen, um reinen Tisch zu machen.

Auf dem Polizeiflur hasteten sie beinahe aneinander vorbei. Regina und Marcello waren nur noch zwanzig Meter von der großen Eingangstür entfernt und trugen abmarschbereit ihre Taschen.

„Kommt ihr noch einen Moment mit in mein Büro? Ich glaube, es lohnt sich!“, rief er ihnen im Laufen zu.

Marcello wollte gerade Sandra begrüßen, doch da waren sie schon an ihnen vorbei. Regina blickte der davoneilenden Gruppe nur wortlos nach. Als sie wieder einige Meter zu Adelmeier aufgeschlossen hatten, rief sie von hinten: „Wen hast du da im Schlepptau?“

„Blume“, brüllte er knapp. „Aber frag nicht, woher wir jetzt kommen.“

Im Schnellschritt passierten sie einen Beamten, der einen Mann mit blutverschmierter Nase in ein Besprechungszimmer führte. In seinem Büro empfing sie ein nur halb aufgeräumter Schreibtisch. Man konnte genau erkennen, wo er mit seiner Sortieraktion angefangen hatte. Auf der linken Hälfte türmten sich immer noch Berge voller Fachzeitschriften und Ermittlungsakten, während es rechts schon etwas ziviler aussah. Er bemerkte ein Post-it, das auf seinem Telefonhörer klebte, und überflog Reginas handgeschriebene Nachricht. *Sommer bereits seit November 1986 in Düsseldorf gemeldet.* Doch in der Aufregung maß er dieser Notiz keine weitere Bedeutung zu.

Adelmeier öffnete die oberste Schublade und holte das Foto heraus. Er betrachtete noch einmal die drei dort abgelichteten Personen und schob es dann über den Tisch zu Blume.

„Das Foto ist aus der Wohnung des Mordopfers. Der Mann, der gegenüber deiner Großmutter wohnte." Sogleich fiel ihm auf, dass er Blume duzte, ohne dass sie es abgesprochen hatten. „Schau dir die Fotografie genau an. Lass dir so viel Zeit, wie du brauchst. Wir wollen nur wissen, ob du außer Dr. Weißenberger noch jemanden erkennst. Und erst wenn du ganz sicher bist, gibst du uns ein Zeichen."

27.

Eine Stunde später hatte Adelmeier sich in sein Arbeitszimmer zurückgezogen. Er wollte am liebsten für den restlichen Abend keine Menschenseele mehr sehen. Nachdem er zuvor Blume und Sandra im Heckmannweg abgesetzt hatte, war er am Bahnhof zu Tünzün ins *Antalya Kebabhaus* gefahren. Er hatte das Gefühl gehabt, dort seine tiefe Enttäuschung mit etwas Essbarem betäuben zu müssen. Mindestens eine halbe Stunde hatte er auf das ausgeblichene Poster der 81er Mannschaft von *Besiktas Istanbul* gestarrt, sporadisch in seinen Döner gebissen und darüber gegrübelt, wie es sein konnte, dass Blume auf dem Foto niemanden erkannt hatte. Niemanden, nicht eine Person!

Lustlos schaute er auf das halbfertige Dürermotiv. Nach einer Weile begann er, einige der glänzenden Puzzleteile vor sich hin- und herzuschieben. Ohne erkennbares System. Die sich üblicherweise schnell einstellende Konzentration auf Bilder und Formen ließ ihn an diesem Abend im Stich. Alle möglichen Gedanken schwirrten ihm durch den Kopf. Er war sich noch nicht bewusst, was Blumes Aussage alles nach sich ziehen würde. Nur soviel war klar: Lohse war nicht der Mann, den Blume in Begleitung Weißenbergers gesehen hatte, und zwar ganz aus der Nähe. Er war sich ganz sicher, es gab für ihn keinen Zweifel. Und somit schied Lohse als Täter nahezu aus. Aber was hatte es dann mit seinem plötzlichen und zeitgleichen Verschwinden auf sich? Adelmeier spürte, dass dies kein Zufall sein konnte. Es musste eine Verbindung geben. Ein für ihn unsichtbares Muster. Ähnlich, wie es beim Beginn eines Puzzles war: Alle Stücke waren vorhanden, aber er konnte sie anfangs noch nicht in einen logischen Zusammenhang bringen. Sein Gefühl sagte ihm, dass sie auch in diesem schwierigen Fall alle Teilstücke hatten und nur die Lösung nicht sahen. Vielleicht aber war er auch nur geblendet von diesem Wunsch und wollte sich nicht eingestehen, dass sie eine völlig falsche Fährte verfolgten. Adelmeier stand auf und ging im Zimmer auf und ab. Seine Hände steckten tief in seinen Hosentaschen. Er ballte sie zu Fäusten, bis es anfing, wehzutun.

Mit geschlossenen Augen versuchte er, sich auf Lohse zu konzentrieren. Er dachte über dessen vermeintliches Motiv nach: die Aussage Weißenbergers vor Gericht. Er wusste bereits, als er das erste Mal davon gehört hatte, dass dies nur ein schwacher Beweggrund für einen Mord war. Aber es war der einzige Zusammenhang, den sie sehen konnten und wenn Blume den Trainer auf dem Foto erkannt hätte, wäre das Motiv zweitrangig gewesen. Aber jetzt bekam es wieder Bedeutung.

Er öffnete die Augen und für einen winzigen Moment nahm er sein Arbeitszimmer wie durch einen Schleier wahr. Ihm fielen wieder die Gespräche mit dem pensionierten Klinikprofessor ein. Wenn Ley Recht hatte – und im Grunde hegte er daran keinen Zweifel – war es ein unglaublicher Skandal, der sich damals im DDR-Schwimmsport abgespielt hatte. Zumindest deckten sich Leys Aussagen mit den Informationen, die er aus dem Internet und der Presse hatte. Weißenberger und Lohse waren wichtige Spielgefährten dieses Skandals. Zwar waren sie nicht die allein Verantwortlichen, aber zumindest die einzigen direkten Kontaktpersonen der Sportler. Adelmeier stellte sich vor sein Fenster und beobachtete den abendlichen Himmel. Ein roter Streifen hing breit wie ein Geschenkband am westlichen Horizont.

Lohse und Weißenberger? Jede der betroffenen Sportlerinnen hätte ein stärkeres Motiv gehabt, Weißenberger zu töten, als Lohse. Adelmeier fragte sich, ob auch Bettina Sommer ein Motiv gehabt hätte? Aber sie hatte ja zum Mordzeitpunkt schon lange nicht mehr gelebt. Adelmeier rief sich nochmals das Gespräch mit ihrem Vater ins Gedächtnis, Satz für Satz. Seltsamerweise war Sommer der einzige Mensch, der die Dopingvorwürfe bagatellisierte oder sogar leugnete. Adelmeier dachte daran, wie er sich Sommers eigentlich verwunderliche Haltung erklärt hatte: Er hatte geglaubt, Sommer leugne den Dopingskandal, um vor sich und anderen das sportliche Ansehen seiner toten Tochter zu schützen.

Plötzlich eröffnete sich Adelmeier ein anderes Szenario: Von den damaligen Dopingtätern - Weißenberger und Lohse -, war einer ermordet und der andere spurlos verschwunden. Seine Gedanken fingen wieder an zu kreisen. Nur diesmal zogen sie konkrete Bahnen und verdichteten sich allmählich zu einem Gesamtbild. Er dachte wieder an Sommer: Ein Vater verliert seine Tochter. Vielleicht stand ihr früher Tod mit ihrem schädlichen Leistungssport in direkter Verbindung? Sie hatten die Todesumstände der Sommer nicht überprüft, hatten hingenommen, was ihr Vater ihnen erzählte, da sie sich völlig auf Lohse als Verdächtigen konzentriert hatten. Wenn nun aber Bettina Sommers früher Tod eine späte Folge des exzessiven Dopings war, lag das Motiv ihres Vaters auf der Hand. Adelmeier war sich noch nicht darüber im Klaren, wie sich die Bankabhebungen und die Postkarten in das Gesamtbild fügten, aber er spürte auf einmal, dass Lohse nicht unbedingt lebend verschwunden sein musste.

Er fuhr noch am selben Abend ins Präsidium. An der Pforte saß ein junger Beamter mit kräftigen Koteletten, den er noch nie zuvor gesehen hatte. Der junge Kollege kontrollierte Adelmeiers Ausweis und drückte schließlich mit einem Kopfnicken auf den Summer. Adelmeier stapfte durch die doppelte Schleuse. Er wunderte sich immer wieder, wie viel quirliges Leben zu dieser späten Stunde die langen Gänge erfüllte. An derselben Stelle, an der an diesem Nachmittag der blutende Verdächtige ins Besprechungszimmer geführt worden war, stand jetzt eine junge Frau mit geröteten Augen und heulte. Ihre Schminke war völlig verschmiert, doch es war ihr egal, wenn sie es überhaupt bemerkt hatte. Adelmeier blieb einen Moment stehen und steckte ihr wortlos ein Papiertaschentuch zu. Nicht auszudenken, wenn sie eines Tages Sandra wegen dieser Sprayerei erwischt hätten.

Sein Büro empfing ihn dunkel und verlassen. In der Stille wirkte es, als gehörte es nicht zum Rest des Gebäudes. Wie ein Satellit. Adelmeiers Bullensatellit, der das Präsidium umkreiste. Als er auf den Lichtschalter drückte, zuckte das Neongas einige Sekunden, bevor es den Raum mit einem ungemütlichen hellen Licht erfüllte.

Es war nicht einfach gewesen, die gewünschte Auskunft zu bekommen. Wer konnte und wollte schon guten Gewissens Informationen an eine Person am Telefon übermitteln? Doch nach langem und zähem Bitten ließen sich seine Gesprächspartner zumindest dazu bewegen, ihn im Präsidium zurückzurufen. Und das dritte Gespräch brachte dann auch schließlich die ersehnte Erkenntnis.

In der Elisabethen Klinik wurde er mit einem näselnden Arzt verbunden, der sich anhörte, als leide er an einer Grippe.

„Frau Sommer befand sich tatsächlich im April '99 bei uns in stationärer Behandlung. Ich habe sie persönlich betreut."

„Sie war sicherlich nicht Ihre einzige Patientin."

Der Arzt gab ein kränkliches Lachen von sich, das wie leiser Donner durch den Hörer rollte. „Aber bislang eine der beeindruckendsten."

„Wegen ihrer sportlichen Vergangenheit?"

„Nein, wohl eher wegen ihrer Tapferkeit. Sehen Sie, in meinem Beruf ist es nicht von Vorteil, eine persönliche Beziehung zu einem Patienten aufzubauen. Man muss dann zu sehr mitleiden und die Sachlichkeit bleibt auf der Strecke. Aber bei Frau Sommer ist mir die Einhaltung dieser Distanz nicht gelungen." Einige schwere Atemzüge vergingen, ehe die nasale Stimme fortfuhr: „In den

Nachtdiensten haben wir uns häufig lange unterhalten. Wenn auf der Station wenig Betrieb war, kam ich mit einer Tasse Pfefferminztee an ihr Krankenbett und habe ihr zugehört."

„Den Schilderungen ihres Sportlerlebens?", fragte Adelmeier.

Am Ende der Leitung entstand wieder eine längere Pause.

„Herr Doktor, wir ermitteln in einem Mordfall und ..."

„Schon gut", näselte es am anderen Ende. „Ein Handstandüberschlag ist nicht nötig. Frau Sommer würde es eh nichts mehr nutzen. Erstmals konsultierte sie uns mit ihrem Vater einige Monate nach der Wende. An einem sonnigen Aprilnachmittag. Sie waren am selben Tag bereits bei meinen Kollegen in der Orthopädie gewesen. Dort hatten sie sich ähnlich frustrierende Worte anhören müssen, wie später dann bei uns. Wir hatten keine Möglichkeit, uns über dieses *Oral Turinabol* und die anderen Stoffe zu informieren. Von den Verantwortlichen hielt jeder den Mund. Man kann ja schließlich nicht über etwas Auskunft erteilen, dass es offiziell gar nicht gegeben hat. Und ohne Kenntnis über die Wirkstoffe konnten wir nur die Symptome bekämpfen - ein Vorhaben ohne Aussicht auf Erfolg."

Es war wieder einen Moment still in der Leitung und Adelmeier hatte den Eindruck, der Arzt wollte die Tragik seiner Worte erst einmal wirken lassen.

„Sie trug die Schmerzen mit enormer Fassung und ich hatte fast den Eindruck, dass ihr Vater mehr litt, als sie selbst. Er begleitete sie regelmäßig zur Dialyse. Anfangs hat sie noch einen Stock zu Hilfe genommen, doch in den letzten Jahren schob ihr Vater sie im Rollstuhl durch unsere Gänge. Am Ende war immer er es, der moralisch aufgebaut werden musste. Er schob sie, doch sie stützte ihn - verstehen Sie, was ich damit sagen möchte?"

Natürlich verstand Adelmeier.

Der Arzt schilderte weiter das stille und lange Leid von Bettina Sommer und allmählich stellte sich in Adelmeier auch ein komplexeres Verständnis für die Person des Vaters ein. Hinter seiner weltmännischen und jovialen Hülle entdeckte Adelmeier einen zweiten Sommer. Er lugte nur an kleinen Stellen durch die glatt polierte Oberfläche. Das Schicksal seiner Tochter und sein Glaube, ob berechtigt oder nicht, daran mitschuldig zu sein, mussten ihn zu dem gemacht haben, was er heute war: Zu einem Getriebenen, der seinen einzigen Lebensinhalt darin sah, den Tod seiner Tochter zu rächen. Sommer hatte seine Lügen geschickt verpackt und doch waren sie letztendlich der Wahrheit auf der Spur. Adelmeier spürte, dass die Ermittlungen nun tatsächlich zu einem Ende kamen. Aber auch wenn er den Täter nun zu kennen meinte, nutzte ihm dieses Wissen überhaupt nichts ohne einen hieb- und stichfesten Beweis.

Die Staatsanwaltschaft würde aufgrund der dürftigen Beweislage niemals einem Haftbefehl gegen Sommer zustimmen. Sie würde stattdessen an seinem Verstand zweifeln, dass er keinen gegen Lohse beantragte. Obwohl die Bankabhebungen und Postkarten vom Gegenteil zeugten, sagte ihm seine innere Stimme, dass Lohse ebenfalls tot war. Nur solange sie seine Leiche nicht fanden, konnte er diese Vermutung niemals beweisen.

Er öffnete das Fenster und eine angenehm kühlende Brise zog in den Raum. Offensichtlich hatte es sich seit Tagen das erste Mal wieder ein wenig abgekühlt, ihn fröstelte fast ein wenig. Im Dunkeln stand er einige Minuten am offenen Fenster und versuchte, nichts anderes zu tun, als die kühle Luft in sich fließen zu lassen. In einem gleichmäßigen Strom. Wie früher bei seinem autogenen Training bemühte er sich, überflüssigen Ballast aus seinem Kopf zu drücken und auch nicht an ihren Fall zu denken. Im Vergleich zu den letzten Tagen war es angenehm frisch, aber es roch noch immer unverkennbar nach Stadtluft. Nach leichten Spuren von Asphalt und Abgasen. Er genoss es, die erholsame Leere auf sich wirken zu lassen.

Adelmeier atmete ruhig und regelmäßig und erst allmählich erlaubte er seinen Gedanken, wieder zu Sommer zurückzukehren. Er könnte ihn auch kurzerhand mit seinem Wissen konfrontieren und so auf ein Geständnis hoffen. Ungläubig schüttelte er seinen Kopf und drehte sich wieder in den dunklen Raum. Sommer war nicht der Typ, der sich einfach überrumpeln ließ. Schritt für Schritt ging er nochmals die einzelnen Ermittlungsphasen der letzten Tage durch. Als er bei Sommers Besuch ankam, stockte er.

Er überlegte noch einmal einen kurzen Moment, bevor er zum Hörer griff und die Privatnummer Anna Gosztonys wählte.

„Stör ich dich?"

„Hans, bist du es?"

„Ja, entschuldige, dass ich dich so spät noch belästige."

„Tust du nicht. Ich schaue nur gerade mit einem Auge die Tagesthemen."

„Ich würde auch nicht anrufen, wenn es nicht wichtig wäre."

„Schade."

„Bitte?"

„Nichts. Was gibt es denn Wichtiges?"

„Erzähle ich dir, wenn du da bist."

„So, du glaubst also, dass ich jetzt zu dir rauskomme?"

„Nein, ins Präsidium. Und bring bitte deinen Koffer mit."

Ohne auf eine Antwort zu warten, legte Adelmeier auf.

25 Minuten später klopfte es an Adelmeiers Tür. Er wunderte sich, dass Anna keinen Spurensicherungsanzug trug. In kurzen Worten erläuterte er ihr sein Anliegen und weshalb er sie so übereilt ins Präsidium gebeten hatte. Während seiner Ausführungen nickte sie nur ein- oder zweimal. Ansonsten hörte sie ihm regungslos zu.

Zuerst machte sie sich an die Untersuchung des Abfalleimers. Mit einer Pinzette sammelte sie den wenigen Abfall Stück für Stück aus dem Behälter. Es war Adelmeier unangenehm, dass seine Kollegin in seinem Müll herumstocherte. Doch außer zwei zusammengeknäulten Blättern Papier, einer leeren Kugelschreibermine und Resten eines geschälten Apfels war der Eimer leer. Dann leuchtete Anna mit der ultraviolett strahlenden Stablampe in das Innere des Zylinders. Sie fuhr dabei jeden Quadratzentimeter der Innenwand akribisch ab. Während sie sich ganz ihrer Arbeit hingab, betrachtete Adelmeier schweigend ihr slawisches Profil. Dann wanderte sein Blick ein Stückchen weiter. Sie trug eine eng anliegende Jeans und ein dünnes weißes Baumwollhemd. Ihr Atem ging ruhig und er sah deutlich durch den blau angestrahlten Hemdstoff die Konturen ihres Körpers. Es konnte nicht aufhören, ihr zuzuschauen und er verspürte immer größere Lust, ihre Haut zu berühren. Mitten in seine Fantasie hinein drehte sie sich um und sah zu ihm herüber. Adelmeier spürte, wie in der Dunkelheit ein heißer Strom durch seine Wangen floss. Sekunden später befand er sich zurück in der neonlichtdurchfluteten Realität.

Es war Anna, die als Erste das Wort ergriff: „Leider negativ. Über die Putzkolonne kannst du dich nicht beschweren. Der Abfalleimer wurde gestern geleert und gründlich ausgespült. Der Inhalt selbst ist für dich uninteressant, da er erst nach der letzten Leerung in den Eimer kam."

„Vielleicht finden wir etwas auf dem Boden?", schlug er vor.

„Du meinst, vielleicht finde *ich* etwas auf dem Boden", lächelte sie eines dieser so schwer interpretierbaren Frauenlächeln. Sie schaltete das Deckenlicht aus und der Raum leuchtete sofort wieder im Schein des ultravioletten Lichts. Die folgende halbe Stunde verbrachte Anna mit dem Absuchen des Fußbodens. Sie rutschte auf den Knien Zentimeter für Zentimeter vorwärts. Adelmeier lehnte währenddessen an seinem Schreibtisch und beobachtete sie. Seine Fantasie wurde wieder angeregt durch die Betrachtung der geschwungenen Konturen ihres Körpers. Er gab sich ihr ganz hin, die Dunkelheit schützte ihn. Nur ab und an meldete sich sein schlechtes Gewissen. Sie rutschte, praktisch durch ihre eigene Lampe im Rampenlicht, auf dem Boden umher, während er genüsslich ihren sich anmutig rauf- und runterbewegenden Hintern betrachtete.

Je länger er dastand und schaute, desto unwirklicher und bizarrer wirkte die Situation auf ihn: Anna war nicht mehr seine Kollegin, mit der er zusammenarbeitete, sondern eine Darstellerin auf der Bühne und er war Zuschauer. Die Stille und das violette Licht anonymisierte sie beide. Und durch diese Anonymisierung fühlte er geradezu ein Recht zuzugreifen, einen Schritt nach vorne zu gehen und sie an sich zu ziehen. Doch plötzlich erhob sie sich und knipste die Deckenbeleuchtung an. Es dauerte einen Moment, bis Adelmeier sich an das grelle Licht gewöhnt hatte. Als sich die tanzenden, bunten Kreise vor seinen Augen allmählich verflüchtigten, verschwanden auch die Fantasien.

Sie lehnten nebeneinander an der Fensterbank.

„Dein Einfall mit der Briefmarke war nicht schlecht."

„Nicht schlecht?", fragte Adelmeier.

„Also gut - er war brillant. Aber nur, wenn Sommer die Briefmarke auf Lohses Postkarte auch tatsächlich abgeleckt hat. Dann bekomme ich vom Speichel einen genetischen Fingerabdruck. Den vergleiche ich dann mit dem Hautmaterial aus Weißenbergers Wohnung."

„Das beweist aber nur, dass das genetische Material identisch ist. Es könnte aber sowohl von Sommer, als auch von Lohse sein. Für eine lückenlose Beweiskette brauchen wir die Hautschuppen, die er bei seinem Besuch hier verloren hat. Und nur wenn diese drei Proben identisch sind, können wir beweisen, dass Sommer am Mordtag bei Weißenberger war und auch der Verfasser der Postkarten ist."

„Warum holst du dir das Material nicht direkt von Sommer?"

„Auf der Basis der momentanen Beweislage dürfte ich dafür wohl kaum einen richterlichen Beschluss bekommen. Und ich kann ihm ja schlecht seine Zahnbürste stehlen."

Adelmeier stützte sich von der Fensterbank ab und machte einige Schritte in den Raum hinein.

„Gehen wir nochmals alles von vorne durch. Was hast du gemacht, nachdem Sommer sich verabschiedete?", fragte Anna.

„Nichts Besonderes. Ich glaube, danach habe ich begonnen, Ordnung auf meinem Schreibtisch zu machen."

„Okay und dann?"

„Keine Ahnung - wahrscheinlich weiter aufgeräumt."

„Und die Krümel?"

„Schon als ich ihm ein Glas Wasser gebracht habe, waren sie mir aufgefallen, sie lagen vor ihm auf der Tischplatte. Ich hielt sie für Reste eines Kuchenteilchens. Erst heute Abend kam mir die Idee, dass die Krümel nicht unbedingt von einem Gebäckstück stammen müssten."

„Okay, und dann?"

„Wie gesagt, ich habe Akten sortiert und auch die Schreibtischplatte sauber gefegt. Dabei müssen die Krümel im Abfalleimer gelandet sein."

„Womit?"

„Wie womit? Mit meiner Handfläche oder einem Stück Papier."

„Versuch dich zu erinnern!"

Adelmeier musste nicht lange überlegen, bis es ihm einfiel. „Mit einer der Ermittlungsakten! Dort auf einem der Stapel."

Anna machte sich sofort an die Arbeit. Gewissenhaft untersuchte sie eine Akte nach der anderen und es war bereits weit nach ein Uhr, als sie von einem der letzten Stapel einen braunen Pappkarton nahm. Sie leuchte ihn mehrmals unendlich langsam mit ihrer Stablampe ab.

„Hier, das sieht mir ganz danach aus."

Mit bloßem Auge war es kaum zu erkennen. Doch wenn man ein wenig näher kam, leuchteten auf der Pappe hell vier winzige Partikel, die aussahen wie grobkörniges Salz. Anna nickte und bedeutete Adelmeier, durch die Lupe zu sehen.

„Ich nehme das Material gleich mit ins Labor und melde mich sofort, wenn ich den Befund habe."

Behutsam, als handele es sich um Nitroglyzerin oder einen ähnlich hochexplosiven Stoff, sicherte sie die Spuren in einer Bakteriette. Als dann Minuten später alles im Koffer verstaut war, schaute sie ihn an, als wollte sie sagen: So, jetzt ist die Arbeit endgültig getan und ich sollte wohl nach Hause gehen. Einen Moment standen sie schweigend im Raum, bis sich Adelmeier endlich leise bedankte. Er wollte noch so vieles mehr sagen und sein kleines Dankeschön stand noch etwas hilflos zwischen ihnen, als Anna ihn plötzlich an sich zog. Für einen Sekundenbruchteil hatte er tatsächlich geglaubt, sie wolle ihn küssen, doch stattdessen hauchte sie ihm nur Wange an Wange ein *Du kannst mich ja wieder einmal zu Clemant einladen* ins Ohr.

Als Anna schon lange im Labyrinth des Polizeigebäudes verschwunden war, stand er immer noch mitten im Raum und berührte die Stelle auf seiner Wange.

28.

Adelmeier war noch in derselben Nacht nach Düsseldorf aufgebrochen. Die Luft des frühen Morgens war frisch und der helle Schein, der als vage Vorahnung am Horizont hing, kündigte einen neuen Tag an. Adelmeier lenkte den Volvo einige Kilometer vor Düsseldorf an eine Raststätte. Vorbei an Reihen geparkter Lastwagen, deren Fahrer in ihren Kabinen auf das Ende der vorgeschriebenen Pause warteten. Durch die großen gewölbten Scheiben entdeckte er Thermoskannen unterschiedlichster Formen und Farben und ab und an einmal einen bestrumpften Fuß. Er drehte das Radio aus, in dem gerade das *Allegro con grazia* aus Tschaikowskys Sechster Symphonie übertragen wurde. Als er die Tür seines Wagens aufstieß, empfing ihn anstelle des walzerähnlichen Intermezzos nur lautes Vogelgezwitscher.

Das Tablett mit dem kleinen Becher schwarzen Kaffee und der steinharten Brezel erschien ihm riesig. Er starrte es erst eine Weile teilnahmslos an, während er auf dem schlecht gepolsterten Holzstuhl hin und herrutschte, dann biss er endlich in die Brezel. Wie in Zeitlupe segelten winzige Krümel auf den Boden. So sahen also echte Reste von Backwaren aus! Er kaute lustlos auf dem trockenen Laugenwerk herum, bis es in seiner Mundhöhle endgültig zu einem unförmigen Batzen verklebt war. Kurzzeitig überlegte er, ob er sich an der Theke beschweren sollte. Doch als er die Schlange vor der Kasse sah, blieb er lieber sitzen. Er musste erst einmal seine Kräfte bündeln. In diesem Zustand konnte er Sommer unmöglich gegenübertreten. Zumindest nicht mit dem Wenigen, das er gegen ihn in der Hand hatte. Und ohne die gefundenen Hautschuppen – deren Untersuchungsergebnis er zwar noch nicht kannte – hätte er sich gar nicht erst auf den Weg gemacht.

Im letzten Moment hatte er noch nach der Walther gegriffen und ein volles Magazin eingeschoben. Adelmeier war sich nicht sicher, ob er überhaupt noch mit seiner Waffe umgehen konnte. Natürlich brächte er eine Kugel aus dem Lauf, doch er hatte keine Ahnung, wie es um seine Treffsicherheit bestellt war. Das letzte Mal, dass er den Schießstand besucht hatte, musste schon Jahre her sein. Das war noch mit dem Kollegen, der nur kurze Zeit Reginas Vorgänger gewesen war. Ein junger Mann, der seine Abneigung gegenüber dem Schießen zum Ausdruck gebracht hatte, indem er nach jedem Schuss die Augen zusammenkniff und den Mund verzog, als hätte er in eine saure Zitrone gebissen.

Die alte Villa lag verlassen in der Morgensonne und einige der Rollläden im ersten Stock waren immer noch geschlossen. Vielleicht wurden sie aber auch niemals geöffnet? Adelmeier wollte bereits auf den Messingknopf drücken, als er sich kurzerhand umentschied. Er trat zwei Schritte zurück, blickte nach links und nach rechts. Er beschloss, das Gebäude erst einmal von außen zu inspizieren. An einigen Stellen bemerkte er abgeblätterten Putz, dessen losgelöste Enden traurig in der Morgenluft baumelten. An anderen Stellen zierten großflächige Teppiche dunkelgrünen Efeus die Fassade. Im Garten hinterließen seine Füße eine dunkle Spur auf dem noch feuchten, nassen Gras. Er blickte über das Grün hinweg auf Reihen von Rosen und Rhododendren. Alter Tannenbestand umsäumte das Grundstück beinahe lückenlos. Nur das schmiedeeiserne Tor und die Abfahrt zur Garage ließen einen Blick zur Straße frei. In der östlichen Ecke stand ein kleines Gartenhäuschen mit einer dunkelgrünen Tür. Um ein Haar hätte es Adelmeier unter dem weißen Busch von Kletterrosen übersehen. Er rüttelte an der Tür – sie war nicht verschlossen. Innen befanden sich nur einige langstielige Gartenwerkzeuge, die durch ein Gewirr feiner Spinnenweben miteinander verbunden waren.

Auf einmal war er sich sicher, dass Sommer nicht zu Hause war. Er war wohl einen Tick zu spät gekommen.

Auf der Rückseite der Villa führte ein breiter Steintreppenaufgang auf eine längliche Terrasse. Von dort oben aus hatte man einen herrlichen Blick auf den Garten. Adelmeier drückte auf die kleinen Flügeltürgriffe, aber alle drei Türen waren verschlossen. Er wollte schon wieder die Treppe herunter, als er neben einer der beiden Löwenskulpturen etwas blinken sah. Der Schlüssel passte gleich in das erste Türschloss.

Adelmeier schob den cremefarbenen Spitzenvorhang zur Seite und schlüpfte leise in den Raum. Er stand am Rand eines kleinen Salons mit einem englischen Jugendstilkamin. Die wenigen Ascheреste darin wirkten, als lägen sie dort schon hundert Jahre. Auf dem Sims entdeckte Adelmeier ein schweres, in Leder gebundenes Buch mit einem Familienwappen. Beim Blättern entpuppte es sich als Gästebuch. Die ersten Einträge stammten aus den späten zwanziger Jahren. Adelmeier wollte gerade eine blassblaue Handschrift entziffern, als er in seinem Rücken etwas wahrnahm. Eine Veränderung, als würde die Zeit auf einmal die Luft anhalten. Adelmeier blätterte auf die nächste Seite und nur das Umschlagen des Blattes unterbrach für eine Sekunde die Stille. Er konzentrierte sich. Kein Vogelgezwitscher, kein Ticken einer Wanduhr. In diesem Moment, wusste er, dass er nicht mehr allein war.

Sommer lehnte hinter ihm in einem Türrahmen, ungekämmt, in einem abgetragenen Bademantel. Spöttisch blickte er in Adelmeiers Richtung.

„Der Herr Kommissar! Beinahe hätte ich Sie gebeten einzutreten." Er lachte linkisch und musterte Adelmeier mit einem langen Blick. „Sie sehen übernächtigt aus. Ich koche uns erst einmal Kaffee und presse frischen Orangensaft. Die Vitamine werden Ihnen wieder auf die Beine helfen." Doch als er Adelmeiers ernste Miene sah, legte er seinen Kopf wie ein Hündchen zur Seite und fragte in gespielt amüsiertem Ton: „Habe ich etwa einen Fehler begangen? Da bin ich aber gespannt."

Auf Sommers Winken hin, folgte ihm Adelmeier in ein freundlich von der Morgensonne durchflutetes Esszimmer.

„Sie verzeihen mein Aussehen. Ich hatte heute Morgen nicht mit Besuch gerechnet. Ich verschwinde nur mal eben in der Küche. Bitte machen Sie es sich doch währenddessen hier bequem."

Gemessen an den Speisezimmern, die Adelmeier bislang kannte, war dieses riesig. Der Raum glich einem großen Tanzsaal. Er hätte sich gut und gerne als Drehort für das *Haus am Eaton Place* geeignet. Ein Zimmer aus der Vergangenheit, dachte Adelmeier. Die hellen Seidenvorhänge waren halb aufgezogen und das einflutende Sonnenlicht betonte unbarmherzig den gelblichen Schleier, der auf dem schweren Stoff lag. Adelmeier ließ seinen Blick durch den Raum streifen. Auf einer englischen Kirschholzkommode thronte eine wuchtige Silbervase. Die schweren persischen Teppiche zierten abwechslungsreiche orientalische Ornamente. An einigen Stellen der angrenzenden Dielen entdeckte er tiefe Rillen, die vermutlich von einem Rollstuhl stammten.

Er hörte Sommer in der Küche werkeln. Dumpfe Mahlgeräusche der automatischen Kaffeemaschine und das hellere Summen der Presse drangen durch die Türöffnung. Dann noch ein Klappern, Adelmeier vermutete, dass Sommer mit Töpfen hantierte.

Mit einem Mal überkamen Adelmeier Zweifel, ob er nicht etwas leichtsinnig vorgegangen war. Immerhin hatte Sommer nicht einmal vor zwei Morden zurückgeschreckt. Er musste die Situation zu jeder Zeit kontrollieren. Sollte er ihm in die Küche folgen? Sommer würde dies als das deuten, was es auch war, ein Eingeständnis seiner Angst. Und das könnte ein Mann wie Sommer ausnutzen. Adelmeier wusste nur zu genau: Wenn er ein Geständnis wollte, musste er sich auf Sommers Spiel einlassen. Doch was wäre, wenn Sommer nicht Katz und Maus spielen wollte? Wenn er einfach zwischen Kaffee und Orangensaft auf die Idee kam, ihm eine Kugel durch den Kopf zu jagen? Auf seinem gepolsterten Esszimmerstuhl bot er dafür eine geradezu ideale Zielscheibe. Und wenn er wüsste, dass er niemanden über seine Fahrt informiert hatte ... Anna glaubte, er liege in seinem Bett und seine Tochter war bei ihrem neuen Freund im Heckmannweg. Verschwommen und in Fragmenten schossen ihm Bilder durch den Kopf, in denen er dem Perserteppich noch zusätzliche Farbe gab.

Adelmeiers Handflächen wurden feucht. Er rieb sich die Hände an seiner Hose und versuchte verbissen, sich wieder auf die Einrichtung zu konzentrieren. An der gegenüberliegenden Wand hing ein Gemälde, bei dem er rätselte, ob es ein *Schiele* oder ein *Klimt* war. Ein schöner Druck, der den Rücken einer nackten Frau zeigte. Mittlerweile wurden die Geräusche aus der Küche leiser. In einer Ecke entdeckte er auf einem alten Teewagen englisches Porzellan. Automatisch dachte er wieder an das *Haus am Eaton Place*. Doch sein Interesse für die Inneneinrichtung hielt nicht lange.

Vorsichtig fühlte er an der Tasche des Jacketts, in der die Walther steckte. Die erhoffte Beruhigung trat durch diese Berührung nicht ein.

Völlig lautlos erschien plötzlich Sommer mit einem Tablett dampfenden Kaffees und zwei Gläsern Orangensaft. Er lächelte ihn freundlich an, als wären sie zwei alte Freunde, die planten, nach dem Frühstück noch eine Partie Golf zu spielen.

„Ich habe Frühstückseier aufgesetzt. Bis der Brötchenjunge kommt, dauert es sowieso noch etwas."

So, so du hast also einen Jungen, der dir morgens deine Brötchen bringt, dachte Adelmeier und merkte, dass sich sein Angstgefühl veränderte. Wie in einem Glas, in dem sich zwei Flüssigkeiten vermischten, verband sich seine Beklemmung mit einem aufkeimenden Ärger über Sommers überhebliche Art. Er hatte es wirklich meisterhaft verstanden, sich ohne Probleme vom Sohn aus gutem Hause zum Elektriker der Liebe wegen und wieder zurück zum reichen Erben zu wandeln.

„Wissen Sie, ich genieße es, wieder einmal mit einem kultivierten Menschen zu frühstücken. Ich schätze Sie da hoffentlich nicht falsch ein?" Sommer unterstrich seine Frühstücks-Kultur-Betrachtung mit einer kleinen Pause. „Für gewöhnlich frühstücke ich alleine. Doch ab und an hatte ich auch eines dieser Mädchen zu Gast, denen man sogar noch die Zeit am Frühstückstisch bezahlen muss."

„Ich bin nicht des Frühstücks wegen hier", entgegnete Adelmeier.

Sommer sah ihn beinahe beleidigt an. „Sie enttäuschen mich! Ich weiß sehr wohl, weshalb Sie hier sind. Aber warum nicht das Angenehme mit dem Nützlichen verbinden?"

Im selben Moment klingelte es an der Haustür und Sommer ging, dem Brötchenjungen zu öffnen. Kurz darauf kam er mit duftenden Brötchen und auch mit den Eiern zurück, setzte sich wieder und nahm einen Schluck Kaffee.

„Gestatten Sie mir eine klitzekleine Frage?" Sommer legte, bevor er fortfuhr, noch eine kleine Spannungspause ein. „Verspüren Sie denn gar keine Angst? Sie sitzen hier immerhin alleine mit einem zweifachen Mörder."

Er schaute Adelmeier von der Seite an und in seinem Blick lag nicht mehr der übliche Spott. Adelmeier spürte, dass mit dieser Frage das eigentliche Spiel begonnen hatte. Sommer zog die Augenbrauen in die Höhe, und als keine Antwort kam, fuhr er in süffisantem Ton fort: „Man könnte unser Zusammentreffen als eine Art Henkersmahlzeit betrachten. Ihnen ist hoffentlich bewusst, dass es nicht unbedingt meine sein muss." Als wollte er seinen Worten noch mehr Gewicht verleihen, griff er nach dem Frühstücksei und schlug blindlings mit seinem Messer die Spitze ab. Weißes, noch flüssiges Eiweiß rann am Fuß des Bechers herunter.

Adelmeier entschloss sich, die Partie mit einem Hinweis auf Sommers DDR-Flucht zu eröffnen, über die ihn Reginas Post-it auf seinem Telefon unterrichtet hatte. „Während wir wessen Henkersmahlzeit auch immer zu uns nehmen, würde ich gerne noch ein wenig über Ihre Familie plaudern."

Sommer zuckte nur mit den Schultern.

„Wie ist es, wenn man seine Familie zurücklässt?"

Sommer, der zwischenzeitlich angewidert das glibberige Ei fixiert hatte, wandte sich nun mit voller Aufmerksamkeit Adelmeier zu. In seinen Augen begann es zu funkeln. Er ließ einige Sekunden verstreichen, bevor sich sein Mund zu einem unschuldigen Lächeln verzog.

„Es ist eine traurige Geschichte: Meine Frau ist an den Folgen ihrer Erkrankung gestorben. Der Krebs hat sie aufgefressen. Langsam von innen heraus. Und die Krankengeschichte meiner Tochter scheinen Sie ja bis zum kleinsten Mosaiksteinchen ermittelt zu haben."

„Nun sind Sie es aber, der mich enttäuscht. Ich meine nicht die bedauerlichen Todesfälle in Ihrer Familie." Adelmeier rührte in seinem Kaffee und legte den Löffel auf der Untertasse ab. „Ich rede vielmehr davon, dass Sie Ihre Familie verlassen, sie im Stich gelassen haben! Sie haben vor den Problemen kapituliert und die erste beste Gelegenheit genutzt, um ihr den Rücken zu kehren!"

Sommer legte wieder seinen Kopf in der Hündchenmanier zur Seite und schickte den verständnislosesten Blick, den er im Repertoire hatte, über den Tisch.

„Sie sind bereits drei Jahre vor der Wende im Westen geblieben. Das haben wir über das Einwohnermeldeamt ermittelt. Ihre Familie lebte damals noch jenseits der Grenze. Haben Sie Ihren Entschluss vorher gemeinsam abgesprochen?“ Als Sommer keine Antwort gab, fuhr Adelmeier fort: „Ich denke, weder Ihre Tochter noch Ihre Frau haben etwas geahnt, vielleicht sogar am Bahnhof auf Sie gewartet. Es muss ein harter Schlag gewesen sein, als sie realisierten, dass aus dem Zug wirklich niemand mehr aussteigen würde.“

Sommer ließ ein verächtliches Schnauben los. „Sie haben wohl die Weisheit ...“

Adelmeier ließ ihn nicht ausreden. „Und Sie haben mir meine Frage noch nicht beantwortet!“

Sommer starrte schweigend auf den Frühstückstisch. Das klebrige Eiweiß bedeckte mittlerweile den gesamten Fuß seines Eierbechers.

„Wie war das damals also für Sie?“, wiederholte Adelmeier.

Sommer wirkte auf einmal eingefallen, als hätte sich seine Körpermasse unter der Haut um einige Kubikzentimeter zusammengezogen. Dann sagte er kraftlos, beinahe flüsterte er: „Diese Frage gehört nicht hierher.“

Adelmeier spürte, dass er mitten ins Schwarze getroffen hatte, in Sommers schwachen Punkt. Er musste nur noch etwas stärker auf die Stelle eindrücken und Sommers gesamtes Konstrukt würde haltlos wie eine alte Bretterbude in sich zusammenfallen. Offensichtlich quälte ihn tatsächlich der Irrglaube, er hätte das körperliche Leid seiner Tochter abwenden können, wenn er nur im Osten geblieben wäre.

„Reden Sie! Danach ist es einfacher.“ Adelmeier wartete auf eine Reaktion. Doch Sommer starrte immer noch gedankenverloren auf den Tisch. Nach einem weiteren endlosen Moment erhob er sich und trat ans Fenster. Er blickte minutenlang schweigend in den Garten. Und dann erzählte er zuerst ganz leise von der Beerdigung seines Vaters. Über die Umstände, die Faszination, den Zwiespalt und seine matte Eingesponnenheit, unter der er seine Entscheidung getroffen hatte. Es war eine bedrückende Schilderung voller Details. Je mehr Sommer über die Enge seines Lebens – insbesondere seines Ehe- und Familienlebens – sprach, desto nachvollziehbarer war für Adelmeier, was sich in Sommer damals abgespielt hatte. Er verstand nur zu gut, dass er zu diesem Zeitpunkt nicht abschätzen konnte, welche finstere Narben dieser Schritt in seiner Psyche hinterlassen sollte.

Schließlich kam er von sich aus auf seine Schuldgefühle zu sprechen: „Die Schuld, die ich Nina gegenüber nach meinem Weggang empfunden habe, hat mich beinahe aufgefressen. Ich wollte ein neues Leben anfangen und dachte, alles hinter mir lassen zu können. Weit gefehlt! Heute weiß ich, dass man seine Erinnerungen und Gefühle nicht einfach wie mit einem Schalter ausknipsen kann. Der Wohlstand, die Villa – ich habe mich verzweifelt an die Erklärung zu klammern versucht, dass es nicht nur das war, was mich zum Bleiben bewogen hatte. Aber man kann sich wohl nicht auf Dauer selbst belügen."

„Also späte Gerechtigkeit?", fragte Adelmeier. „Andere mussten für die Schuldgefühle büßen, die Sie gegenüber Ihrer Tochter empfanden?"

Sommer hatte sich wieder etwas gefasst, er bestrich ein Brötchen mit Pfirsichmarmelade. „Der harte Drill und vor allem die Medikamente haben Nina kaputtgemacht. Wehrlos hatte sie ausgerechnet den Menschen vertraut, die sie auf dem Gewissen hatten. Sie war ein ehrgeiziges Mädchen. Wehklagen und Jammern gab es nicht. Nur einmal hat sie mit mir über einen Ausstieg aus dem Sport gesprochen, aber zu diesem Zeitpunkt wollte ich nichts davon hören. Damals hatte es schon mit den Dopingmitteln angefangen. Aber uns fiel nichts weiter auf. Wir sahen nur ihre Leistungen und waren geblendet von ihrem Erfolg. Und die Pillen am Beckenrand? Auf unsere Nachfragen hin – nur harmlose Vitamine. Im Rausch des Erfolges wollten wir das einfach glauben." Adelmeier bemerkte, dass eine einzelne Träne in Sommers Augenwinkel schimmerte.

„Ich wäre niemals im Westen geblieben, wenn uns damals schon bekannt gewesen wäre, welche Schäden die verdammten Pillen zu jener Zeit bereits in ihrem Körper angerichtet hatten." Sommer lehnte sich zurück und fingerte ein Stofftaschentuch aus seinem Bademantel. Mit einer flinken Bewegung wischte er sich über die Augen.

„Warum ausgerechnet Weißenberger und Lohse? Es gab doch noch unzählige andere?“

„Die Frontleute sollte es treffen. Durch sie bekam das System Namen und Gesichter. Natürlich gab es die Leitung des SMD, ranghöhere Mediziner und viele, viele andere. Aber das wäre ein Kampf gegen Windmühlen gewesen. Und die Sektionsärzte und die Trainer der Clubs, die waren es doch schließlich, die in geheimen Treffs an der Ausarbeitung der Pläne beteiligt waren.“

Adelmeier blickte fragend zu Sommer.

„Die sportlerbezogenen Dopingpläne. In ihnen wurden die exakten Mengen und Zeitpunkte für die Pillenverabreichung festgelegt. In seiner Funktion als Sektionsarzt kannte Weißenberger Ninas körperliche Verfassung wie kein anderer und trotzdem hat er auf ihren jungen Körper keine Rücksicht genommen.“

Sommer schaute wieder gedankenverloren auf den Tisch und es dauerte einen Moment, ehe er fortfuhr: „Als Mediziner musste er doch wissen, welche Schäden die Stoffe im Kindesalter anrichten. Immerhin hatte er sich während seines Studiums ausgiebig mit der Thematik befasst. Aber das störte Weißenberger nicht. Er schlug immer rücksichtslos diejenige Dosis vor, von der er sich den größtmöglichen sportlichen Erfolg erwartete. Auch als sich ihm später die körperlichen Veränderungen und Anfangsbeschwerden geradezu aufdrängten, reagierte er nicht.“

Sommer rieb durch den Stoff des Bademantels an seinen Unterarmen und Adelmeier musste unwillkürlich an die Hautschuppen denken. „Und Victor Lohse? Verantwortlich für den Terror am Beckenrand?“

„Ja. Aber da steckte noch mehr dahinter: Es war Lohses durch und durch verdorbener Charakter. Er quälte seine Schützlinge auf unmenschlichste Weise. Übte psychischen Druck aus und spielte Schwimmerinnen gekonnt gegeneinander aus. Am Beckenrand kontrollierte er die Einnahme der *Blauen Bohnen*. Keine der Schwimmerinnen durfte in die Umkleidekabine, ohne ihre Ration geschluckt zu haben. Ab und zu, wenn Nina sich unbeobachtet fühlte, hat sie die eine oder andere Dosis in die Überlaufrinne gespuckt. Aber das hat nur selten geklappt. Lohse hat penibel über die Einnahme gewacht. Das musste er tun, denn schließlich gehörte das zu seinem Job. Oft schoss er allerdings auch über sein Ziel hinaus. Ich hatte den Eindruck, dass er fanatischer war als die meisten seiner Kollegen."

Schon eine ganze Weile bemerkte Adelmeier, welche Überwindung es Sommer kostete, in den alten Wunden herumzustochern.

„Die Schwimmerinnen hatten höchstens einmal an Wochenenden Kontakt zu ihren Familien, sodass die Trainer auch eine gewisse seelische Betreuung übernehmen mussten. Einige sahen in ihnen regelrechte Vaterfiguren. Und so war es - trotz aller Härte und Drills - auch bei Lohse. Doch war es nicht nur das Training, das Lohse mit seinen Schützlingen verband."

Sommer fuhr eine Zeit lang mit seinem Zeigefinger über den Rand der Untertasse, bevor er wieder ansetzte: „Die Dopingmittel wirkten auch aphrodisisch und in den Trainingslagern in Belmeken, da sind noch andere äußerst fragwürdige Dinge passiert. Das wirkte sich natürlich auf die gesamte Stimmung in der Mannschaft aus. Er hatte seine Lieblinge und die wurden bevorzugt. Glücklicherweise gehörte Nina nicht dazu."

Sommer führte mit unruhiger Hand die Tasse Kaffee zu seinen Lippen und nahm einen Schluck.

„Als Ninas Erkrankung ausgebrochen war, habe ich versucht, Weißenberger ausfindig zu machen. Aber zu dieser Zeit war er wie untergetaucht. Ich habe seinen Aufenthaltsort erst nach Ninas Tod herausbekommen. Aber zu Lohse bekamen wir Kontakt. Es war an einem Samstag. Ich traf mich mit ihm in einem Frankfurter Café in der Nähe der Hauptwache. Ich erhoffte mir von ihm Auskunft über die Medikamente. Es war nur eine kleine Chance. Natürlich hatte Lohse keine Ahnung von der Zusammensetzung der Präparate. Dazu war er ein zu kleines Licht. Namen hätten uns schon weitergeholfen. Verbandsärzte oder dergleichen. Aber das Treffen verlief anders, als ich erwartet habe. Ich hoffte, eine menschliche Rührung bei Lohse hervorzurufen. Reue. Scham. Dass es ihm im Nachhinein Leid tun würde. Dass er daher alles daran setzen würde, uns zu helfen. Aber während ich ihm die gesundheitlichen Probleme meiner Tochter schilderte, schaute er sich nur gelangweilt um. Er konnte überhaupt nicht verstehen, weshalb ich mit unseren Problemen zu ihm kam. Das sei wohl der Preis für den sportlichen Ruhm. Natürlich hat er schon damals gewusst, dass die *blauen Bohnen* alles andere als gesundheitsförderlich waren. Man brauchte doch nur genau hinzuschauen. Er machte sich nicht einmal die Mühe, es zu leugnen. Ich appellierte an seine menschlichen Gefühle. Er lachte nur. Menschliche Gefühle? Ob wir uns diese leisten könnten? Und im Übrigen könne man doch auch im Rollstuhl ein ansehnliches Leben führen. Schließlich, kurz bevor er einfach das Café verließ, setzte er ein höhnisches Grinsen auf und sagte mir, was er wirklich bedauere: Dass Nina unter dem Einfluss der *blauen Bohnen* ungewöhnlich schnell ihre reizende Figur verloren habe, noch bevor er sich daran hätte erfreuen können."

Adelmeier hatte die gesamte Zeit über seinen Blick auf dem Tisch ruhen lassen. Er stand auf und stellte sich an dasselbe verstaubte Fenster, an dem Sommer eine halbe Stunde zuvor gestanden hatte.

„Und, ist es jetzt besser?"

Sommer schaute irritiert zu Adelmeier, als müsse er erst über diese Frage nachdenken. „Sofort danach fühlte ich mich tatsächlich besser. Ich wollte mich durch die Morde von einer Last befreien. Es war eine Obsession. Erst der Wunsch nach Vergeltung hat meinem Leben nach Ninas Tod wieder einen Sinn gegeben. Aber die Genugtuung lässt rasch nach."

Wenig später standen sie auf den Steinstufen der Villa. Sommer trug einen senffarbenen Dolce & Gabana Anzug und der Duft eines zitronigen Rasierwassers lag in der Luft. Adelmeier legte den Kopf in den Nacken und schaute in den Himmel. Keine Wolke war zu sehen. Es würde wieder ein warmer Augusttag werden.

Weitere Krimis aus dem Prolibris Verlag

Nessa Altura
Nacht über Oberstdorf
Krimi-Anthologie
2. Auflage 2004
ISBN 3-935263-15-5

Wolf S. Dietrich
Die Tränen des Herkules
Kassel Krimi
2004
ISBN 3-935263-27-9

Antje Friedrichs
Letzte Lesung Langeoog
Inselkrimi
5. Auflage 2003
ISBN 3-935263-00-7

Antje Friedrichs
Letztes Bad auf Norderney
Inselkrimi
2003
ISBN 3-935263-17-1

Ludo A. Kaiser
Seipels Geheimnis
Offenbach Krimi
3. Auflage 2001
ISBN 3-935263-06-6

Birgit C. Wolgarten
Und es wurde Nacht
Rügen Krimi
2004
ISBN 3-935263-24-4